냉혈자 冷血子

冷血子 냉혈자 ①

이원호 장편소설

■ 저자의 말

『냉혈자』는 고려무협(高麗武俠)입니다.

주인공이 고려인 김산(金山)이며 배경은 몽골제국의 초창기인 오고데이칸, 구유크칸, 몽케칸, 쿠빌라이칸 시대의 중국 대륙입니다.

고려사, 몽골제국사, 서역의 역사를 배경으로 했으며 실존인물의 기록에 김산의 영웅담을 끼워 넣었습니다.

김산은 개경 무관(武官)의 자식으로 몽골군에 의해 부모 형제가 처참하게 죽습니다. 그리고 7살 나이에 중국 땅으로 끌려가 온갖 시련을 극복하고 초인(超人)의 경지에 도달합니다. 고려아(高麗兒) 김산은 마귀, 마왕, 도살자로 명성을 떨치면서 몽골의 황제 다툼에 끼어들게 됩니다.

김산은 킵차크칸국을 건설한 칭기즈칸의 맏아들 주치의 자식인 바투칸 휘하에서 폴란드 총독까지 승진하며 쿠추라는 몽골 이름도 하사받습니다. 또한 몽케칸의 신임을 받아 대장군, 집행관, 서부령 총독을 겸임하게 됩니다.

나는 파란만장했던 고려 무신정권 시절 중국 대륙의 몽골제국 형성기인 1240년대에 고려아 김산을 넣어 여러분을 만납니다.

『냉혈자(冷血子)』는 '북큐브'에 연재하고 있는 원문 제목을 그대로 붙인 것입니다.

전편은 『고려혼』(전3권)으로 출간되었지만 『냉혈자』만 읽으셔도 재미가 있으실 것입니다.

2014. 4. 30.

이원호가 드립니다.

차례

저자의 말   4

1장 마적   9

2장 킵차크제국   48

3장 장군 쿠추   87

4장 폴란드 정벌   126

5장 총독 쿠추   164

6장 5인의 침투   202

7장 십자군 전쟁   242

8장 귀환   281

1장
마적

걸음을 멈춘 김산이 옥랑에게 물었다.

"이건 무슨 냄새지요?"

그 순간 옥랑의 얼굴에 웃음기가 지워졌다. 이제 눈을 치켜떴고 이맛살은 조금 찌푸린 얼굴로 되묻는다.

"뭐라고요?"

"갑자기 고기 굽는 냄새가 나서 말입니다. 아니면 옷이 타는 냄새인가?"

"기가 막혀서……."

혀를 찬 옥랑이 다시 발을 떼더니 한 걸음을 더 내려와 섰다. 두 계단 위쪽에 선 옥랑과 김산의 눈이 평행으로 부딪쳤다. 거리는 다섯 자 정도, 그때 옥랑의 얼굴에 희미한 웃음이 떠올랐다.

"그렇군. 남방(南方)에서 오셨지요?"

"그건 어떻게 아시오?"

놀란 듯 김산이 눈을 둥그렇게 뜨자 옥랑이 이를 드러내고 웃더니 다시 물었다.

"숯 굽는 일을 하셨지요?"

"아니, 그걸 어떻게……."

김산의 표정을 본 옥랑이 머리를 끄덕이며 혼잣소리처럼 말한다.

"숯 굽는 냄새에 중독이 되면 사향 냄새가 못 맡는다더니 참말이로군."

"사향 냄새라고 하셨소?"

"그렇습니다."

쓴웃음을 지은 옥랑이 머리를 숙여 보였다.

"덕분에 공부를 하게 되었습니다. 고맙습니다."

"도대체 무슨 영문인지……."

머리를 비튼 김산이 말했을 때 옥랑은 다시 발을 떼었다. 옆을 지나는 옥랑의 몸에서 다시 짙은 사향 냄새가 맡아졌다. 이제 옥랑의 표정은 담담하다. 마치 김산을 나무기둥처럼 취급한 채 계단을 내려가 오른쪽 복도로 모습을 감추었다. 김산이 옥랑의 뒷모습에 시선을 준 채로 길게 숨을 뱉는다. 색향(色香)도 암기 중 하나이고 피하는 방법도 있는 것이다. 색향독이 남방의 숯 굽는 냄새에 익숙한 자들에겐 통하지 않는다는 사례를 옥랑은 배우기만 했지 처음 겪게 되었다. 김산은 발을 떼었다. 이 여자는 음험하고 잔인하며 색기(色氣)가 넘쳐흐른다. 이제 이 여자하고 여정을 같이 하게 되었다. 어느덧 김산의 얼굴에 웃음이 번졌다.

"적적하지는 않게 되었다."

혼잣소리로 말한 김산의 두 눈이 번들거렸다.

다시 초원을 걷는다. 이곳은 북쪽이어서 6월인데도 날씨는 서늘하다. 오고데이칸국을 횡단하는 데는 20여 일이 걸리는 것이다. 광대한 대륙이다. 가도 가도 끝없이 펼쳐진 초원과 평야, 그리고 계속과 호수, 그것이 수없이 반복되자 이제 같은 길을 걷는 환상에 빠졌다. 대상(隊商)은 여행자가 아니다. 경치를 즐길 여유도 없지만 끝없이 길을 걷는 터라 그 경치가 그 경치로 보이는 것이다. 16일째가 되는 날 오후, 말을 끌고 걷던 김산은 초원에 서 있는 옥랑을 보았다. 적갈색 말에 탄 옥랑은 말을 세운 채 다가오는 김산을 주시하고 있었는데 기다리고 있었던 것이 분명했다.

"고 대인(高大人), 왜 어젯밤 주연에 참석하시지 않았소?"

옥랑이 낭랑한 목소리로 물었는데 얼굴에 웃음기가 떠올라 있다. 어젯밤에 양 다섯 마리와 말 한 마리를 잡아 주연을 벌린 것이다. 물론 이번 주연의 주최자는 새 행수 옥랑이다. 옥랑은 행수가 된 후에 세 번째 주연을 벌렸는데 김산은 한 번만 참석했다. 김산도 웃음 띤 얼굴로 대답했다.

"속이 거북해서 일찍 잤소이다."

"지난번에도 그랬습니까?"

말을 천천히 걸려 옆을 따르면서 옥랑이 다시 물었다.

"지난번에는 계산할 것이 많아서 그랬소."

대답한 김산이 옥랑을 올려다보았다. 이목구비가 선명한 얼굴이다. 시선이 마주친 순간 김산은 옥랑의 웃음 띤 얼굴에 번지는 색기(色氣)를 느꼈다. 지난번처럼 사향을 뿌리지는 않았다. 이쪽이 사향이 통하지 않는다는 것을 알았기 때문이다. 옥랑이 옆을 걷는 김산을 힐끗 내려다보았다.

"고 대인, 오늘 밤 제 숙소로 오셔서 술 한 잔 하시지요."

김산은 대상 안에서 호남(湖南)성 출신의 고씨(高氏)로 알려져 있다. 머리를 든 김산이 옥랑을 보았다.

"무슨 일 있습니까?"

"고 대인께서 갖고 계신 비단 흥정을 하려고 합니다."

"난 킵차크까지 가져가서 팔 겁니다."

"내가 킵차크 가격으로 사드릴 수가 있지요."

김산의 시선을 받은 옥랑이 눈웃음을 치더니 말고삐를 당겼다.

"그럼 저녁 술시(8시)경에 내 막사에서 기다리겠습니다."

석양이 서쪽 초원 밑으로 떨어지더니 지평선이 붉은색으로 물들었다. 지평선 위로 불길이 타오르는 것 같다. 초원 위에 엎드린 김산이 홀린 듯한 시선으로 지평선을 응시했다. 저쪽이 바로 킵차크, 그리고 백인종의 땅이다. 끝없이 이어진 대륙으로 나아가면 과연 어디가 나올 것인가? 킵차크, 키예프, 그리고 헝가리, 서쪽으로 서쪽으로 뻗어나갔던 몽골군의 이야기는 폴란드쯤에서 그쳤다. 그러나 더 서쪽으로 나아간 기마대도 있다. 이 광대한 대륙, 자신은 이미 고려에서 수만 리 떨어진 이역의 땅에 와 있다. 이곳에서 고려까지는 기마로도 반년은 걸릴 것이었다. 이윽고 지평선의 불길도 다 사그라졌고 짙은 어둠에 덮였다. 김산은 몸을 일으켜 표범처럼 도약했다. 다섯 번을 도약하자 몽골식 게르가 드러났고 군데군데 서 있는 경비병이 보인다. 이곳이 옥랑의 대상단이 주둔한 구역이다. 오고데이 영지에서는 경계할 필요가 없었기 때문에 각 대상의 숙영지는 넓게 퍼져 있는 것이다. 다시 세 번을 도약한 김산이 개울가의 바위 밑으로 떨어져 엎드렸다. 이제 깃발이 꽂힌 대장(隊長)의 진막과의 거리는 70보 거리가 되었다. 심호흡을 한 김산이 귀를 기울였다. 독청(獨聽)이다. 그때 옥랑의 목소리가 울렸다.

"그놈 일행은 둘이야. 오늘 밤에 없애고 물품을 뺏도록 해."

"예, 공주."

사내의 목소리가 이어졌다.

"말은 표시가 나니까 끌고 가겠습니다."

"밤에 나한테 이야기하고 돌아갔다고 하면 돼. 지난번 2개 대처럼 말이야."

옥랑의 말에 웃음기가 띄었다.

"한꺼번에 처리하느니 하나씩 없애는 것이 낫다. 그런데 그놈은 아직 보이지 않나?"

"예, 아직 보이지 않습니다."

"올 것이다. 만일 안 온다면,"

잠깐 쉬었던 옥랑의 목소리가 이어졌다.

"숙소로 가서 없애면 돼."

옥랑의 진막에서 50보 거리에 서 있던 경비병이 김산을 보더니 부리나케 몸을 돌려 달려갔다. 어둠 속이어서 김산이 눈치 채지 못하리라고 믿었는지 몸도 숙이지 않는다. 김산은 천천히 진막으로 다가갔다. 옥랑의 진막 앞쪽으로 좌우에 세 쌍의 진막이 세워져 있었는데 그곳에 각각 대여섯 명의 무사가 매복해 있었다. 김산은 지금 함정 안으로 들어가는 셈이다. 세 쌍의 진막을 지나 옥랑의 진막 앞으로 다가갔을 때 문의 휘장이 걷히더니 밖으로 불빛이 쏟아져 나왔다.

"어서 오시오."

옥랑의 측근 중 하나인 주공(朱公)이란 자다. 또 하나의 측근인 곽 대인은 경비장이었으니 아마 매복단을 지휘하고 있을 것이다. 진막 안으로 들어선 김산은 안쪽 상좌에 앉아 있는 옥랑을 보았다.

"어서 오세요. 고 대인."

옥랑이 환한 웃음을 띠면서 자리에서 일어섰는데 몸에 잠자리 날개같은 비단옷을 걸쳤다. 그래서 몸의 윤곽이 다 드러났다. 고혹적인 모습이다. 이미 방에는 진수성찬이 차려져 있었는데 술과 고기 향이 코를 찔렀다.

"자, 앉으시지요."

김산은 옥랑이 권하는 앞자리에 앉으면서 사례했다.

"이렇게 환대해주셔서 감사합니다."

"천만에요. 이렇게 서로 우의를 쌓아가는 것이지요."

술병을 든 옥랑이 김산의 잔에 술을 따르면서 말을 잇는다.

"오늘은 술이나 대접하고 싶습니다. 고 대인, 비단 이야기는 나중에."

잔을 받은 김산이 옆에 앉아 있는 주공을 바라보며 웃는다.

"우리가 처음 중원을 떠날 때만 해도 대상대는 23개 번대까지 있었소. 그런데 오고데이칸 지역을 지나는 동안 2개 번대가 줄어 21개 번대만 남았습니다."

주공은 40대 장년이다. 눈썹을 찌푸린 주공이 김산을 보았고 진막 안에 잠깐 정적이 덮여졌다.

"그렇습니까?"

말을 받은 것은 옥랑이다. 옥랑이 웃음 띤 얼굴로 김산을 보았다.

"그런데 갑자기 왜 그런 말을 하십니까?"

"그 2개 번대는 수행원이 각각 다섯, 여섯으로 적은 편에 들었지요, 그런데 둘 다 밤에 대상 대열을 떠났단 말입니다."

둘의 시선을 받은 김산이 말을 마치고는 손에 들고 있던 술잔을 단숨에 입 안으로 털어 넣었다.

"으음, 술맛이 좋군요."

입맛을 다신 김산이 옥랑에게 빈 잔을 내밀며 묻는다.

"한 잔 더 마셔도 되겠습니까?"

"얼마든지."

옥랑이 머리를 끄덕이자 주공이 술병을 들더니 김산의 잔에 넘치도록 술을 따른다. 김산이 다시 술잔의 술을 한 번에 삼켰다. 그때 옥랑이 차분한 표정으로 물었다.

"고대인, 그 2개 번대가 밤에 떠난 것이 이상합니까?"

"예, 그렇습니다."

정색한 김산이 다시 빈 잔을 내밀었고 주공이 서둘러 술을 채웠다. 옥랑이 다시 묻는다.

"뭐가 이상합니까?"

"다른 번대한테는 아무 소리 안 하고 행수께만 말하고 사라진 것이 이상하고, 또,"

"또 뭡니까?"

그때 김산이 술을 삼키고 나서 말을 이었다.

"적은 수행원의 번대들만 떠난 것도 이상합니다."

"과연 그렇군요."

"맨 처음 떠난 16번대는 여진에서 만든 도검을 가져갔지요. 잘 단련된 칼로 돌도 베는 명검이었습니다."

둘의 시선을 받은 김산이 쓴웃음을 지었다.

"저도 그 도검을 봐서 압니다. 손잡이에 진(眞)이라는 글씨가 박혀 있었습니다. 아주 선명하게 말입니다."

"……."

"그런데 어제 보니까 행수님 수행원 중에 서너 명이나 이 칼을 차고 있더군요. 아마 16번대가 떠나기 전에 수행원들에게 도검을 몇 자루 팔고 간 것 같습니다."

그때 옥랑이 머리를 들고 주공을 보았다.

"어떻게 된 거야?"

"예?"

주공이 눈을 크게 뜨더니 곧 머리를 한쪽으로 기울였다.

"분명히 넣었습니다, 공주."

"그런데 석 잔이나 마셨는데 왜 이렇지?"

그러자 김산이 자신의 빈 잔에 술을 채우면서 말했다.

"무슨 말씀을 하시는 겁니까?"

잔을 쥔 김산이 다시 한 모금에 삼키더니 입맛을 다셨다.

"선홍주에 남방의 거미독을 넣으면 콕 찌르는 향이 일품이지요. 물론 이 술을 한 잔만 마시더라도 위와 식도가 녹아서 숨 열 번 쉴 동안에 입으로 연기를 내뿜으면서 절명합니다."

이제 옥랑과 주공은 홀린 듯한 시선으로 김산을 보았다. 김산이 얼굴을 펴고 웃는다.

"이제 넉 잔을 먹었으니 나는 온몸이 녹아내려야 합니다."

"이, 이런."

옥랑이 이 사이로 말하고는 김산을 노려보았다. 얼굴이 하얗게 굳어져 있다.

"이놈은 독에 면역이 된 놈이야!"

그 순간이다. 옆쪽에 앉았던 주공이 벌떡 일어났는데 이미 손에 칼을 쥐었다. 김산은 젓가락으로 상 위의 돼지고기를 집는 중이다. 그때 옥랑이 다급하게 말했다.

"멈춰!"

주공에게 한 말이다. 그러자 빼든 칼을 치켜들었던 주공이 동작을 멈췄고 김산이 빙그레 웃었다.

"과연 공주의 머리가 명석하군."

그러고는 머리를 들어 옆에 선 주공에게 말했다.

"앉아라."

"무엇이?"

눈을 치켜뜬 주공이 으르렁거렸지만 옥랑이 머리를 끄덕였다.

"앉아."

그러나 옥랑의 얼굴도 굳어져 있다. 그때 돼지고기를 삼킨 김산이 옥랑에게 물었다.

"네년은 마적단 수령이렷다?"

"무, 무엇이?"

마악 자리에 앉으려던 주공이 그 말에 몸을 부풀린 순간이다. 김산의 손이 전광석화처럼 뻗어나가 주공의 인중을 찔렀다. 검지 하나로 살짝 건드리기만 했는데도 주공은 털썩 제자리에 앉더니 눈을 치켜뜬 얼굴로 굳어졌다. 숨도 쉬었고 눈동자도 굴러다녔으며 반쯤 벌려진 입 끝에서는 침이 흘러나왔지만 소리가 없다. 몸은 석상처럼 굳어진 채다. 그것을 본 옥랑이 입술만 달싹이며 말했다.

"생동술(生凍術)이군."

"넌 흡독술(吸毒術)을 아느냐?"

불쑥 김산이 묻자 옥랑이 눈을 치켜떴다.

"그, 그럼……."

"네년은 이미 독을 네 번 흡입했다. 곧 네 오장이 녹아 문드러질 것이다."

그러고는 김산이 빙그레 웃었다.

"왜 믿기지 않느냐?"

김산이 젓가락으로 돼지고기를 집더니 입김을 후욱 불었다. 그러자 돼지고기가 순식간에 시커멓게 변해지더니 곧 물을 뚝뚝 떨어뜨리며 녹아내렸다. 은젓가락도 함께 녹는다. 그것을 본 옥랑이 서둘러 손바닥으로 입을 막았다. 그러나 이미 김산이 내뿜은 숨을 호흡한 마당이다. 그때 김산이 말을 잇는다.

"지금쯤 슬슬 위가 아파오기 시작할 것이다. 어떠냐?"

그 말이 끝나기가 무섭게 옥랑이 손바닥으로 배를 움켜쥐었다. 이제 그녀의 얼굴은 창백해졌고 크게 치켜뜬 두 눈은 공포에 질려 있었다. 김산이 다시 식탁 위의 생선을 향해 후욱 입김을 불었다. 그 순간 생선이 시커멓게 변하더니 지글거리며 녹기 시작했다. 역한 냄새가 진막 안을 메운다. 그때 옥랑이 말했다.

"너, 너는 누구냐?"

"살고 싶다면 내 양기를 받아라."

지그시 시선을 준 김산이 말을 잇는다.

"네 음문으로 내 양기가 들어가면 몸 안의 독기가 숨으로 빠져나간다. 알고 있느냐?"

"음, 음양술……."

"그렇지, 알고는 있구나."

김산의 얼굴에 웃음이 떠올랐다.

"모두 네가 자초한 일이야. 날 독을 먹여 죽이려고 했기 때문에 난 그 독을 숨으로 바꿔 너한테 마시게 한 것이다."

"아이구!"

하면서 옥랑이 배를 움켜쥐었으므로 김산이 정색했다.

"살고 싶다면 치마를 벗고 누워라. 그 방법밖에 없다."

"불, 불을……."

"불을 끄다니?"

그러자 김산의 시선이 옆에 석상이 되어 앉아 있는 주공에게 옮겨졌다. 주공은 다 듣고 보고 있는 것이다. 오직 몸을 움직이지 못할 뿐이다. 시선을 돌린 김산이 옥랑에게 묻는다.

"이놈이 보고 있군. 어떻게 해주랴?"

"죽여."

옥랑이 이 사이로 말한 순간 김산의 손바닥이 주공의 머리 위쪽을 쳤다.

"퍽!"

바가지 깨지는 소리가 들리더니 얼굴 피부 안쪽의 해골이 박살난 주공이 옆으로 쓰러졌다. 그때 옥랑이 치마를 들치면서 그 자리에 누웠다.
"어서."
쓴웃음을 지은 김산이 자리에서 일어나 옥랑 앞으로 다가가 섰다. 바지 끈을 풀면서 김산이 옥랑을 내려다보았다.
"자업자득이다."
옥랑은 눈을 감았다. 그러나 고통으로 이를 악물었고 얼굴에서는 물벼락을 맞은 듯이 땀을 흘리고 있다. 김산은 곧 옥랑의 몸 위로 엎드렸다. 그러고는 속바지를 찢어 벌리고는 옥랑의 몸 안으로 들어갔다.
"아악!"
그 순간 옥랑의 입에서 낮은 신음이 터졌다.

바투는 러시아를 포함한 카스피해 유역의 광대한 영토를 지배하고 있었으니 서방의 황제나 같았다. 바투의 아버지 주치는 칭기즈칸의 장남으로 '메르키트의 아들'이라고도 불렸다. 주치란 바로 '딴 곳의 사람'이란 말이 아니었던가? 킵차크제국의 왕성(王城), 시라이의 청 안에서 바투가 재상 오르베에게 물었다.
"헝가리의 바쉬란은 어떻게 되었는가?"
"아직 연락이 없습니다."
바투의 시선을 받은 오르베가 어깨를 늘어뜨렸다.
"전령대도 당한 것 같습니다."
"기마군 3백이 당했단 말이냐?"
꾸짖듯 바투가 물었지만 오르베는 대답하지 못했다. 석 달 전, 헝가리의 페스트성(城)에 주둔한 3천인장 바쉬란이 급한 전령을 보내왔다. 서쪽에서 대부대가 다가오고 있다는 것이다. 서쪽은 프랑크족이라 불린 종족의 영토였는데 아직 몽골군의 말발굽이 닿지 않은 지역이었다. 이윽고 바투가 오르베에게 물었다.

"헝가리에 파견할 수 있는 병력이 얼마나 되는가?"

"남쪽 국경에 10만이 내려가 있어서 병력이 부족합니다."

오르베가 말했고 대장군 수베게이가 거들었다.

"전하, 용병을 훈련시키고 있으니 두 달만 기다리면 3만 병력은 여유가 생길 것 같습니다."

"두 달이나?"

이맛살을 찌푸렸던 바투가 의자에 등을 붙였다. 킵차크제국의 영토는 러시아 거의 전역과 헝가리, 폴란드, 거기에다 바그다드와 다마스쿠스까지 닿는다. 동쪽의 오고데이칸국, 차가타이칸국의 영토를 합친 것보다도 넓은 것이다. 그런 만큼 정규군 1백여만 명이 있었도 항상 병력이 부족했다. 입맛을 다신 바투가 길게 숨을 뱉고 나서 말했다.

"병력보다 유능한 장수가 더 급하다. 장수를 양성해야 한다."

어전을 물러나온 오르베가 대장군 수베게이에게 말했다.

"이미 페스트성은 함락당하고 바쉬란도 죽은 것 같소."

수베게이는 머리만 끄덕였고 오르베가 말을 잇는다.

"전하께서도 짐작하고 계실 것이오."

"페스트성까지 군사를 보낼 수는 없소."

앞쪽을 향한 채 수베게이가 말하자 요르베는 입을 다물었다. 둘 다 50

대 중반으로 바투와 고락을 함께한 지 20여 년이 넘었다. 둘은 바투의 부친 주치부터 모셔온 가신(家臣)인 것이다. 수베게이가 혼잣소리처럼 말을 잇는다.

"아마 청 안에 있는 신하들에게 영토를 포기할 수 없다는 뜻을 내비치신 말씀일 것이오."

그렇다. 오르베와 수베게이는 이제 영토를 굳히고 내치(內治)에 집중해야 된다고 생각한다. 그래서 수시로 바투를 설득하고 있는 것이다. 발을 떼면서 오르베가 말을 맺는다.

"아마 돌아가신 주치님께서도 이런 상황에서는 페스트성에 군사를 보내지 않으실 것이오."

이곳은 메마른 땅이다. 초원이 점점 줄어들더니 황무지가 펼쳐졌고 곧 황량한 고원지대로 들어선 것이다. 이틀 사이에 주변 환경이 바뀌어졌다. 김산의 옆으로 부행수 우 대인이 다가온 것은 오후 미시(2시) 무렵이다. 우 대인의 대열은 한참 앞쪽이었는데 길가에 멈춰 서서 김산을 기다리고 있었던 것이다.

"아니, 누굴 기다리십니까?"

말을 타고 가던 김산이 묻자 우 대인이 주름진 얼굴을 펴고 웃었다.

"고 대인을 기다리고 있었소."

말고삐를 당겨 김산의 옆에 붙은 우 대인이 걸음을 떼며 말을 잇는다.

"고 대인. 행수가 이틀째 모습을 감추었소. 경비원한테 물었더니 갑자기 일이 생겨서 먼저 국경으로 갔다는구려."

"그렇습니까?"

"경비장도 보이지 않고 측근으로 붙어 다녔던 주공이란 자하고 같이 떠났다니 대상 대열에는 조무래기들만 남았단 말이오."

"곧 돌아오겠지요."

"그래서 말인데……"

목소리를 낮춘 우 대인이 정색하고 김산을 보았다.

"고 대인, 이 기회에 행수 일행을 떼어놓고 가는 것이 낫겠소. 이미 19개 번대의 대상으로부터도 승인을 받았소. 모두 그들이 꺼림칙하다고 합니다. 한 20여 일 겪어보니 아무래도 그들이 대상단 같지가 않고 모두 마적단처럼 보인다는 것이오. 게다가 밤에 종적을 감춘 2개 번대의 일도 뭔가 수상하고 말이오."

"……"

"지금 그들은 우두머리가 없는 실정이니 오늘밤 회의 때 만장일치로 제안을 통과시키도록 하십시다. 협조해주시겠지요?"

"그러지요."

김산이 머리를 끄덕이자 우 대인이 웃음 띤 얼굴로 말을 잇는다.

"이제 다 허락을 받았소. 그럼 오늘 밤의 회의 때 보십시다."

말고삐를 챈 우 대인이 박차를 넣더니 앞으로 달려가자 홍복이 다가와 묻는다.

"나리, 무슨 일이십니까?"

"행수가 실종되었으니 떼어놓고 가자는 말이다."

홍복의 시선을 받은 김산이 빙그레 웃었다.

"마적단인 것을 모두 눈치 챈 것 같다."

그날 밤, 술시(8시)가 조금 넘었을 때 황무지에 모닥불을 피워놓고 둘러앉은 대상단의 행수들이 제각기 잡담을 늘어놓고 있다. 모닥불에서는 양이 통째로 구워지고 있는 중이었고 동이로 내놓은 술 향기가 어둠 속에 퍼져 나갔다.

"자, 여러분께 드릴 말씀이 있소."

술잔을 든 부행수 우 대인이 자리에서 일어서며 말했을 때 모두 조용해졌다. 무슨 말을 할지 이미 다 알고 있기 때문일 것이다. 우 대인이 주위를 둘러보며 말했다.

"이틀 동안 행수가 보이지 않아서 경비원에게 물었더니 갑자기 일이 생겨서 국경으로 떠났다고 합니다. 그래서 부행수인 나는 행수가 소임을 제대로 하고 있지 않다고 판단하여 행수 대상단을 빼고 다시 우리들끼리만 서역행을 하는 것이 낫다고 생각하오. 여러분 의견은 어떠시오?"

"그럽시다!"

"옳소!"

하고 모두가 일제히 외쳤으므로 모닥불 주위가 떠들썩해졌다. 그러자 손을 들어 보인 우 대인이 말했다.

"그럼 소인이 다시 행수를 맡고 21개 번대를 인솔하여 장도에 오르기로 하겠습니다. 이 사실은 남아 있는 행수 대상단에 통보하기로 하지요."

"자, 한 잔 드십시다."

누군가 소리쳤고 다른 사내가 말을 받는다.

"다시 행수가 되신 우 대인의 건승을 위하여!"

김산은 술잔을 들었으나 아무 말도 하지 않았다. 옥랑은 지금 네 필의 말이 끄는 마차 안에 눕혀져 있다. 정신은 말짱하고 내장도 상하지 않았지만 극독을 마신 터라 앞으로 이틀은 더 누워 있어야만 한다. 만일 김산의 양기를 받지 않았다면 그날 밤 내장이 다 녹은 채로 절명했을 것이었다. 김산은 한 모금에 술을 삼켰다. 오늘밤에도 양기를 품어주어야만 하는 것이다. 이것으로 옥랑은 몸이 낫겠지만 곧 육정(肉情)이 들 것이었다.

"낭군."
방사가 끝나고 몸이 떼어졌을 때 옥랑이 거친 숨을 고르면서 김산을 부른다. 마차 안은 아직도 뜨거운 열기로 가득 차 있다. 사방에 양털로 만든 두꺼운 장막을 쳐놓은 터라 어둡다. 그러나 어둠에 익숙해진 두 쌍의 눈을 서로의 모습을 선명하게 구분하고 있다. 김산을 반듯이 누운 채 대답하지 않았고 옥랑이 말을 이었다.
"사흘 후면 차가타이 영지를 벗어나 킵차크 영지로 들어가게 됩니다."
"……."
"영지 안으로 30리쯤 들어가면 쿤둔 골짜기가 나옵니다. 그곳에서 마적단이 대상을 기습할 것입니다."
머리를 돌리며 김산이 옥랑을 보았다. 마차 안은 아직 열기가 가시지 않았다. 열기에 섞여 짙은 정액의 냄새도 맡아졌다.
"내게 그것을 알려주는 이유를 듣자."
김산이 말하자 옥랑은 먼저 길게 숨부터 뱉었다.
"저는 이제 낭군의 여자이기 때문입니다."
"마적단은 그대 휘하인가?"
"아닙니다. 지휘자는 타르곤이라는 자로 휘하에 5천여 명의 마적단을 거느리고 있습니다."

옥랑의 두 눈이 어둠 속에서 번들거렸다.

"타르곤은 킵차크 영지까지 휩쓸고 다니는 대마적(大馬賊)입니다. 저는 그의 수하 중 하나일 뿐입니다."

"그렇군."

머리를 끄덕인 김산이 지그시 옥랑을 보았다.

"그대는 임무에 실패했으니 귀환해도 벌을 받겠구나, 그렇지 않은가?"

"처형을 당할 것입니다."

김산의 시선을 받은 옥랑이 어둠 속에서 흰 이를 드러내고 웃었다.

"그래서 몸이 나으면 마적단과 합류하지 않고 피신할 작정입니다. 물론 낭군께서도 저를 놓아주시겠지요?"

"네 갈 길을 가거라."

"이제 낭군께 빚진 것이 없게 되었습니다."

길게 숨을 뱉은 옥랑이 말을 이었다.

"타르곤은 호레즘인으로 칼과 활을 잘 쓰고 특히 백병전에 능합니다. 지금까지 한 번도 패한 적이 없는 괴물이지요. 낭군께선 조심하셔야 될 것입니다."

"네가 육정이 들었구나."

쓴웃음을 지은 김산이 옥랑의 허리를 당겨 안았다. 이미 하반신은 알몸이 된 터라 옥랑은 기다렸다는 듯이 다리를 벌려 맞을 채비를 한다.

"그렇습니다, 낭군."

두 팔을 뻗어 김산의 어깨를 움켜쥔 옥랑의 두 눈이 번들거렸다.

"며칠 동안 마차 밖으로 나오지 않았더니 부하들이 의심하는 것 같습니다······."
 그 순간 김산의 몸이 뚫는 것처럼 합쳐졌으므로 옥랑은 입을 딱 벌리면서 신음했다. 다시 마차 안에서 열기가 새어나오기 시작했다. 외진 곳에 세워놓은 마차 안이어서 이제 옥랑의 신음을 거침없이 터져 나온다. 색(色)을 즐기는 것이다.

 다음날 오전, 행수 우 대인이 이맛살을 찌푸리며 묻는다.
 "밤사이에 떠났단 말이냐?"
 "네, 그런데 마차나 양 떼, 진막과 취사도구, 짐 싣는 당나귀까지 다 남겨두고 말과 사람만 떠났습니다."
 그렇게 대답한 수하가 우 대인을 보았다.
 "아마도 도주한 것 같습니다."
 "왜?"
 했다가 머리를 기울였던 우 대인이 자리에서 일어났다.
 "가보자."
 밤사이에 전(前)행수의 무리가 모조리 사라진 것이다. 진막과 식용으로 끌고 가는 양떼, 취사도구까지 다 남겨놓고 사라진 것을 보면 야반도주가 분명했다. 그런데 왜 그랬단 말인가?

 전(前)행수 일행의 숙영지로 달려온 우 대인은 언덕 위에 선 기마인을 보았다. 고 대인이다. 말 위에 앉은 고 대인이 빈 진막을 내려다보고 서 있는 것이다.
 "아니, 고 대인."

말을 몰아 다가온 우 대인이 고 대인 옆으로 다가가 섰다. 이제 두 기마인이 나란히 숙영지에 시선을 준 채로 섰다.

"도대체 어떻게 된 일이오?"

하고 우 대인이 묻자 김산은 쓴웃음을 지었다.

"행수께선 마적단 이야기를 듣지 못하셨소?"

"왜 듣지 못했겠소?"

되물었던 우 대인이 퍼뜩 눈을 치켜떴다.

"아니, 그럼, 그 공주라는 여자가……."

"그렇소, 마적단 수괴 중 하나요."

우대인의 시선을 받은 김산이 말을 잇는다.

"이제 우리 대상의 앞에는 마적단 대부대가 기다리고 있소. 차가타이 칸국을 넘으면 바로 놈들이 습격을 해올 것이오."

"고 대인은 그것을 어찌 아시오?"

그러자 김산이 턱으로 앞쪽을 가리켰다.

"짐을 다 버리고 떠난 것은 놈들이 곧 돌아온다는 증거 아니겠소?"

"그럼 어찌하면 좋겠소?"

"방향을 바꿔 남쪽 길로 돌아가는 것이오. 그럼 마적단은 차가타이칸국의 영내로 깊숙이 따라 들어오지는 못할 테니 피할 수가 있을 것 같소."

그러자 우 대인이 머리를 저었다.

"그럼 2천여 리나 돌아가게 되오. 한 달 가까운 기일이 더 소모되니 차라리 위험을 무릅쓰고라도 돌파하는 것이 낫소."

우 대인이 김산의 표정을 보더니 덧붙었다.

"국경 수비대에 금 몇 냥을 주면 보호해줄 것이오. 전에도 그렇게 넘긴 적이 있소."

"그렇다면 난 대열에서 이탈하겠소."

김산이 말하자 우 대인은 머리를 끄덕였다.

"그것은 마음대로 하시오. 다른 대상대도 억지로 동행시키지는 않겠소."

한 시진쯤 후에 김산과 홍복은 언덕 위에 서서 멀어져 가는 대상단을 바라보는 중이다. 이제는 마치 대상단이 실줄기처럼 앞쪽 산맥 속으로 스며드는 것 같다. 한동안 대상단을 바라보던 홍복이 말했다.

"빠진 번대는 저희들뿐입니다, 나리."

"여러 번 마적을 겪었기 때문에 이번에도 넘길 수 있으리라고 믿는 거다."

시선을 준 채로 김산이 말을 이었다.

"타르곤이라는 대마적이라고 말해줄 걸 그랬군."

하지만 그랬다가는 어떻게 알게 되었느냐고 묻게 될 것이다. 그러면 옥랑의 정체까지 다 드러내야만 한다. 그때 홍복이 말했다.

"다 제 복이고 운수올시다, 나리. 언놈은 복을 쥐어줘도 팽개치지 않습니까? 놔두시지요."

타르곤은 45세, 호레즘의 장군 출신으로 몽골족에 대한 원한이 깊다. 신중한 성품이어서 가볍게 움직이지 않았는데 이번에도 마찬가지다. 오고데이 영지까지 수하인 옥랑을 보내놓고 대상대를 이끌게 한 다음에 이곳 쿤둔 골짜기에서 주둔하고 있었는데 마냥 기다리기만 한 것이 아니다. 수시로 정탐병을 보내 대상단을 파악했다. 저녁 무렵이 되었을 때 병사 차림의 사내가 진막 안으로 들어섰다. 차가타이 영지의 병사 차림으로 정탐을 나간 부하인 것이다.

"장군, 대상단이 내일 킵차크 영지 안으로 들어옵니다. 오늘은 타지트 산 밑 마후리 평원 근처에서 숙영할 것 같습니다."

"예정대로군."

머리를 끄덕인 타르곤이 병사를 보았다.

"사흘째 옥랑의 연락이 끊겼다. 옥랑의 대상단은 보았느냐?"

"그것이……"

병사가 조심스런 표정으로 타르곤을 보았다.

"대상단 경계가 삼엄해서 가깝게 접근하지 못했습니다. 하지만 깃발은 확인했습니다."

"그렇다면 내일 오후에 이곳으로 들어오겠군."

타르곤이 혼잣소리처럼 말하자 부장(副將) 마르칼이 나섰다.

"연락이 없다는 것은 별일이 없다는 뜻입니다, 장군. 내일 준비를 해 놓겠습니다."

"경계가 삼엄하다니 놈들도 조심하는 것 같다. 기병 5백을 동원해라."

타르곤의 말에 마르칼은 물론이고 진막 안의 장수들도 놀란 표정을 짓는다.

"5백이나 말씀이오?"

마르칼이 되물었는데 대상단의 경비병은 50여 명도 안 되는 것이다. 주위의 시선을 받은 타르곤이 말했다.

"그렇다. 매사에 신중하게 움직이는 것이 낫다. 옥랑이 사흘째 소식이 없는 것을 보면 분위기가 수상하다."

모두 입을 다문 것은 타르곤을 신임하기 때문이다. 지금까지 한 번도 작전에 실패해본 적이 없는 것이다.

100여 보 떨어진 바위 위에서 김산이 타르곤의 말을 들었다. 주위는 어두워서 골짜기 군데군데에 모닥불을 피웠고 순찰병이 돌아다니고 있다. 골짜기 안에는 3천 기마군이 주둔하고 있었지만 질서정연해서 조금도 빈틈이 보이지 않는다. 이것은 주장(主將)의 성품을 그대로 나타낸다. 마적단 수괴 타르곤의 지휘가 뛰어나다는 표시인 것이다. 한동안 주위를 둘러보던 김산이 머리를 들고는 길게 휘파람을 불었다.

"휘리리릭!"

그것은 산새 소리 같기도 했고 짐승의 비명 소리 같기도 한 소리다. 어두운 밤하늘로 솟아올라간 여운이 오래 남았다. 그 순간 아래쪽 진막이 술렁거렸다. 순찰병이 이쪽저쪽으로 내달렸고 장교들의 외침이 이곳저곳에서 울렸다.

"새 소리가 아니다."

눈을 치켜뜬 타르곤이 말했다.

"군호 소리다."

허리에 찬 칼의 손잡이를 쥐면서 타르곤이 지시했다.

"모두 나와서 경계를 하라!"

장수들이 뛰쳐나갔고 진막 안에는 부장 마르칼과 위사 셋만 남았다. 마르칼이 굳어진 얼굴로 묻는다.

"장군, 무슨 일일까요?"

마르칼은 38세로 20년 가깝게 전장(戰場)을 누비고 다닌 터지만 이런 경우는 처음이다. 아군 진영 한복판에서 군호 같은 휘파람 소리가 터진 것이다. 밖이 서서히 소란스러워지고 있다. 잘 훈련된 마적단이어서 겹겹이 방어망을 구축하는 중이다. 마르칼의 시선을 받은 타르곤이 얼굴을 일그러뜨리며 웃었다.
"밖에 있는 부대를 부르는 것이라면 우린 이미 끝장이 났다."
"그것이 아닙니까?"
"아닌 것 같다."
"그럼 왜 군호를 불렀을까요?"
"경고를 준 것 같기도 한데……."
눈을 가늘게 뜬 타르곤을 향해 마르칼이 다그치듯 묻는다.
"장군, 무슨 경고 말씀입니까?"
"넌 이미 내 손아귀에 들어 있다는 경고."
"누, 누가 감히……."
격분한 마르칼이 얼굴까지 붉혔을 때다.
"휘리리리릭!"
아까보다 더 크고 선명하게 휘파람 소리가 울렸는데 마치 밤하늘을 칼로 길게 베는 것 같았다. 그 순간 마르칼의 얼굴은 하얗게 굳어졌고 타르곤은 어금니를 물었다. 마르칼은 밖의 소음이 뚝 그쳐 있는 것을 깨달았다. 모두 굳어져 있었던 것이다. 이윽고 어금니를 문 타르곤이 말했다.
"놈은 이 근처에 있어."

김산은 이제 골짜기 끝 쪽의 벼랑 위에 앉아 있었다. 아래는 스무 간

(間)쯤 되는 낭떠러지인데, 스무 간이면 36m쯤 되었다. 바위 위에서 뒤쪽으로 뛰어 건넜는데 타르곤의 진막과는 200보 거리로 멀어졌다. 그러나 마적단의 행동은 선명하게 드러났고 그들 간에 오가는 갖가지 명령도 다 들렸다. 이곳은 새나 오를 수 있는 벼랑 위였다. 바로 발밑에 빈 새 둥지가 있는 것이 그 증거였다. 인간의 발길이 닿지 않는 곳이어서 아래쪽 군상들은 이곳에 사람이 있으리라고는 생각지도 못하였다. 김산의 시선이 타르곤의 진막에 꽂혀졌다.

"놈은 지금 이 근처에 있다."

타르곤의 목소리가 뚜렷하게 들린다.

"틀림없이 세 번째 군호를 내지를 것이다. 그때를 놓치지 마라.'

"장군, 벼랑 위에는 사람 그림자가 보이지 않습니다."

사내 하나가 말했을 때 타르곤의 목소리가 엄격해졌다.

"놈은 중원(中原)의 고수다. 사술에 능한 놈이 틀림없다. 벼랑 위에 잡기를 부려 올라갔을 것이다."

"하긴 그곳밖에 없습니다."

김산의 귀에도 익숙한 목소리가 거들었다. 부장 마르칼이다.

"놈은 바위 위에서 뒤쪽 벼랑으로 옮겨간 것이 분명합니다. 장군."

"그 사이에 수백 명의 장졸이 배치되어 있었는데 어떻게 건넜단 말입니까? 더구나 벼랑은……."

사내 하나가 다시 대들었다가 입맛을 다시고는 입을 다물었다. 그때 타르곤이 확인하듯 묻는다.

"준비되었느냐?"

"예."

대답은 마르칼이 했다. 마르칼이 말을 이었다.
"네 군데에서 벼랑 위를 집중 사격할 것입니다. 철궁 2백여 대가 일제히 가격을 하면 벼랑 위에는 개미 한 마리 남지 않을 것입니다."

김산은 몸을 날려 뒤쪽으로 떨어졌다. 뛰어내렸다고 표현해야 맞겠지만 어둠 속에서 보면 마치 바람에 헝겊조각이 날리는 것처럼 보였기 때문이다. 뒤쪽은 울창한 숲이다. 벼랑에 막힌 터라 경호병도 없는 딴 세상인 것이다. 나뭇가지를 밟고 반동을 이용하여 옆쪽 가지로 이동하는 모습은 짐승이나 다름없다. 이윽고 김산이 땅바닥에 발을 디딘 곳은 타르곤의 주둔지 뒤쪽에 펼쳐진 고원지대다. 이곳은 황무지인데다 기온이 낮다. 그때 앞쪽 바위 옆부분이 흔들리는 것 같더니 사람이 떼어졌다.
"보셨습니까?"
그렇게 묻는 목소리는 여자, 바로 옥랑이다. 다가선 옥랑이 김산을 보았다.
"타르곤은 마적단을 정예군으로 단련시켰습니다. 어지간한 군대로는 깨뜨리기가 어렵습니다."
"타르곤의 머리를 떼어올 작정으로 갔지만 마음을 바꿨어."
김산이 말을 이었다.
"본거지는 이곳에서 먼가?"
"1백 리쯤 떨어져 있습니다."
옥랑의 두 눈이 반짝였다. 이제 옥랑은 부하도 떼어놓고 혼자가 된 것이다. 1백 명 가까운 부하들은 머리 잃은 짐승 꼴이 되어 내일 오전쯤 타르곤의 진영으로 돌아갈 것이었다. 머리를 끄덕인 김산이 발을 떼며 말했다.

"그럼 본거지로 안내해라."

"어떻게 하시렵니까?"

옆을 따르며 옥랑이 묻자 김산이 힐끗 밤하늘을 보고 나서 대답했다.

"본거지를 치면 연락을 받은 타르곤이 급히 돌아오겠지."

"그렇군요."

옥랑이 얼굴에 웃음이 떠올랐다.

"대상단을 기습할 정신도 없을 것입니다. 본거지에는 그동안 약탈한 재물이 산처럼 쌓여 있는데다 타르곤의 가족이 다 있거든요."

"괴이하군."

이맛살을 찌푸린 타르곤이 주위를 둘러보며 말했다. 깊은 밤, 주둔지는 대낮같이 불을 밝혔고 병사들은 모두 나와 경비를 섰다. 한 명도 잠자리에 들지 않았던 것이다. 그러나 괴한의 군호는 두 번 다시 들리지 않았다. 놈에게 우롱당했다는 생각이 들었지만 타르곤은 화를 내는 대신 그 이유를 분석했다. 그것이 타르곤의 성품이었다. 이윽고 타르곤이 옆에 선 마르칼에게 말했다.

"놈이 우리 주둔지를 알고 있다면 본거지도 알지 모른다. 네가 1천 기를 이끌고 기지로 돌아가라."

"예, 장군."

오랫동안 손발을 맞춘 사이여서 마르칼이 두말 않고 몸을 돌렸을 때 타르곤의 말이 이어졌다.

"놈이 기습을 해오면 방어만 하도록, 병사들을 분산시키지 말라."

마르칼의 시선을 받은 타르곤의 얼굴에 쓴웃음이 떠올랐다.

"놈은 한 명, 많아야 서너 명이다. 내 추측이지만 대상단에 소속된 중원 고수 같다. 차가타이나 킵차크칸국에서 보낸 놈이 아니다."

"저는 본래 국경 지역을 떠돌던 기녀였지요."

김산의 옆을 따라 뛰면서 옥랑이 말했다. 둘은 어둠 속을 달리는 중이었는데 한 발짝이 20자(6m)는 되었다. 옥랑이 말을 이었다.

"어렸을 때부터 아버지한테서 무술과 경공을 배워 요긴하게 썼습니다."

"강도질을 할 때 말이냐?"

앞을 향한 채 김산이 묻자 옥랑이 피식 웃었다.

"예, 맞습니다. 하루가 다르게 제 무예가 성장하자 아버지는 저를 오고데이 영지의 도사 황청에게 보냈지요. 황청은 중원 무공의 달인으로 특히 태화공에 뛰어났습니다. 태화공이 무언지 아십니까?"

"모른다."

"쌍검과 창술을 기반으로 온갖 살수를 펼치는 무공입니다. 저는 5년 동안 황청의 제자가 되었습니다."

그때 김산이 더 높게 뛰어올랐으므로 옥랑은 당황했다. 세 번 뛰었을 때 옥랑과의 거리가 1백 자(30m)로 벌어졌다. 김산의 보폭이 한 걸음에 50자(15m)가 되었기 때문이다. 놀란 옥랑이 소리쳤다.

"나리, 힘이 모자랍니다!"

그때 멈춰 섰던 김산이 다가온 옥랑의 팔을 쥐었다. 그러고는 다시 솟아올랐다. 놀란 옥랑이 발밑으로 스치고 지나는 땅바닥을 보면서 다시 소리쳤다.

"나리, 이런 경공은 처음 봅니다."
"자, 이제 타르곤에 대해서 더 자세히 말해라."
 김산이 말했다. 발밑으로 어둠에 덮인 산야가 스치고 지나간다. 마치 나는 것 같다.

 이른바 주치 울루스(Juchi ulus)는 카스피 해를 중심으로 동서 방면은 물론이고 북쪽의 러시아에까지 이르는 광대한 영토였다. 지금은 주치의 장남 바투에게 상속되었고 킵차크칸국이라고 불렸다. 수도는 카스피 해 북쪽 볼가 강 하구의 시라이였는데, 지금 시라이의 왕궁 안에서는 황제 바투가 헝가리에서 돌아온 전령을 맞는다. 전령은 새 옷으로 갈아입었지만 지친 표정이다. 무릎을 꿇은 전령이 바투를 올려다보았다. 주위에 둘러선 수백 명의 장수, 고관들이 숨을 죽이고 있다.
"폐하, 페스트성은 헝가리와 폴란드 왕국의 연합군 5만에 의해 함락되었고 바쉬란님께선 전사했습니다."
 예상했던 일이어서 바투는 눈만 끔벅였고 청 안은 여전히 조용하다. 전령의 말이 이어졌다.
"폐하, 연합군은 곧 동진(東進)을 해올 것 같습니다. 놈들은 페스트성 동쪽으로 수십 대의 정탐대를 보냈는데 소인도 오는 도중에 세 번이나 만났습니다."
"가소로운 것들."
 바투가 이 사이로 말했지만 모두가 그 말을 들었다. 바투의 원정군이 폴란드의 그라코우를 함락시킨 것이 5년 전이다. 바투는 신성로마제국 영토로 진입하여 다시 독일과 폴란드의 연합군을 월슈타트 평원에서 대

파시켰다. 유럽 연합군은 처참한 패배를 당하고 도주한 것이다. 그러나 다음 해에 본토의 오고데이칸이 죽음으로써 원정군은 철수했다. 원정군에 참여했던 오고데이의 장남 구유크와 톨루이의 장남 몽케도 서둘러 귀국했다. 그러나 원정군 사령관 바투는 귀국하지 않고 킵차크칸국을 건설한 것이다. 머리를 든 바투가 전령장수를 보았다.

"그래, 페스트성의 군사는 몰살당한 것이냐?"

"그렇습니다, 폐하."

시선을 내린 전령이 말을 이었다.

"한 명도 살려두지 않고 목을 베어 성벽 위에 늘어놓았다고 합니다."

"ㅎㅎㅎ"

갑자기 바투가 웃었으므로 모두 긴장했다. 모두의 시선을 받은 바투가 말을 잇는다.

"내가 3천 명의 영혼을 위로하는 제사를 지내줄 것이다."

바투는 입술로는 웃었지만 두 눈이 번들거리고 있다.

잠시 후에 바투는 왕궁 안쪽의 황제 휴게실로 재상 오르베, 위사장 자크바, 대장군 수베게이까지 셋만 불러 들였다. 바투의 최측근 셋이 모두 모인 셈이다.

보료에 비스듬히 기대앉은 바투가 이 사이로 말했다.

"이대로 놔두면 안 돼, 제국의 힘이 약하다는 것이 드러나면 사방에서 반란이 일어나는 것이다."

"그렇습니다."

어깨를 부풀렸다가 내린 수베게이가 말을 받는다.

"이미 페스트성의 참화가 알려진 이상 보복을 해야 됩니다. 폐하."

"하지만……"

재상 오르베가 힐끗 바투의 눈치를 보았다.

"폐하, 아직 군의 여력이……."

"닥쳐라!"

낮게 일갈한 바투가 눈을 치켜뜨고 수베게이를 보았다.

"대군(大軍)까지 필요 없다. 기습 전법으로 페스트성을 점령, 놈들을 몰살시키는 것이다. 군사는 1천 정도면 된다."

"예, 폐하."

어깨를 편 수베게이가 심호흡을 했다.

"급속 기마군으로 편성하겠습니다. 그런데 장수를 지명해주십시오."

"칠라은이 적암이다."

"예, 칠라은을 부르겠습니다."

수베게이가 커다랗게 머리를 끄덕였다. 칠라은은 5천인 장으로 40대 중반의 용장이다. 또한 지략이 뛰어나 지금까지 수백 번 대소(大小) 접전을 치렀지만 패한 적이 없다. 그때 위사장 자크바가 말했다.

"폐하, 오늘 아침에 대상단이 국경을 넘었다는 봉화 신호가 왔습니다."

바투의 시선을 받은 자크바가 말을 잇는다.

"대상단에 끼어 있던 몽케님의 신하 김산이 곧 도착할 것 같습니다."

"참, 그놈이 대상단에 끼어 있었던가?"

잊고 있었던 바투가 묻자 자크바가 대답했다.

"예, 이제는 위장할 필요도 없는 터라 곧장 달려오면 며칠 안에 도착할 것입니다."

건성으로 머리를 끄덕였던 바투가 다시 수베게이를 보았다.

"정예군을 선발하되 예비마는 여섯 필씩이 낫다. 알았는가?"

"예, 한 필은 식량과 무기를 싣고 다섯 필은 번갈아 타면 페스트 성까지는 보름이 걸릴 것입니다."

열중한 수베게이가 방바닥에다 지도까지 그리면서 말을 잇는다.

"허나 페스트 성 50리쯤 앞에서는 은밀하게 움직여야 될 것입니다."

이것은 한두 번 한 일이 아니어서 군신(軍臣)의 호흡이 맞는다.

새벽 인시(4시) 무렵, 김산과 옥랑이 산 중턱에 서서 아래쪽 평지를 내려다보았다. 아래쪽은 마을이다. 주위는 짙게 어둠이 덮여 있었지만 마을 윤곽은 선명하게 드러났다.

"사방에 경비병이 깔려 있어요."

옥랑이 손을 들어 이쪽저쪽을 가리키며 말했다.

"마을 외곽의 주택은 감시용 주택입니다. 가깝게 다가가면 바로 발각이 되지요."

마을 외곽의 주택을 성벽 대용으로 이용하는 것이다.

"타르곤의 저택은 어디냐?"

김산이 묻자 옥랑이 손가락 위쪽을 가리켰다.

"저기 2층 저택인데 주위의 통나무집이 모두 경호원 거처입니다. 마치 요새나 다를 바 없습니다."

마을은 조용하다. 군데군데 모닥불이 타오르고 있는 곳은 밖에 나와 지키는 경비병의 공개 초소였고 나머지는 일반 저택처럼 위장되어 있다. 옥랑도 위장된 경비초소는 다 모른다는 것이다. 머리를 돌린 김산이 옥랑을 보았다.

"그대는 이곳에서 기다리도록, 내가 한 식경쯤 후에 돌아오겠다."

"따라간다고 해도 방해만 될 것 같으니 이곳에 남지요."

김산의 시선을 받은 옥랑의 얼굴에 쓴웃음이 떠올랐다.

"눈에 보이는 경비병은 5, 60명뿐이지만 마을 안에 5백여 명은 남아 있을 것입니다."

지붕을 건너뛴 김산의 모습은 검은 잔영으로만 남았다. 주택 안에서 또는 거리 모퉁이에 서서 김산의 모습을 본 경비병들은 그것이 헛것이거나 흔들리는 나뭇가지, 또는 밤에 나는 새인 줄로 착각을 했다. 김산의 경공은 특출하다. 빠르기만 한 것이 아니라 은신술도 병행한다. 검은 곳에 검은 두건을 쓰고 밤의 어둠 속에 잠기면 나무가 되고 담장이 되는 것이다. 김산이 2층 저택의 창문 안으로 스며든 것은 반식경도 되지 않았다. 2층 저택은 러시아풍으로 계단이 넓었고 홀 옆쪽에는 커다란 벽난로가 붙여졌다. 집안은 조용하다. 그러나 아래층 침실과 2층에 10여 명의 인기척이 들린다. 모두 타르곤의 가족이다. 옥랑의 말을 들으면 타르곤은 처와 두 딸, 아들 한 명과 함께 사는데 자식들은 모두 10대라는 것이다. 김산의 오늘밤 목표는 타르곤의 아들이다. 아들을 인질로 잡아가려는 것이다. 소리 없이 계단을 오른 김산이 2층 복도 좌우의 문을 열었다가 세 번째 방에서 타르곤의 아들을 발견했다. 열두 살짜리 소년은 깊게 잠이 들었다. 잠깐 소년의 모습을 바라보던 김산이 발을 떼어 다가갔다. 타르곤을 암살하는 것은 이보다 쉬운 일이다. 그러나 킵차크제국의 바투를 만날 때 타르곤의 목을 들고 가는 것보다 산 채로 데려가는 것이 낫겠다는 생각을 했기 때문이다. 그러려면 먼저 타르곤의 아들을 잡아 미끼로 내놓을 계획인 것이다.

기마군 1천기를 이끈 마르칼이 마을로 돌아온 것은 오전 진시(5시) 무렵이다. 그러나 마르칼은 말에서 내리자마자 경비장으로부터 비보를 받았다.

"어젯밤에 슈리트님이 유괴되었소."

경비장은 제정신이 아니었다. 눈을 치켜떴지만 눈동자의 초점이 없다. 놀란 마르칼도 경비장의 입만 보았다.

"아침에 슈리트님의 침대에서 이것이 발견되었소."

경비장이 내민 것은 허리띠다. 그것을 본 마르칼이 숨을 죽였다. 옥랑의 허리띠인 것이다. 왜 옥랑의 허리띠가 이곳에 있단 말인가? 붉은색 비단으로 만든 허리띠는 옥랑의 상징이나 같았다. 그 허리띠에는 금박으로 용이 수놓아져 있었다.

"아니, 이것이 왜?"

허리띠를 받아주고 마르칼이 앞뒤를 살펴보며 묻자 경비장이 이 사이로 말했다.

"저택 앞에서 경비병 둘의 시체가 발견되었습니다. 둘 다 머리가 물주머니처럼 되어 있었습니다. 머리뼈가 부서져 가죽만 남아 있었습니다."

"……."

"중원(中原) 땅의 고수가 침입한 것이 분명합니다. 머리뼈만 박살을 내었고 얼굴 피부는 멀쩡했단 말씀이오."

"시끄럽다!"

마르칼이 꾸짖었을 때였다.

"따악!"

 옆쪽 기둥에 화살 한 대가 박히는 바람에 마르칼도 깜짝 놀랐다. 마을 복판의 청 안이어서 사방이 트여져 있기는 했다. 그런데 어디서 활을 쏘았단 말인가? 머리를 숙였다 든 마르칼이 주위를 둘러보았지만 화살이 꽂힌 방향은 부하 군사들뿐이다.

 "화살에 쪽지가 묶여 있습니다!"

 경비장이 소리치더니 기둥에서 화살을 빼내었다. 기둥은 마르칼로부터 한 발짝 거리에 있었는데 폭이 한 자쯤 되었다. 이것은 궁수(弓手)가 마음만 먹었다면 마르칼의 몸을 맞출 수도 있다는 표시였다. 어금니를 문 마르칼이 경비장을 건네준 쪽지를 받아 폈다. 예상대로 편지다. 한자가 써져 있는 것이 놈은 중원 고수라는 증거일 것이었다. 마르칼이 편지를 읽는다.

 "타르곤의 아들을 데려간다. 당장 대상단 습격을 중지시키지 않으면 아들놈 머리통을 보내주마. 그리고 타르곤에게 이틀 후 저녁까지 이곳으로 오라고 일러라, 이틀 후 술시(오후 8시)에 다시 연락하겠다. 고 대인(高大人)."

 옥랑은 이제 떠날 생각을 하지 않는다. 슈리트의 감시를 자청해서 맡더니 조금 전에는 산에서 잡은 토끼 고기로 저녁을 만들었다.

 "슈리트가 조금 먹었어요."

 통나무 오두막에서 나온 옥랑이 김산 옆으로 다가와 앉으면서 말했다. 이곳은 오르곤의 본거지에서 30리쯤 떨어진 산속, 그들은 빈 통나무집을 임시 은신처로 삼아 슈리트를 가둬놓고 있다.

"나한테 자꾸 지금 뭐하는 것이냐고 묻길래 네 아버지를 기다린다고 했지요."

슈리트는 제 아버지의 수하였던 옥랑을 기억하고 있는 것이다. 김산이 모닥불을 들쑤셔 불길을 세우면서 옥랑에게 말했다.

"그대는 언제든지 떠나도 좋다. 잡지 않을 테니까 마음대로 하라."

"압니다."

불빛에 비친 얼굴을 펴고 웃으면서 옥랑이 김산을 보았다.

"낭군한테 육정이 들어서 그렇습니다."

"색녀(色女)로군."

"낭군께서 그렇게 만들어주셨지요."

다시 웃는 옥랑의 얼굴에 교태가 번져 있었으므로 김산은 시선을 돌렸다. 육정이 든 것은 김산도 마찬가지였던 것이다. 처음에는 독을 빼내려는 목적이었다가 해독이 되고 나서도 밤마다 육욕에 빠지다 보니 옥랑만 보면 몸에 열이 오른다. 처음 겪는 육욕이다.

"내일 저녁에 어떻게 하시렵니까?"

옥랑이 묻자 김산은 정색했다.

"타르곤은 둘 중 하나를 선택해야겠지."

심호흡을 한 김산이 말을 잇는다.

"자식을 죽이고 제 위신을 살리느냐, 아니면 자식을 살리고 나를 따르느냐, 둘 중 하나야."

"아마 전자일 것입니다."

추운지 목을 움츠리면서 옥랑이 김산을 보았다.

"5천 부하를 이끌고 제왕처럼 군림해온 마적단 수괴 노릇을 버리기가 더 어려울 것 같습니다."

"그럴까?"

그러고는 김산이 쓴웃음을 지었지만 말을 잇지 않는다.

"보르진 성주 노르칸이 전서구를 보내왔습니다. 폐하."

저녁식사를 마친 바투는 애첩 뮤라스가 건네준 술잔을 든 채 대장군 수베게이의 보고를 받는다. 수베게이의 말이 이어졌다.

"고려아 김산의 시종인 1백인장 홍복이란 자가 보르진성으로 찾아와 전언을 하고 갔다는 것입니다."

바투는 시선만 주었고 수베게이의 말이 이어졌다.

"김산이 마적단 수괴 타르곤을 처치하려고 진중에 단신으로 잠입했다고 합니다."

"허, 그래?"

바투의 얼굴에 웃음이 떠올랐다.

"그놈이 나를 만나기 전에 공을 세워 자신의 이름을 알리려는 수작이다. 빈손으로 외탁하지는 않겠다는 표시다."

"그렇습니다."

수베게이의 얼굴에도 웃음이 떠올랐다.

"남쪽 국경에서 폐해가 심하다는 보고가 자주 있었는데 고려아가 성공한다면 우환을 하나 덜어내는 셈이 되겠습니다."

"단신 잠입이라고?"

"예, 폐하."

"무모한 놈이로군."

"무공은 뛰어난 것 같습니다. 중원 천하가 고려아 소동으로 들썩였지만 결국 구유크칸의 모든 조직이 체포에 실패했지 않습니까?"

"그렇군."

머리를 끄덕인 바투가 한 모금에 술을 삼켰다.

"오랜만에 듣는 상쾌한 소식이다. 어디, 다음 소식을 기다리기로 하자."

"마르칼이 보낸 전령이 보고를 마쳤을 때 타르곤은 풀썩 웃기부터 했다. 그러나 거친 턱수염 밑의 입술이 곧 비틀려졌고 눈빛이 강해졌다.

"그놈 이름이 고 대인이라고 했느냐?"

"그, 그렇습니다. 장군."

납작 엎드린 전령이 시선도 들지 못하고 말을 잇는다.

"놈, 놈은 경비병 둘을 죽였습니다. 어떻게 죽였는고 하면……."

그때 진막 밖이 소란스럽더니 부장이 사내 둘을 데리고 들어섰다. 옥랑을 따라 대상 무리에 끼었던 부하들이다.

"장군, 보고드릴 것이 있습니다."

소리쳐 말하는 부랑의 얼굴이 일그러져 있다. 부랑이 앞에 꿇어앉은 두 사내에게 지시했다.

"직접 보고 드려라!"

"예에."

그중 나이 든 부하가 머리를 들었다.

"장군 옥랑이 배신했습니다."

타르곤은 눈을 가늘게 떴고 부하의 목소리가 진막 안을 울렸다.

"대상단의 고 대인이란 놈이 주공과 경비장을 모두 죽이고 경비병 아홉 명도 죽였습니다. 그러고는 옥랑과 함께 대상단을 이탈하는 바람에 우리는 며칠 동안 영문도 모르고 대상단에 갇혀 있다가 이제야 빠져나왔습니다."

"도대체!"

놀랍기보다 어이가 없어진 타르곤이 입맛을 다시고 나서 사내를 노려보았다.

"알아듣게 말해라. 내가 이번에도 알아듣지 못한다면 네 필요 없는 혀를 뽑아놓을 테다."

놀란 사내가 오히려 더 횡설수설 했지만 타르곤은 알아들었다. 주공과 경비장 등 10여 명이 몰살당했을 때 남은 부하들은 긴장한 채 옥랑의 지시를 기다렸다. 그러나 옥랑은 사흘 동안이나 마차 밖으로 나오지 않고 안에서만 지시를 했다는 것이다. 더구나 마차가 외진 곳에 놓여서 가까이 갈 수도 없었다고 했다. 이렇게 지내던 나흘째 되는 날 참다못한 부하 하나가 마차 안을 보았더니 비어 있더라는 것이다. 옥랑이 고 대인과 함께 있다는 것은 모두 알고 있던 터라 수하들은 바로 대상단을 이탈하여 이곳으로 달려온 것이다. 이윽고 머리를 든 타르곤이 일그러진 얼굴로 말했다.

"이제 알았다. 옥랑 그년이 본거지를 알려주었구나. 그래서 허리띠가 놓였군."

진막 안은 숨소리도 들리지 않았고 타르곤의 말이 이어졌다.

"지금 슈리트를 잡고 있는 것도 두 연놈이다."

2장
킵차크제국

　타르곤이 본거지 마을에 도착했을 때는 다음날 저녁, 해가 서산에 걸려 있을 때다. 타르곤은 5천 기마군을 모두 끌고 귀환했는데 대상단 습격은 포기한 것이었다. 저택에 들르지도 않고 광장의 청으로 들어선 타르곤이 기다리고 있던 마르칼에게 말했다.
　"병력 전원을 외곽에 전투대형으로 포진시켰다."
　마르칼의 시선을 받은 타르곤이 입술 끝을 올리며 웃었다.
　"놈도 내 의도를 짐작할 것이다."
　그것은 전 병력으로 일전(一戰)을 불사하겠다는 표시인 것이다. 혈연 따위에게 흔들리지 않겠다는 시위이기도 했다. 그러나 마르칼은 대답하지 않았다. 타르곤이 겉으로는 기세를 부렸지만 외아들 슈리트에 대한 애착이 얼마나 강한지 잘 알고 있었기 때문이다. 45세의 타르곤에게 12살짜리 아들 슈리트는 삶의 희망이었다. 호레즘의 남부지역 사령관이었다가 왕국이 패망하자 마적단 수괴가 되어 흘러 다니는 타르곤의 신세다. 왕국의 재기는 불투명했기 때문에 타르곤의 의미 없는 세월을 지탱해주는 동력이 바로 외아들 슈리트의 성장이었다. '나는 늦었지만 너는 새 꿈을 키우거라. 새 호레즘 왕국을, 또는 새 세상을, 그때까지 내가 뒷받침을 해주마.' 그래 왔던 타르곤이었다.

"장군, 어떻게 하시렵니까?"

마르칼이 주저하면서 물었을 때 타르곤은 거침없이 대답했다.

"놈을 죽인다. 타협은 없다."

카라코룸은 제국의 수도답게 제국의 정보가 가장 빠른 수단을 통해 수집되고 있다. 첫째가 봉화다. 주요 지역과 연결된 봉화대는 외침의 전달뿐만 아니라 1백여 가지의 각종 신호를 전달했는데 1만여 리(5000km) 떨어진 변방의 정보가 이틀이면 카라코룸에 닿는다. 둘째가 비둘기를 이용한 전서구로 밤에 날지 못하는 단점이 있지만 제법 자세한 내용을 비둘기 다리에 채운 쪽지함에 넣어 전달할 수가 있다. 그러나 변방의 소식이 카라코룸에 전서구를 통해 닿으려면 닷새가 소모되고 정보가 누출될 위험이 절반이나 된다. 셋째가 화살인데 제한적이긴 하나 정확하다. 그러나 이 방법은 지역이 짧고 전시(戰時)에나 응용된다. 마지막으로 역관의 말을 이용한 전령인데 가장 많이 사용되는 방법이다. 카라코룸에서 킵차크제국의 성도 시라이까지는 2만여 리, 하루에 50리씩 행군하는 대상이 4백여 일을 쉬지 않고 걸어야만 하는 거리다. 그 길을 기마전령은 역관에서 새말을 바꿔 타고 하루에 500리씩 달려 40일 만에 닿는다. 오늘, 카라코룸의 구유크칸이 보낸 전령이 시라이의 왕궁에 들어섰다.

전령은 1천인장 가잘, 보좌관으로 1백인장 둘과 기병 20여 기를 이끌고 왔으니 전령단으로는 대규모다. 그러나 모두 지쳐 있었다. 새 옷으로 갈아입고 왕궁에 들어왔지만 걸음이 느렸고 어깨가 늘어졌다.

"가잘, 그대는 아직도 1천인장이냐? 5년 전에도 1천인장 아니었나?"

가잘을 본 바투가 정색하고 물었는데 5년 전 구유크의 부하였던 가잘이 대원정단에 참가했다가 귀국했기 때문이다.

"예, 전하. 하지만 귀국하면 곧 3천인장으로 승급할 것입니다."

가잘이 그렇게 대꾸했을 때 옆쪽에 서 있던 재상 오르베가 말했다.

"이보게, 전령장. 바투님은 킵차크제국의 황제시네, 폐하라고 부르시게."

"예, 황제 폐하."

금방 시정한 가잘이 한쪽 무릎을 꿇고 바투를 올려다보았다. 청 안에는 수백 명의 대신, 장군이 모여서 있었다. 가잘이 들고온 상자를 열더니 두루마리로 된 몽골제국의 황제 친서를 꺼내 쥐었다.

"폐하, 몽골제국 황제폐하의 친서를 읽겠습니다."

"읽으라."

그러고는 바투가 황금의자에 등을 붙였다. 그러니 한쪽 무릎을 꿇고 앉은 가잘이 마치 속국의 왕이 보낸 사신 꼴이 되어버렸다. 이런 경우에는 가잘이 일어서고 바투가 용상에서 일어나 한쪽 무릎을 꿇어야 정상이었다. 그러나 가잘은 물론 보좌관, 수행자 아무도 그것을 지적하지 않았다. 그때 가잘이 무릎을 세우고 일어섰다.

"폐하, 일어서서 읽겠습니다."

"읽으라니까?"

주위는 무섭게 조용해졌다. 모두 상황을 아는 것이다. 이것은 몽골제국 황제에 대한 모욕이다. 도전인 것이다. 이 일로 전쟁이 일어날 수도 있다. 그때 헛기침을 한 가잘이 두루마리 친서를 읽기 시작했다.

"몽골제국 황제 구유크가 킵차크 영지의 왕 바투에게 보낸다."

"잠깐."

바투가 손을 들어 가잘의 말을 막았다. 그러고는 옆에 선 오르베에게 물었다.

"방금 킵차크 영지의 왕 바투라고 했다. 그대도 들었나?"

"예, 폐하."

"건방진 놈, 구유크."

이 사이로 말한 바투가 지그시 가잘을 보았다.

"가잘, 이것이 온당한 대접이냐?"

"전, 아니, 폐하, 저는 칙서만 읽을 뿐입니다."

가잘이 말하자 바투는 쓴웃음을 지었다.

"구유크가 잔머리는 좀 굴리지. 다른 사신 같으면 이쯤에서 목이 날아갔을 텐데 나하고 안면이 있는 너를 보낸 것을 보면 말이다."

"폐하, 읽어도 되겠습니까?"

"읽으라."

다시 헛기침을 한 가잘이 읽는다.

"바투, 그대의 영지 내로 고려아라고 불리는 김산이 들어갔을 가능성이 있다. 고려아는 몽케의 암살자로 몽골제국에 대역죄를 지은 범인이다. 몽골황제의 명으로 고려아 김산의 체포, 압송을 명한다. 죽여서 머리를 보내도 좋다. 이에 몽골제국 황제가 킵차크왕 바투에게 명하노라."

"빌어먹을 놈."

가잘이 읽기를 마치자마자 그렇게 말한 바투가 의자에 등을 붙였다. 그러고는 가잘에게 묻는다.

"가잘, 네 식솔은 어디에 있느냐?"

"카라코룸에 있습니다."

"그럼 사람을 보내 이곳으로 데려오도록 해라. 너에게 5천인장 직임을 주마."

"폐하."

"그리고 성주로 보내주마. 네 가족과 함께 성주가 되어서 사는 게다. 그럼 왕처럼 살 수가 있지."

"폐하."

"성은 많은데 성주 재목이 부족하다. 어떠냐?"

"폐하, 소신은."

"며칠 쉬면서 생각해보아라. 네가 마음만 먹는다면 네 가족은 무사히 이곳으로 데려와주마."

가잘은 물론 수행원들도 술렁거렸다. 전혀 예상 밖의 일들이 일어나고 있기 때문이다.

밤 자시(12시)가 되었을 때 타르곤이 부하장수들에게 말했다.

"교대로 불침번을 서기로 하고 모두 숙소로 돌아가도록."

부하 장수들이 방을 나가자 안에는 마르칼과 위사 셋만 남았다. 이곳은 마을 복판의 단층 건물로 마적단의 집무소 역할을 하는 곳이다. 집 안에는 수백 명의 위사가 빈틈없이 경비하고 있는데다 대낮같이 불을 밝혀놓았다. 그때 마르칼이 타르곤에게 말했다.

"장군, 놈이 독자적으로 움직이는 것이 분명합니다. 지금 일부러 시간을 끌고 있는 것입니다."

"나는 이미 마음을 비웠다."

정색한 타르곤이 말을 이었다.

"내 자식의 시체를 보고 끝내겠다."

그때였다. 방문이 열리면서 사내 하나가 들어섰는데 바로 김산이다. 타르곤과 마르칼은 시선을 주었지만 어리둥절한 표정들이다. 들어선 김산의 태도가 태연자약한데다 밖도 조용했기 때문이다. 그러나 위사들은 반응이 다르다. 낯선 사내를 향해 와락 다가가 가로막는다.

"누구냐?"

위사 하나가 다부지게 묻자 김산의 시선이 타르곤에게로 옮겨졌다.

"내가 바로 슈리트를 잡아두고 있는 사람이다."

놀란 위사들이 잠깐 주춤한 순간이다. 타르곤은 사내의 손이 선뜩 펄럭이는 것만 보았다. 소맷자락이 흔들렸고 손이 위사 셋의 몸을 훑고 지나는 것 같았는데 모두 곡식자루가 떨어지는 것처럼 방바닥에 제멋대로 널브러졌다. 그때 사내가 이쪽으로 몸을 돌렸다.

"타르곤, 할 말이 있다."

사내의 목소리는 낮았지만 선명했다. 그 순간 마르칼이 한 걸음 사내에게 다가섰다.

"너, 누구냐?"

위사들이 쓰러지는 것을 본 터라 마르칼의 손은 칼 손잡이를 쥐었다. 그때 사내가 빙그레 웃었다. 젊다. 그리고 호남이다. 마르칼은 자신의 어깨가 저절로 내려진 것을 의식하지 못했다.
"넌 그 자리에서 움직이지 마."
사내가 낮게 말했을 때 마르칼은 입을 벌렸다가 다시 다물었다. 그러고는 그 자리에서 몸을 굳혔다. 본능적인 행동이었다. 사내의 말대로 하지 않는다면 엄청난 일이 일어날 것 같다는 예감이 들었던 것이다.

김산은 타르곤을 마주보며 섰다. 이제 방안에는 셋이 삼각으로 마주 선 채 잠깐 정적이 덮였다. 쓰러진 위사 셋은 시체가 되었는지 숨소리도 들리지 않는다.
그때 김산이 말했다.
"타르곤, 나는 네 측근과 병사들을 그대로 끌고 가고 싶다."
타르곤은 시선만 주었고 김산의 말이 이어졌다.
"킵차크제국 바투 황제께 말이다. 나는 고려아 김산, 바투 황제를 뵈러 가는 중인데 너를 전리품으로 데려가고 싶은 것이다."
그 순간 타르곤의 눈썹이 꿈틀거렸고 그것을 본 김산이 빙그레 웃었다.
"약육강식의 세상, 내가 전리품이라고 말한 것에 자존심이 상했는가? 싫다면 이 자리에서 네 머리를 떼어 가면 된다."
"……."
"부하들은 뿔뿔이 흩어질 것이고 곧 잊혀진다. 어떻게 하겠느냐?"
"……."
"난 몽골제국의 구유크 황제로부터 쫓겨온 신세다. 이곳에서 당분간 몸을 의탁하려는 입장이지."
"……."

"킵차크제국은 나에게 기회의 땅이지. 난 몽케칸의 1천인장이었지만 이곳에서 영주쯤은 오르고 싶다."

그때 타르곤이 말했다.

"좋다. 가자, 하지만 조건이 있다."

타르곤의 목소리가 낮게 가라앉았기 때문에 마르칼이 더 긴장했다. 김산을 응시한 채 타르곤이 말을 잇는다.

"하지만 투항자로 해주지 않겠는가? 네 포로가 되어서 가지는 않겠다."

"좋다."

머리를 끄덕인 김산이 얼굴을 펴고 웃었다.

"내가 돌아가 곧 슈리트를 돌려보내겠다. 그러니 그대는 내일 오전 신시(10시)까지 장수들만 이끌고 마을 입구까지 나와 주지 않겠나?"

"가겠다."

심호흡을 한 타르곤이 김산을 향해 똑바로 섰다. 그러더니 머리를 숙여 보이고는 말을 잇는다.

"내가 앞으로 그대를 형으로 모시겠다. 받아주겠는가?"

"좋다."

김산의 얼굴에 다시 웃음이 떠올랐다.

그리고 다음 순간이다. 김산이 몸을 돌리더니 발을 떼어 방을 나갔는데 둘은 시선만 줄 뿐 숨도 쉬지 않았다.

인시(오전4시)가 되었을 때 마을 입구에서 떠들썩한 소음이 일어났다. 타르곤의 아들 슈리트가 돌아온 것이다. 슈리트를 확인한 타르곤이 마르칼에게 말했다.

"이젠 약속을 지켜야겠다."

마르칼이 머리를 들었지만 선뜻 입을 떼지 않았다. 타르곤에게는 간부급 부하가 1백여 명이 있다. 몽골식 군(軍) 체제여서 1백인장급 이상을 지휘관급으로 보는 것이다. 모두 타르곤이 임명한 부하들이었고 생사여탈권을 쥐고 있었지만 이번 경우는 특별했다. 모두 이끌고 투항하려는 것이다. 반발은 이런 상황에서 일어난다. 타르곤이 마르칼에게 물었다.

"몇 명이 모였느냐?"

"예, 5백인장 이상급으로 7명입니다."

그 순간 타르곤이 눈썹을 좁혔지만 입을 열지는 않았다. 타르곤의 휘하에는 5백인장급 이상의 간부가 22명이나 있기 때문이다. 마르칼이 자리에서 일어서며 말했다.

"제가 나가보겠습니다."

그때 타르곤이 길게 숨을 뱉었다.

"사시(10시)에는 나 혼자서라도 나갈 테다. 그러니 뒷일은 너한테 맡긴다."

"장군."

놀란 마르칼이 몸을 굳혔다.

"그럼 마적대는 둘로 쪼개집니다. 그래도 됩니까?"

"예상하고 있었던 일이야."

쓴웃음을 지은 타르곤이 지그시 마르칼을 보았다.

"난 내 자식을 납치당했을 때부터 이미 지도자의 권위를 잃었다. 부하들이 흩어지는 것은 내 무능력 때문이니 놔둬라."

"장군."

심호흡을 한 마르칼이 번들거리는 눈으로 타르곤에게 말했다.

"제가 그 말씀까지 전하지요. 장군을 따른다는 부하들이 많을 것입니다."

바투의 집무실은 시라이 성(城)의 중심부에 위치한 대성당의 거대한 홀이다. 1천여 명을 수용할 수 있는 홀의 안쪽에 10개의 계단을 쌓아놓고 위에 왕좌를 만들어놓았다. 금으로 만든 왕좌에는 바투가 앉아 있다. 오후 신시(4시) 무렵 바투에게 다가온 재상 오르베가 말했다.

"폐하, 사신이 기다리고 있습니다. 가시지요."

킵차크제국은 러시아 영토의 대부분과 카스피해 서쪽과 남쪽의 광대한 지역을 지배하고 있다. 지방 영주가 보낸 사자는 하루에도 두어 번씩 찾아오는 것이다.

바투가 오르베와 함께 접견실로 들어서자 기다리고 있던 대장군 수베게이가 맞는다. 수베게이 앞에 선 사내는 1천인장 제복 차림이 있는데 바투를 보더니 한쪽 무릎을 꿇고 예를 드렸다.

"응, 네가 고려아렷다."

쓴웃음을 지은 바투가 앞쪽 자리에 앉았다. 수베게이와 오르베가 나란히 서서 김산을 보았다. 김산은 그것이 처음 보는 생물(生物)을 향한 시선처럼 느껴졌다. 바투가 시선을 준 채로 말을 잇는다.

"너 때문에 구유크가 두 번이나 사자를 보냈다. 네가 수십 명을 죽였다면서?"

김산이 머리만 숙였고 바투의 목소리에 웃음이 섞여졌다.

"잘 왔다. 몽케님한테서 너에 대한 추천서도 받아놓았다."

"받아주신다면 충성을 다하겠습니다."

겨우 김산이 말했을 때 바투는 껄껄 웃었다.

"나는 충성 따위를 내거는 신하는 필요 없다. 능력으로 실적을 보이는 신하가 필요하다."

"소신이 마적단 수괴 타르곤과 수하장수 18명을 안내해왔습니다."

"뭐라고?"

눈을 크게 뜬 바투가 김산을 보았다.

"타르곤을? 그놈하고 부하들은 안내해오다니? 무슨 말이냐?"

"예. 폐하께 부탁드립니다. 타르곤의 마적단을 제 수하로 부리게 해주십시오."

정색한 김산이 말하자 바투가 다시 소리 내어 웃고 나서 묻는다.

"그럼 타르곤의 마적단을 네가 사로잡아 온 것이냐?"

"아닙니다. 투항을 받아들여 데리고 온 것이올시다."

그러자 수베게이가 끼어들었다.

"김산이 타르곤을 생포해서 투항시킨 것입니다. 폐하."

"그렇다면,"

어깨를 편 바투가 똑바로 김산을 보았다.

"네 공이 크다. 네가 몽케칸한테서 1천인장 증표를 받았다고 들었다. 있느냐?"

바투가 묻자 김산이 품에서 단도를 꺼내 두 손으로 바쳤다. 수베게이가 단도를 받아 바투에게 전한다. 보석 손잡이의 단도를 받은 바투가 칼을 빼내더니 감격스런 표정으로 흰 날을 보았다.

"과연, 몽케의 칼이다. 몽케가 이 칼로 여우 껍질을 벗긴 적이 있다."

칼날을 손끝에 붙인 바투가 눈을 가늘게 떴다.

"여우사냥을 했을 때였지, 그때 할아버지가 우리한테 껍질 벗기는 방법을 알려주셨다."

할아버지란 칭기즈칸이다. 그때 오르베가 헛기침을 했다.

"폐하, 타르곤을 부르시겠습니까?"

방으로 들어선 타르곤은 열 걸음 앞에서 납작 엎드려 머리도 들지 않았다.

타르곤은 호레즘인이지만 몽골족의 습관을 안다. 칸 앞에서 시선을 들었다가 눈알을 뽑힌 서역인이 많은 것이다. 바투가 입을 열었다.

"가까이 오라."

그러자 타르곤이 무릎걸음으로 기어 다섯 발짝 앞에 엎드렸다. 김산은 바투 아래쪽의 수베게이 옆에 서서 타르곤을 본다. 그때 바투가 말했다.

"네 투항을 받아들인다."

"황공하오."

타르곤이 이마를 땅에 붙였을 때 바투의 말이 이어졌다.

"넌 김산의 부장(副將)이 되어라. 알겠느냐?"

"예, 폐하."

누구의 명인데 거역하겠는가? 이제 킵차크제국의 장수가 된 것이다. 투항자의 신분에서 바로 장수가 되었다. 타르곤이 머리를 들고 바투를 향해 소리쳤다.

"킵차크제국 만세! 폐하 만세!"

이것이 호레즘인 습관이다.

김산은 3천인장에 임명되었고 당장 타르곤의 부하를 지휘하는 책임을 맡았다. 타르곤의 도둑떼는 모두 5천여 명이었지만 오합지졸이다. 김산은 수베게이의 도움을 받아 부대를 재편성했다. 10인장, 50인장, 1백인장등 40여 명의 간부를 충원받아 마적단을 정규군화 시킨 것이다. 타르곤은 김산의 부장(副將)으로 1천인장에 임명되었으며 마르칼은 1백인장이 되었다.

사흘이 지났을 때 시라이 성밖에 주둔한 마적단은 3천의 정규 부대로 재편성되었다. 그날 밤, 김산은 바투의 내궁으로 불려 들어갔는데 대리석으로 만든 벽과 복도가 끝없이 이어져서 마치 미로 같았다.

위사의 뒤를 따라 걷던 김산은 엄청난 크기의 내궁에 압도당했다. 이윽고 불을 환하게 밝힌 접견실로 들어서자 기다리고 있던 재상 오르베가 빙그레 웃었다.

"3천인장, 몽골에서는 밤에 불러내면 가족에게 작별을 고하고 나온다네, 알고 있는가?"

"금시초문입니다."

김산이 지그시 오르베를 보았다. 사람은 눈빛만 보아도 적의(敵意)와 선의(善意)를 가려낼 수 있다. 오르베는 처음 본 순간부터 김산에게 호의적이었다. 오르베가 말을 이었다.

"그것은 밤에 처형을 하는 습관이 있기 때문이지. 그래서 밤에 불러내면 가족 친지에게 작별을 하고 나온다네."

"그렇습니까?"

쓴웃음을 지은 김산의 시선이 오르베의 어깨를 주시했다.

"재상 어른, 허리를 다치셨습니까?"

"아니, 그걸 어떻게 아는가?"

오르베는 양털 보료 위에 앉아 있었기 때문에 움직이지도 않았다. 김산이 오르베에게 다가가며 말했다.

"왼쪽 어깨가 치켜 올라가 있는데다 왼쪽손이 부자연스럽기 때문입니다. 제가 만져 드리지요."

"허어, 그대가 그런 재주도 있나?"

오르베가 치켜주듯 말했지만 얼굴에 미심쩍은 기색이 번져져 있다. 그의 허리 통증은 10여 년 전부터 시작되었기 때문이다. 요즘은 심해져서 서 있기가 힘든 정도다.

그때 오르베의 뒤로 돌아간 김산이 무릎을 꿇고 앉아 손바닥으로 등을 쓸었다.

"으으음."

서너 번 등을 쓸었을 때 오르베의 입에서 신음이 터졌다. 등이 뜨거워졌기 때문이다.

"어허, 이게 웬일인가?"

놀란 오르베가 눈을 크게 뜬 순간이다.

"으으악."

오르베의 입에서 신음이 터지더니 뒤로 벌떡 넘어졌다. 그때 몸을 일으킨 김산이 차분한 표정으로 말했다.

"자, 이제 일어나 보시지요."

누워서 눈만 껌벅이는 오르베에게 김산이 말을 잇는다.

"앞으로 1년은 허리 통증이 나타나지 않을 것입니다. 나중에 제가 다시 허리 교정을 해드리지요."

그때 몸을 비튼 오르베가 자리에서 일어섰다.

그러더니 눈을 크게 뜨고 두 손으로 허리를 짚으면서 외쳤다.

"아이구, 이게 웬일인가? 허리가 쭉 펴졌네 그려. 이렇게 시원할 수가!"

잠시 후에 바투가 대장군 수베게이, 위사장 자크바를 대동하고 방 안으로 들어섰다. 오르베로부터 허리 펴진 이야기를 들은 바투가 상으로 김산에게 말 한 필을 내렸다. 몽골에서 가져온 명마로 바투의 마방에서 10마리 명마 중의 하나로 꼽힌다는 말이다. 떠들썩한 인사치레가 끝났을 때 바투가 보료에 등을 기대면서 김산을 보았다. "그동안 네 소문을 더 들었다. 중원에서 온 밀정과 사신들이 모두 네 이야기를 해주었다."

김산은 머리만 숙였고 바투의 얼굴에 웃음이 떠올랐다.

"밀정 하나는 네 키가 10자(3m)가 되고 몸무게는 40관(150kg)이 나간다고 하더구나. 사신 하나는 네 얼굴이 늑대상인데 송곳니 두 개가 밖으로 삐져나왔다고 했다."

김산이 킵차크제국에 의탁하고 있다는 것을 아는 사람은 이곳의 다섯뿐이다. 마적단의 타르곤도 김산이 고 대인인 줄로만 안다. 그때 바투가 말을 잇는다.

"김산, 네 이름을 바꾸도록 하자. 지금부터 너는 쿠추다."

바투가 엄숙한 얼굴로 김산에게 이름을 내렸다. 모두 머리를 숙인 채 경건한 표정을 지었고 손을 앞으로 뻗은 바투가 위쪽을 보면서 주문을 외우듯 말했다.

"하늘의 신, 매의 신, 그리고 우물의 신이시여, 다시 태어난 쿠추에게 늑대보다 빨리 달릴 수 있는 가슴과 발을 주시오."

모두 머리를 숙여 예를 드렸고 김산은 이마를 방바닥에 붙이고 엎드렸다. 광명이다. 황제가 새 이름을 내린 것이다. 바투가 손을 내리고는 김산에게 말했다.
　"쿠추는 작년에 죽은 내 말 이름이다. 영예로 삼도록 해라."
　"황공합니다."
　그때 어깨를 편 바투가 헛기침을 하더니 똑바로 김산을 보았다.
　"항가리의 페스트성에 보낸 기습군 1천 기가 오히려 기습을 받아 피했다는 전령이 왔다."
　김산이 머리를 들자 바투가 쓴웃음을 지었다.
　"용장 칠라운은 적을 우습게 보는 경향이 있다. 이번에도 그 버릇이 도진 것 같다."
　바투의 표정이 다시 굳어졌다.
　"네가 재편성된 마적대를 이끌고 페스트성을 회복하고 칠라운을 수습해라. 지금부터 네 수하 부대는 쿠추군(軍)으로 부르겠다."

　칠라운의 기습대가 격파당한 이유는 정면공격을 했기 때문이다. 물론 기습 공격이긴 했다. 적의 진 앞까지 숨어 들어갔다가 1천 명이 일제히 진입했던 것이다. 그것이 몽골군의 한계였다. 자부심이 강하고 지금까지 어느 지형, 어느 조건의 전투에서도 패한 적이 없었던 몽골 기마군이다. 적의 본진 앞까지 숨어 들어간 칠라운의 1천 기마군은 저녁 술시(8시)에 일제히 사방에서 기습하여 쳐들어갔다가 해시(10시)가 되었을 때 50여기만 살아 빠져나왔다. 그 50기 중에 대장 칠라운이 끼어 있었다는 것이다. 40대 후반의 칠라운은 지략이 뛰어났고 바투가 아끼는 장수 중의 하나였다.

"뭐라고? 쿠추군?"

오후 미시(2시)경, 초원이 끝없이 펼쳐져서 마치 푸른 바다 같다. 초원 위에 모인 말떼군(群)은 작은 섬 같았고 무리지어 다니는 양떼는 구름처럼 보였다. 이곳, 50여 기의 예비마까지 1백여 필의 말떼를 모아놓고 둘러앉은 칠라운의 잔병(殘兵)은 한조각의 지저분한 섬 모양이다. 맨 위쪽에 앉은 칠라운이 묻자 전령이 시선을 내린 채 대답했다.

"예, 지휘자가 쿠추님이시며 3천인장이라고 했습니다."

"처음 듣는 이름이다."

눈을 가늘게 떴던 칠라운이 말을 잇는다.

"호레즘 놈이 몽골 이름으로 개명했는지도 모르겠군. 하지만 이름은 잘 지었다."

"쿠추군은 엿새쯤 후에 이곳을 지날 것 같습니다."

"우리 위치를 알려주었느냐?"

"예, 장군."

"쿠추가 뭐라고 하더냐?"

"쿠추님을 만나지 못하고 위사에게 전해주었습니다."

"만나지 못했어?"

"예, 쿠추님은 회의 중이셨습니다."

"내 전령을 만나지 않고 위사에게 전갈을 받다니."

자존심이 상한 칠라운이 눈을 치켜떴다가 곧 어깨를 늘어뜨렸다. 곧 만날 수 있을 것이었기 때문이다.

쿠추군의 지휘부에는 타르곤과 마르칼, 그리고 홍복까지 포함되어 있었는데 홍복은 김산의 위사장을 맡았다. 쿠추군의 3천 기마군이 북상한 지 나흘째 되는 날이다. 평지를 벗어난 기마군은 고원지대에 들어서 있었는데 이곳은 초원이 펼쳐있다. 러시아의 대초원이다. 오후 신시(4시) 무렵, 전방의 척후에서 전령이 달려왔는데 뒤에 땀으로 범벅이 된 기마군 1기가 따르고 있다. 위사의 안내를 받아 김산 앞에 멈춰선 전령이 소리쳐 보고 했다.

"장군, 낙오병 하나를 데려왔습니다!"

말을 멈춘 김산이 대열 밖으로 빠져나왔다. 나머지 대열은 전진을 계속하라는 표시다. 김산의 좌우에는 타르곤과 홍복이 서 있다. 김산의 시선이 먼지에 찌든 기마군에게 옮겨졌다. 10인장으로 호레즘인이다. 10인장이 입을 열었다.

"소인은 칠라운군 위사대 소속으로 적과 교전 중 부대를 잃고 혼자 시라이 왕성으로 귀대하던 중에 아군을 만난 것입니다. 결코 도망병이 아니올시다."

마상의 김산이 머리를 끄덕였다.

"칠라운군이 어떻게 격파되었느냐? 자초지종을 말하라."

"예, 적진 앞까지는 무사히 닿았지만 3면에서 협공으로 몰아붙였다가 역습을 당했습니다."

땅바닥에 두 손을 짚은 사내가 핏발선 눈으로 김산을 보았다.

"강하게 밀고 나갔지만 적은 2만이 넘었습니다. 더구나 한낮이어서 모두 노출이 된 터라 집중 사격을 받았습니다."

"……."

"오히려 적의 포위망 안으로 들어간 꼴이 되어서 허둥대다가 도망쳐 나왔는데 제대로 싸움 한번 해보지를 못했소이다."

김산은 외면했다. 자만심이다. 칠라운은 지금까지 기습공격을 하면 혼비백산하여 사방으로 흩어져 도망치는 적만 상대해왔을 것이다.

"네가 위사였으니 다 보았을 것이다. 정직하게 네가 본 대로만 말하도록 해라."

부드럽게 경고한 김산이 사내를 내려다보았다.

"칠라운은 어떻게 행동했느냐? 본 대로 말하라."

"예, 장군은 공격해 들어가시지 않았습니다. 뒤에서 지휘하고 계셨소."

"……"

"아군이 일시에 진입한 후에 반 식경(15분)도 안 되어서 밀려 나오자 말머리를 돌려 먼저 후퇴하셨소이다."

"……"

"남은 위사대 반을 쪼개어 후방을 맡기셨는데 소인이 후방을 맡았다가 적의 공격을 받아 지리멸렬이 되었소."

"알았다."

머리를 끄덕인 김산이 말고삐를 채면서 말했다.

"너는 그 길로 사라이성으로 돌아가거라."

"예, 장군."

이마를 땅에 붙였다 뗀 10인장이 눈물을 머금고 말했다.

"저를 도망병 취급을 안 해주셔서 고맙습니다."

등으로 10인장의 말을 들으면서 김산이 심호흡을 했다. 칠라운이 보낸 전령은 거짓말을 했다. 칠라운이 선두에 서서 기습을 했다는 것이다.

용감하게 싸우다가 패한 병사는 칭찬을 해주는 것이 칭기즈칸 시대부터의 몽골군 관습이다. 그러나 비겁하게 뒤에 섰거나 도망을 치고, 거짓말을 한 병사는 가차 없이 베어 죽인다. 전투에 승리했더라도 그렇다. 그때 타르곤이 말을 몰아 김산의 옆에 바짝 말배를 붙였다.

"장군, 상대한 폴란드, 헝가리 연합군은 강군(强軍)입니다. 아마 폴란드인 무리크가 지휘를 하고 있었을 것입니다."

"무리크?"

머리를 돌린 김산이 타르곤을 보았다. 처음 듣는 이름이었기 때문이다. 타르곤이 말을 이었다.

"예, 폴란드 서부지방의 영주로 무리크 백작입니다. 무용이 뛰어나서 헝가리인들도 존경하고 있지요. 작년부터 폴란드군을 모아 킵차크 변방을 습격했는데 아직 이쪽에서는 이름이 알려지지 않았지요."

"그대는 어떻게 잘 아는가?"

"이미 우리는 오래전부터 무리크의 명성을 듣고 있었습니다. 그가 통치하는 에센성은 세상에서 가장 아름답고 풍요한 지방이라고 소문이 났소."

"그대 덕분에 적을 알게 되었다."

김산이 웃음 띤 얼굴로 타르곤을 보았다.

"에센성이라고 했는가? 기억해두겠다."

그날 밤, 자시(12시) 무렵, 진막 안에 누워 있던 김산이 자리에서 일어섰다. 불을 다 꺼놓아서 진막 안은 어둡다. 신발 끈을 맨 김산이 밖으로 나왔을 때 문 앞에 서 있던 위사 둘이 놀라 몸을 굳혔다. 김산이 낮게 말했다.

"잠깐 둘러보고 올 테니까 입을 다물어라."

암행시찰이다. 김산이 어둠 속으로 사라지자 위사들이 길게 숨을 뱉었다. 몸을 날려 김산이 순식간에 도착한 곳은 쿠추군의 주둔지 위쪽 산등성이다. 산등성의 나무 밑으로 다가선 김산에게 어둠 속에서 목소리가 울렸다.

"나리, 저는 이만 돌아갈까 합니다."

모습을 나타낸 주인공은 옥랑이다. 어둠에 묻힌 옥랑의 모습은 검은 어둠 덩어리였다. 두 눈의 흰 창만 드러나 있다. 다가선 옥랑이 김산을 보았다.

"시라이성에 들어가 기다리겠습니다."

머리를 끄덕인 김산이 가슴에서 접혀진 종이를 꺼내 옥랑에게 내밀었다.

"이것이 내가 비단을 맡긴 증표다. 거간한테서 비단값을 받아 기반을 잡도록 해라."

손을 뻗어 증표를 받은 옥랑이 이를 하얗게 드러내며 웃었다.

"부자가 이렇게 간단하게 됩니다. 나리."

옥랑은 타르곤을 배신한 입장이니 타르곤의 마적단이 주축이 된 쿠추군에 동참할 수가 없는 것이다. 그러나 옥랑의 표정은 밝다. 어느덧 바짝 다가선 옥랑이 김산을 올려다보았다. 검은색 바지저고리를 입었지만 이제 농염한 여체에서 풍기는 색향(色香)이 맡아진다. 김산이 두 팔로 옥랑의 허리를 당겨 안았다. 옥랑이 바짝 당겨 안기더니 얼굴을 김산의 가슴에 묻고 말했다.

"나리 몸조심하소서."

김산이 안은 팔에 힘을 주었더니 옥랑의 숨결이 가빠졌다.

"기다리겠습니다. 나리."

페스트성 안에는 헝가리와 폴란드군 1만 5천이 들어가 있었는데 성주 대리는 헝가리의 크리스 백작이다. 크리스는 자신의 병력 5천과 폴란드, 독일의 연합군 병력 1만을 지휘하고 있는 것이다. 또한 남쪽 다이만 산맥을 등지고 폴란드군 2만이 주둔하고 있다. 그 2만 폴란드군 주장(主將)이 에센 성주 무리크였다. 무리크는 40대 초반으로 장신에 호남이다. 에센성을 부친으로부터 물려받은 지 20년째가 되어가고 있었는데 명군(名君)으로 소문이 났다. 폴란드왕 루드비히와는 사촌 간이어서 60대 루드비히가 죽으면 에센 성주 무리크가 귀족들의 추천을 받아 새 왕이 될 것이라는 소문도 있다. 오늘 밤, 무리크의 진막 안에는 폴란드와 독일, 헝가리의 귀족들이 모두 모였다. 위쪽 페스트성의 성주 크리스까지 와 있는 것이다. 몽골 기습군을 격퇴시키고 나서 열린 작전회의다. 무리크가 흰 얼굴을 펴고 웃으며 말했다.

"몽골군의 기습 전법은 빠르고 강했지만 지구력이 부족했소. 뒤를 받쳐줄 보병이나 기마군이 없는 기습군은 불덩이 한두 개의 효과만 낼 뿐이오."

모두 잠자코 무리크를 응시했다. 무리크는 몽골 기마군을 격멸시킨 주인공인 것이다. 3방에서 기습해온 기마군 3천여 기를 격퇴시켰다. 지금까지 여러 번 몽골군과의 전투를 치렀지만 이런 승리를 한 장수가 없는 것이다. 그리고 몽골 기마군의 시체가 이렇게 많이 쌓여진 것도 처음이었다. 따라서 무리크의 명성은 전 유럽 제국에 퍼져 나갔다. 신성로마 제국 황제는 무리크에게 황제위를 물려줄 것이라는 소문도 났다. 껍질만 남은 황제위지만 무리크가 차지한다면 양상이 달라질 것이었다. 그때 크리스가 말했다.

"백작 각하. 몽골군이 보복 공격을 하지 않겠습니까? 제가 듣기로는 바투가 10만 군사를 움직일 것 같다고 합니다만."

"그건 불가능한 일이오."

쓴웃음을 지은 무리크가 벽에 걸린 지도를 지휘봉으로 가리켰다. 킵차크제국 아래쪽이다.

"이곳에서는 호레즘군이 준동하고 있소. 아마 5만 명쯤 내려 보내야 될 것이오, 이곳은."

무리크가 짚은 곳은 바로 시라이의 북방 초원지대다.

"남쪽과 동쪽의 적을 막노라 킵차크제국의 군사는 1백만 명도 부족한 상태요. 이 기회에 우리는 영토를 더 많이 빼앗아 속령을 만들어야 하오."

그러고는 덧붙였다.

"킵차크의 바투는 예비 병력이 없습니다. 그래서 페스트성이 함락된 지 석 달이 돼 기마군 몇천을 보내는 것이 고작이란 말이오. 따라서,"

어깨를 올렸다 내린 무리크가 주위를 둘러보았다.

"나는 내 영지로 돌아가야 될 것 같소. 이제 이곳 방어는 여러분이 맡아주셔야겠소."

"아니, 백작."

놀란 크리스의 목소리가 진막을 울렸다.

"2만 군사를 빼내 가면 페스트성에 남은 1만 5천으로 킵차크군을 막으라는 말이오? 그대의 왕께서 노하지 않으시겠소?"

"우리 왕은 내 행동에 찬성하실 것이오."

무리크가 웃음 띤 얼굴로 말을 이었다.
"지금까지 내 일을 방해하신 적이 없으신 분이오."

기마군 3천에 예비마는 3필씩이어서 모두 1만 2천 필의 말이 달려가고 있다. 초원 위를 달리는 터라 말굽 소리가 진동음을 내면서 마치 지진이 난 것처럼 땅이 흔들린다. 중군(中軍)에 위치한 김산이 머리를 들고 하늘을 보았다. 구름 한 점 없는 파란 하늘이다. 하늘이 너무 맑아서 한동안 보고 있으면 빨려 들어가는 느낌이 든다. 그때 하늘에 까치 두 마리가 날아올랐다. 말떼에 놀랐는지 부산하게 날개를 움직여 높이 솟는다. 흰 날개깃이 검은 털에 섞여 눈에 띄었다.
"에에이."
갑자기 군사들 사이에서 짧은 외침들이 터져 나왔으므로 김산이 머리를 돌렸다. 마침 타르곤의 휘하 1백인장 마르칼이 김산의 시선을 받았다.
"왜 그러느냐?"
"예. 까치는 재수 없는 새라는 미신 때문이오. 전장에서 까치를 먼저 보는 군사가 패한다는 전설이 있습니다."
"에이!"
까치가 달리는 기마군과 속도를 같이하고 나는 바람에 병사들이 다시 하늘을 향해 소리쳤다. 까치는 허공으로 2백여 보 높이로 떠 있어서 가물가물 하다. 그때 김산이 안장에 매단 철궁을 꺼내 쥐었다. 그러고는 말을 달리면서 화살을 재었고 곧 하늘을 향해 겨누었다.
"쐐액"
화살이 날카로운 파공음을 내면서 하늘로 솟았다.

"와앗!"

다음 순간 김산 주위에서 함성이 일어났다. 화살에 몸통이 꿰인 까치가 떨어지고 있는 것이다.

"쐐액!"

그때 다시 두 번째의 화살이 날아갔다. 놀란 나머지 까치 한 마리가 기를 쓰고 날갯짓을 했지만 곧 몸통이 꿰어져 빙글빙글 돌면서 땅으로 떨어지고 있다.

"와아앗!"

이번에는 함성이 더 크게 울렸다. 대장인 쿠추가 활을 쏜 것을 아는 것이다.

"놀랍습니다."

오후의 잠깐 휴식 시간에 타르곤이 다가와 말했다. 까치를 떨어뜨린 것을 말하는 것이다. 그때 김산이 웃음 띤 얼굴로 타르곤에게 물었다.

"우리가 오는 것을 폴란드, 헝가리 군도 알고 있겠지?"

"이제 사흘 거리이니 알고 있겠지요."

타르곤이 조심스런 표정으로 김산을 보았다.

"더구나 지름길로 가는 터라 이미 수백 명의 행인을 만났으니까요."

그 안에 첩자도 끼어 있을 것이었다. 이쪽은 이미 헝가리 땅이다. 모두 백인 민족의 거주지인 것이다. 수단 방법을 가리지 않고 정보를 전했다고 봐야 된다. 머리를 끄덕인 김산이 말했다.

"이 속도로 달리면 사흘 후에는 놈들의 주둔지 앞에 도착할 것이야."

"그렇습니다."

"놈들의 매복 예상지는?"

"내일 오후에 가르덴숲이 나옵니다. 1백 리에 걸쳐서 숲이 우거진 지역이지요. 평소에도 도적들이 들끓었고 제 마적단도 반년 간 그곳을 둥지로 삼아 지낸 적이 있소."

"그러니 매복하기 좋은 곳도 알겠군."

"그렇습니다."

쓴웃음을 지은 타르곤이 말을 이었다.

"먼저 마르칼을 선봉으로 세워 정찰을 보내겠습니다."

"사흘 거리다."

지도의 한쪽을 짚은 무리크가 웃음 띤 얼굴로 말을 이었다.

"기마군 3천으로 보무당당하게 다가오는구나. 아직도 정신을 차리지 못했어."

"각하. 가르덴숲의 매복은 끝냈습니다."

부장 안드레이가 말하자 무리크는 지도를 훑어보면서 대답했다.

"매복 습격이 실패하면 우스탄계곡에서 놈들을 무너뜨려라."

"예. 우스탄계곡에서."

"그 공격은 그대가 맡도록. 2천 병력을 떼어 가라."

"예. 각하."

우스탄계곡은 사람 셋이 겨우 나란히 서서 빠져나갈 수 있는 계곡 길이다. 3킬로가량 계속되는 터라 숨을 곳은 얼마든지 있는 것이다. 이로써 가르덴숲에는 3천, 우스탄계곡에 2천의 병력이 매복 공격조로 빠져나갔다. 그래도 무리크의 본대에는 정예군 1만 5천이 남는다. 지난번 칠라운의 기마군이 기습해왔을 때 무리크의 병사 손실은 2백여 명에 불과했다. 그것은 미리 기습공격을 알고 있었기 때문에 대비를 했던 것이다. 칠라운의 자만심이 불러일으킨 인재(人災)다.

"무엇이? 그냥 지나가?"

버럭 소리친 칠라운이 전령을 노려보았다. 오후 유시(6시) 무렵, 전령의 얼굴은 땀으로 젖었지만 칠라운의 시선을 받더니 누렇게 굳어졌다.

"예. 30리쯤 북쪽 골짜기에서 진을 친다고 합니다."

전령이 말하자 칠라운은 벌떡 일어섰다. 어금니를 물었고 눈을 치켜 뜬 모습이다.

"좋아. 내가 그곳에 가겠다."

머리를 돌린 칠라운이 부장(部將)격이 되어 있는 1백인장에게 소리쳤다.

"모두 말을 끌고 나와라! 이동이다!"

목이 빠지게 기다리던 지원군인 쿠추군이 칠라운을 지나쳐간 것이다. 이쪽에서 전령이 맞으러 갔는데도 지나쳐 30리 북쪽 골짜기에 진을 친다니 머리에서 열기가 오를 만했다. 칠라운은 어깨를 부풀리며 진막을 나온다. 이쪽은 5천인장, 쿠추군 사령관이란 애송이는 아직 20대에 불과하며 투항한 마적단을 재편성한 군대를 이끌고 있다는 것이다. 이것이 그동안 칠라운이 전해들은 정보다.

이곳은 가르덴숲 입구다. 앞쪽으로 검정색 붓으로 지평선 위를 그은 것처럼 숲이 드러나 있다. 이 숲이 1백 리(50Km)가량 계속된다는 것이다. 야영지의 조금 높은 언덕에 서서 김산이 타르곤과 함께 앞쪽을 바라보고 있다. 오후 술시(8시) 무렵, 서쪽의 해가 지평선 위에 붉은 흔적을 남겨놓고 떨어졌다. 그러자 숲은 더욱 짙게 드러났다.

"내가 먼저 다녀와야겠다."

불쑥 김산이 말하자 타르곤이 머리를 들었다.

"어디를 말씀이오?"

"적의 매복지, 그리고 본진까지."

"기습을 하시겠다는 말씀이오?"

"당연히."

"군사는 몇이나 이끌 것입니까? 급속 행군에 지쳐서 데려갈 병사는 1천 기가 고작일 것이오."

"1백인장 마르칼과 군사 10여 명이면 되겠어."

"정찰하러 가시는군."

혼잣소리처럼 말한 타르곤이 지그시 김산을 보았다.

"쿠추님, 우리가 5천인장 칠라운님이 기다리고 있는 기지로 가지 않았소. 격노한 칠라운님이 이곳으로 쫓아올 것 같은데 어찌하면 좋습니까?"

"행패를 부리고 이래라저래라 하면 잡아 묶어놓도록."

김산이 정색하고 말하자 타르곤은 쓴웃음을 지었다.

"1천인장이 5천인장을 잡아 묶을 수 있습니까?"

"내 지시라고 해."

"알겠습니다. 쿠추님."

"황제의 명으로 나는 칠라운과 잔병까지 휘하로 이끌고 전장에 나선 것일세. 알겠나?"

"확실히 알겠습니다."

타르곤이 머리를 끄덕이더니 눈을 가늘게 떴다.
"칠라운이 어떻게 나올지 궁금하군요."

말을 달려 가르덴숲 입구까지 다가간 김산 일행은 곧 말에서 내렸다. 그리고 병사 하나를 남겨 말을 지키게 하고, 나머지는 도보로 전진했다. 선두에 선 병사는 이쪽 지리를 잘 아는 터라 거침없이 나아간다. 뒤를 따르던 마르칼이 김산에게 말했다.
"헝가리 놈들은 틀림없이 이곳에 매복하고 있을 것입니다."
어둠 속에서 눈의 흰 창을 번득이며 마르칼이 말을 잇는다.
"저희들이 매복해 있던 곳에 숨어 있겠지요. 그곳을 하나씩 훑어가겠습니다. 장군."

그 시간에 타르곤은 진으로 찾아온 5천인장 칠라운을 맞는다. 칠라운은 비록 패장이지만 기는 죽지 않았다. 금 편자를 박은 가죽 갑옷을 입고 허리에는 5천인장 표시인 붉은 띠에 황금색 용이 수놓아진 띠를 찼는데 위풍이 당당했다.
"3천인장 쿠추는 어디 있느냐?"
진막 밖에서 버럭 소리친 것은 병사들이 다 들으라는 소리다. 몽골군 군법은 5천인장이 3천인장에게 매를 때릴 수도 있다. 직위를 해제할 수도, 감금시킬 수도 있지만 죽이지는 못한다. 죽이는 것은 칸뿐이다. 물론 1천인장 이하의 생사여탈을 쥐고 있으니 타르곤도 죽이지는 못한다.
"정찰을 나가셨소."
허리를 굽히지도 않고 타르곤이 말하자 칠라운이 눈을 치켜떴다. 잘 걸렸다 싶은 얼굴이다.

"이놈. 꿇지 못하겠느냐? 누구 앞에서라고 서서 대답하느냐?"

버럭 소리친 칠라운이 발까지 굴렀을 때 타르곤은 껄껄 웃었다.

"이보오, 내가 부하들 시켜 포박하기 전에 잠자코 진막 안으로 드시오."

"무, 무엇이?"

"쿠추님께선 이번 작전의 책임자시오. 5천인장께선 쿠추님 수하로 배속되셨소."

어깨를 편 타르곤의 목소리가 높아졌다.

"쿠추님의 명이오. 잠자코 진막 안에서 기다리지 않으면 당장 묶어서 내동댕이치겠소!"

그 순간 칠라운은 숨을 들이켰고 둘러선 수백 명의 부하들은 숨을 죽이고 칠라운을 주시했다. 어둠에 덮인 야영지는 무거운 정적에 덮여졌다. 이윽고 머리를 든 칠라운이 말했다.

"진막 안에서 기다리겠다."

술잔을 내려놓은 아겔이 부하에게 소리쳤다.

"뭐하느냐! 빨리 갖고 와!"

"예. 대장."

대답한 부하가 서둘러 막대에 꽂은 토끼 통구이를 가져왔다. 고기 냄새가 진막 안에 가득 차 있다.

"으음."

고기를 받아 든 아겔이 만족한 탄성을 뱉으면서 한 입을 뜯었다. 그러나 뜨겁다는 것을 미처 몰랐다. 입을 딱 벌렸다가 입안에 뜯어 넣은 고기를 방바닥에 뱉고 나서 이맛살을 찌푸렸다.

"뜨겁다. 이 자식아."

버럭 소리쳤던 아겔이 머리를 돌려 부하를 보았다. 그 순간 아겔이 눈을 크게 떴다. 동양인이 서 있다. 몽골인이다. 놀란 아겔이 벌떡 일어선 순간이다. 몽골인의 칼이 번뜩였는데 아겔의 목에서 피가 분수처럼 솟아 올랐다. 떨어진 머리통이 두 바퀴를 구르더니 아겔이 방금 떨어뜨린 토끼고기에 걸려 멈춰 섰다. 그러자 머리 없는 몸뚱이가 목으로 피를 뿜으면서 두 걸음 나갔다가 앞으로 엎어졌다. 그때 진막의 문이 열리면서 마르칼이 들어섰다. 진막 안의 참상에 놀란 마르칼이 걸음을 멈췄을 때 김산이 칼에 묻은 피를 아겔의 등판에 닦으면서 말했다.

"자, 그럼 다른 매복지로 가자."

"예, 장군."

발을 떼면서 방안을 휘둘러보는 것은 마적단 때부터의 버릇이었다. 집안에 값진 물건이 있는가를 살피는 것이다.

가르덴숲에 매복한 폴란드군의 대장은 빈덴 자작이다. 무리크의 심복인 빈덴은 3개의 매복지를 삼각으로 벌려놓고 자신의 본대는 맨 밑쪽에서 대기하는 전형적인 매복 공격 방법을 사용했다. 가장 안전한 방법이다. 밤 축시(2시) 무렵이 되었을 때 빈덴은 땅이 울리는 소리를 들었다. 기마군의 말굽소리다. 이 시간에 전속력으로 달리는 말굽소리는 심상치 않았으므로 빈덴은 침상에서 몸을 일으켰다. 말굽소리는 3기의 말이 전속력으로 달려오고 있다는 것을 나타내고 있다. 이것은 전령이다. 진지 깊숙이까지 이렇게 달려오는 것은 등에 전령 깃발을 꽂은 전령뿐이다.

이윽고 밖이 수선스러워졌고 말굽소리가 늦춰졌다. 속도를 줄인다. 먼저 두 필의 말이 그치더니 숨 서너 번 쉬고 난 후에 한 필의 말이 멈춰섰다. 그리고 보니 두 필과 한 필은 각각 다른 방향에서 달려왔다.

"자작 각하."

진막 밖에서 위사장 폴만이 부르는 소리가 들리면서 안으로 들어서는 인기척이 났다. 위사 둘이 재빨리 진막 안의 양초에 불을 붙였다. 불빛에 폴만의 모습이 드러났는데 갑옷도 갖춰 입지 않았다. 바지에 신발만 신었고 윗도리는 셔츠 차림이다.

"뭐냐?"

이맛살을 찌푸린 빈덴이 장화를 발에 꿰면서 묻자 폴만이 가쁜 숨을 몰아쉬며 말했다.

"좌측과 우측 매복지에서 거의 동시에 전령이 왔소."

"나도 들었다."

눈을 치켜뜬 빈덴이 겨우 한쪽 발에 장화를 신고는 말을 잇는다.

"미친놈처럼 달려오더군. 그래. 나쁜 소식 들을 준비를 했다. 지껄여라."

"우측 매복지의 지휘관 아겔이 진막 안에서 암살당했습니다. 위사 셋과 함께 목이 잘렸다고 합니다."

이제는 빈덴이 눈만 껌벅였고 폴만의 말이 이어졌다.

"우측 밑의 매복지는 더 이상합니다. 지휘관 세이랄의 머리가 가죽주머니처럼 되어 있다는 겁니다. 머리뼈가 바스러져버린 거요. 세이랄과 위사 하나가 그렇게 죽었소."

그때 말굽소리가 또 울렸으므로 빈덴은 물론 폴만, 진막 안의 모든 사내가 몸을 굳혔다. 이제 남은 매복지는 좌측의 아르곤 후락이 지휘하는 곳이다. 말굽소리가 진막 밖에서 멈추더니 곧 위사의 목소리가 울렸다.

"좌측 매복지의 전령이오!"

그러더니 곧 다른 사내가 소리쳤다.

"급보입니다! 후작 각하께서 진막 안에서 살해당하셨소!"

이로써 전방의 세 곳 매복지 지휘관이 모두 살해당했다.

"이게 도대체."

얼굴이 하얗게 굳어진 빈덴이 좌우를 둘러보며 말했지만 대답이 있을 리가 없다. 대신 폴만이 서두르듯 말했다.

"각하. 각 전령께 지시를 내려주시지요. 그것이 급합니다."

강행군이다. 그러나 마르칼은 물론이고 뒤를 따르는 10여 명의 마적 출신 부하들은 힘이 남았다. 긴장했기 때문에 지친 것을 잊은 것이다. 이제 그들은 숲속에 엎드려 있었는데 바로 앞쪽이 가르덴숲의 총지휘관 빈덴 자작의 진지다. 인시(4시)가 되어갈 무렵이다. 주위는 아직 짙게 어둠이 덮여졌지만 진막 주위의 모닥불이 늘어났고 군사들이 밖으로 모두 몰려나와 있다. 장수들의 외침이 쉴 새 없이 이어졌으며 말을 탄 기마군이 사방으로 달려 나간다.

"조금 전에 전령들이 들어가 보고를 한 것 같습니다."

옆에 엎드린 마르칼이 앞쪽을 향한 채로 말하자 김산이 자리에서 일어섰다. 그러자 모두의 시선이 김산에게 모여졌다. 지금까지 세 곳의 매복지를 찾아간 그들은 이렇게 밖에서 경계를 섰고 김산이 혼자 진 안으로 들어갔다가 나온 것이다. 그러고는 김산이 마르칼에게도 아무 소리를 안 했기 때문에 진 안에서 무슨 일을 하고 나온 것인지 모르는 상황이다. 그때 김산이 말했다.

"폴란드 놈들은 우리가 이곳 가르덴숲을 샅샅이 알고 있다는 것을 모른다. 그것이 놈들의 첫 번째 실책이다."

모두 귀를 세웠고 김산의 말이 이어졌다.

"두 번째 실책은 놈들의 함정이 이어져 있지 않다는 것이야. 세 곳이 따로 떼어져서 각자 움직이면 3할의 효과밖에 내지 못한다. 이것은 놈들의 자만심과 방심 때문이다."

김산이 어둠 속에서 흰 이를 드러내고 소리 없이 웃었다.

"나는 세 곳 매복 진지로 잠입하여 그 지휘관을 모두 살해했다. 그래서 지금 각 매복지는 머리 잃은 뱀 꼴이 되었지만 곧 임시 지휘관을 세우겠지."

김산의 시선이 마르칼에게로 옮겨졌다.

"마르칼, 그대는 매복지 안내 임무를 수행했으니 부하들을 데리고 돌아가라. 그리고 타르곤에게 기마군을 지휘하고 곧장 가르덴숲 끝으로 돌파해 나오라고 전해라."

"예, 장군."

대답부터 한 마르칼이 김산을 보았다.

"장군께선 어떻게 하실 작정이십니까?"

"나 혼자 잠입해서 적장을 없애겠다."

눈으로 앞쪽을 가리킨 김산이 말을 이었다.

"나 혼자 움직이는 것이 편하다."

"예, 장군."

머리를 숙여 보인 마르칼이 더 이상 입을 열지 못했다. 숲 안으로 들어오면서부터 마르칼도 물론이고 부하들도 장군 쿠추의 무공을 목격한 것이다. 그저 걷고 뛰기만 했는데도 그렇다. 장군은 숲을 뛰는데도 발자국 소리 한 번 내지 않았고 한 번 뛰면 여섯 걸음이나 일곱 걸음 간격으로 날아갔다. 때로는 뛰어서 나뭇가지 위에 섰는데 사람 같지가 않았다. 서역인 마르칼은 말로만 듣던 중원인(中原人)의 경공을 두 눈으로 목격한 셈이다. 그리고 지금 듣자하니 단신으로 적진 안에 침투해서 적장 셋을 모두 죽이고 돌아왔다지 않는가? 마치 제 주머니 안에 든 물건을 꺼내듯이 해치우고 왔다. 하긴 마적단의 본거지로 단신으로 침투해온 쿠추가 아니었던가? 마르칼은 소리죽여 숨을 뱉고 나서 허리를 숙였다.

"명을 받들겠소이다."

혼자 남겨질 쿠추의 안위를 걱정하는 것은 아부하는 꼴이 될 것이다.

폴란드 기갑군의 체격은 크다. 일대일의 백병전 때 만나면 몽골군이 밀린다. 칭기즈칸이 친히 지휘한 서역 원정군이 폴란드 영지 깊숙이 침입했을 때다. 몽골군 1백인장 자누가 이끄는 1백 명이 폴란드군 기사 50명을 습격했는데 마침 땅이 험해서 모두 말에서 내려 백병전을 벌렸다. 그 결과는 비참했다. 몽골군은 자누를 포함하여 72명이 죽고 16명이 중상을 입었으며 12명이 살아 돌아왔다. 폴란드군은 20여 명이 죽었을 뿐이다. 체력에서 달린데다 폴란드군의 기세가 몽골군에 뒤지지 않았기 때문이다. 칭기즈칸은 그 보고를 받자 살아 돌아온 12명을 참수해서 목을 창끝에 꽂아 사흘 동안 전시했다. 동료와 함께 죽지 않았다는 이유다. 중상자도 다 처형했는데 그 전투에서 사로잡힌 폴란드군 부상자 셋은 말에 태워 돌려보냈다. 이것이 몽골식 포상이며 판결이다. 그 후부터 몽골군은 폴란드군과의 백병전을 피하되 먼저 기세를 꺾는 전술을 썼다. 기세가 꺾이면 1백 명이 열 명을 당해내지 못하는 것이다. 지금 김산이 응시하고 있는 폴란드군 위사 둘도 거인이었다. 키가 7자(210cm) 가깝게 되는데다 어깨가 넓고 쥐고 있는 창과 도끼도 특수 제작되어 길고 무겁다. 위사들은 중심에 위치한 붉은 깃발이 꽂힌 진막 앞에 서 있었는데 이곳이 바로 지휘관 진막이다. 1천여 명이 주둔한 본진(本陣)이어서 장수들이 많았고 혼잡했다. 전령들이 달려오고부터 비상상황이 된 것이다. 김산은 태연히 진막 앞으로 다가갔다. 매복지의 폴란드군 장교의 갑옷과 투구까지 착용한데다 아직 밤이다. 아무도 김산에게 주목하지 않았다. 투구는 콧등까지 가려졌고 양쪽 볼을 감싼 형태라 눈과 입만 드러나 있다. 김산이 허리에 찬 장검 손잡이를 누르고는 서둘러 발을 떼었다.

그 시간에 무리크는 잠옷 차림으로 위사장의 보고를 받는다.
"방금 진막 안으로 들어가셨습니다."
"도대체 무슨 일인지."
이맛살을 찌푸린 무리크가 위사장 소르도를 보았다.
"이봐, 소르도. 공주는 아무 말이 없더냐?"
"예, 아침에 인사를 드리겠다고만 하셨습니다. 각하."
무리크는 공들여 기른 콧수염을 손가락으로 꼬아 올리면서 눈을 가늘게 떴다. 생각에 잠긴 표정이다. 방금 진지 안으로 폴란드 본국에서 달려온 엘렌 공주가 들어온 것이다. 어제 오후에 공주의 전령이 달려와 보고를 하고 나서 오늘 새벽에 도착한 것이다. 어제의 전령도 공주가 무슨 일로 이곳까지 오는지 이유를 말해주지 않았다. 하지만 엘렌은 폴란드왕 루드비히가 가장 아끼는 막내딸인 것이다. 위로 왕자 둘, 공주 둘이 있었지만 왕자는 술주정뱅이에 호색한이었고 공주 둘은 색광(色狂)에 이혼녀였기 때문에 루드비히는 막내딸 엘렌에게 왕위를 물려준다는 소문도 있다. 그러나 소문은 소문일 뿐이다. 술주정뱅이 장남 마르코는 이미 40세로 군권을 장악하고 있는 것이다. 그때 소르도가 조심스럽게 말했다.

"각하, 제가 시종 하나한테 금 두 냥을 주고 물어보았습니다."

"옳지, 네가 가만있을 놈이 아니지."

얼굴이 환해진 무리크가 소르도를 보았다.

"그래, 공주가 무슨 일로 달려온 것이냐?"

"왕께서 비밀리에 공주를 노브고로드의 주시킨 왕자와 혼례를 맺으려고 보낸다는 것입니다."

"노브고로드?"

되물었던 무리크의 얼굴에 쓴웃음이 떠올랐다. 노브고로드공국은 모스크바와 러시아 북부 지역을 장악한 강력한 왕국이다. 폴란드왕 루드비히는 막내딸 엘렌에게 정략결혼을 시키려는 것이다.

"그런데 왜 나한테?"

무리크가 묻자 소르도가 외면하고 말했다.

"믿고 상의할 사람이 각하밖에 없었던 것 같습니다."

"아니, 그렇다고……."

말을 멈춘 무리크가 길게 숨을 뱉는다. 5년 전 부인이 병사한 무리크는 혼자다. 그래서 작년까지 엘렌과의 혼사 문제가 소문으로 떠돌았던 것이다. 그러나 무리크는 올해 45세로 엘렌과 스무 살이나 차이가 난다. 또한 본인도 내키지 않았기 때문에 작년에 무리크는 그런 일은 있을 수가 없는 일이라고 공개선언을 했던 것이다. 자리에서 일어선 무리크가 진막의 휘장을 걷고 밖을 보았다. 동녘이 밝아오고 있다. 무리크가 혼잣소리처럼 말한다.

"지금 몽골군이 접근해오고 있는 마당에 왕가(王家)에선 도움을 주지는 못할망정 방해만 하는군."

머리를 돌린 무리크가 소르도를 보았다.

"가르덴숲으로 몽골군이 들어올 때가 되었다."

진막 옆쪽을 칼로 긋고 나서 뛰쳐 들어간 김산이 놀라 몸을 돌린 사내들을 보았다. 진막 안에는 여섯이 있다. 위사 둘에 장수 셋, 그리고 편한 복장의 지휘관, 그 지휘관이 바로 이곳 진지의 수장일 것이었다.

"어엇!"

서너 명의 외침이 울렸고 모두 일제히 허리에 찬 칼을 빼들었지만 이미 그때는 김산의 몸이 뛰어올랐을 때다.

"악!"

신음이 울리면서 앞을 가로막은 위사의 목에서 피가 다섯 자나 솟아올랐다. 다음 순간 내려친 칼날이 장수 하나의 몸을 어깨에서부터 비스듬히 옆구리까지를 갈랐다. 그 순간 장수의 칼끝이 김산의 가슴을 찔렀다 눈을 부릅뜬 장수의 두 눈이 번들거렸다가 곧 희미해졌다. 몸을 비킨 김산이 올려친 칼에 목이 베어졌기 때문이다.

"악!"

손목이 잘린 위사가 신음했다. 그리고 다음 순간 김산의 칼날이 이 진막의 지휘관 가슴을 깊숙이 찔렀다. 빈덴 자작은 뒷걸음질로 물러나 있었다가 당했다.

3장
장군 쿠추

3천 기의 기마군이 숲을 달려가고 있다. 숲은 평원과 달라 말굽의 진동음이 적지만 1만 2천 기의 말이 달리는 터라 나무가 흔들리고 골짜기가 울린다.

"과연"

어둠 속에 떠오른 타르곤의 두 눈이 번들거리고 있다. 감탄한 타르곤이 말배에 박차를 넣으면서 소리쳤다.

"쿠추님 예측이 맞다. 대장을 잃은 놈들이 허둥대고 있다."

지금 3천 기는 가르덴숲 우측을 통과하여 곧장 북상하고 있는 것이다. 우측 매복지의 지휘관 아겔은 진막 안에서 피살당한 후에 아직 지휘관이 정해지지 않았다. 가르덴숲의 매복 총지휘관 빈덴 자작까지 암살당했기 때문이다.

"대항할 것 없다! 그냥 돌파해라!"

타르곤이 다시 소리치자 뒤쪽 전령이 뒤로 명령을 전달한다. 지금 쿠추군 3천은 타르곤의 지휘 하에 가르덴숲을 일직선으로 돌파하고 있다. 함정을 쳐놓고 기다리던 폴란드군이 당황하여 활을 쏘고 뛰어나오기도 했지만 후속 조치가 따르지 않아서 그것으로 끝이다. 지휘부의 명령이 없었기 때문이다.

"우측 매복지를 통과했습니다!"

옆으로 따라붙은 마르칼이 소리쳐 보고했다. 마르칼이 돌아와 김산의 명령을 전한 것이다.

"이제 곧 북쪽의 매복군 본진이 다가옵니다!"

마르칼이 소리치자 타르곤의 얼굴에 웃음이 떠올랐다.

"마르칼, 너도 쿠추님께 심복하고 있는 거냐?"

"예?"

되물었던 마르칼이 쓴웃음을 짓고 목소리를 높였다.

"그렇습니다, 대장."

"나도 그렇다."

타르곤이 번들거리는 눈으로 마르칼을 보았다.

"킵차크제국에서 쿠추님을 따라 공생공사(共生共死)할 것이다."

오전 진시(8시) 무렵, 진막에 있던 무리크가 전령을 맞는다. 가르덴숲에서 달려온 전령이다. 막 아침 식사를 마쳤던 무리크가 긴장한 얼굴로 전령을 보았다. 무리크쯤의 전력(戰歷)이 있으면 전령의 표정만 봐도 그것이 어떤 종류의 사건인 줄 짐작한다. 전령이 소리쳐 보고했다.

"빈덴 자작이 암살당했습니다!"

진막 안이 웅성거렸지만 무리크는 잠자코 전령을 응시했다. 최악의 보고다. 지금까지 이런 비보(悲報)를 가져온 전령은 처음 맞는다. 매복 지휘관 빈덴과 좌, 우측 매복 지휘관까지 모두 진막 안에서 암살을 당했다는 것이다. 지휘관 셋이 모조리 죽었다. 전령이 보고를 마쳤을 때 무리크가 말했다.

"전투 준비, 곧 적이 올 테니 맞을 준비를 하라."

장수들의 시선을 받은 무리크가 얼굴을 일그러뜨리며 웃었다.

"놈들은 곧장 가르덴숲을 돌파해올 것이다. 아마 지금쯤 눈앞에 나타날 때가 되었다."

"백작 각하, 그럼 가르덴숲의 병력이 무너졌단 말씀입니까?"

장수 하나가 묻자 무리크는 머리를 저었다.

"돌파했을 것이다. 매복군은 지휘관이 없어서 공격을 잇지 못하고 더구나 세 군데 지휘관이 모두 죽은 터라 연계작전을 할 수가 없다."

총지휘관 빈덴까지 죽은 것이다. 전략은 수만 가지 변수를 예상하여 대응 방법을 준비했지만 지휘관이 한꺼번에 부재(不在)가 된 경우는 대비하지 못했다.

"자, 어서!"

무리크의 명령에 장수들이 뛰쳐나갔고 옆에는 위사장 소르도만 남았다.

"각하, 킵차크군 암살대 소행인 것 같습니다."

긴장한 소르도가 말하자 무리크는 머리를 기울였다.

"이런 전술은 처음 겪는군, 지휘관을 진막 안에서 암살하다니, 유례가 없다."

"킵차크군의 전신(前身)은 몽골군입니다. 각하, 몽골군의 전술일까요?"

"난 그런 경우를 듣지 못했다."

그때 밖이 소란스러워지더니 장수 하나가 들어섰다. 당황한 표정이다.

"각하, 공주께서 오셨습니다."

눈을 크게 뜬 무리크가 미처 입을 열기도 전에 안으로 공주가 들어섰다. 엘렌 공주, 저고리에 바지를 입고 가죽 장화 차림으로 남장을 했지만 빼어난 미모는 감추지 못했다. 여자라는 것이 대번에 드러난다. 금발을 사냥꾼 모자 안으로 집어넣었는데 모자에 꿩 꽁지 털을 꽂았다.

"공주."

공주와 시선이 마주친 무리크가 자리에서 일어나 한쪽 무릎을 꿇었고 소르도는 두 무릎을 꿇었다.

"백작, 갑자기 전장으로 찾아온 셈이 되었네요."

거침없이 안쪽으로 다가간 엘렌이 무리크가 앉았던 의자에 앉는다. 그것이 자연스럽게 보이도록 엘렌의 자태에서 권위가 배어나온다. 자리에서 일어선 무리크가 지그시 엘렌을 보았다.

"공주, 급한 일 때문에 찾아뵙지 못했습니다. 그런데 갑자기 이곳 전장에는 무슨 일로 오셨습니까?"

"나는 루시킨의 아내가 되고 싶지 않아요. 그럼 폴란드는 노보고로드의 영지가 될 테니까."

쏟아 붓듯 말한 엘렌이 똑바로 무리크를 보았다.

"백작, 아버지는 리그니츠에서 마르코에게 연금당했어요. 그래서 아버지는 나를 노보고로드의 루시킨에게 보냈지만 난 이곳으로 왔습니다."

청천벽력 같은 말이었으므로 무리크는 숨을 죽였다. 그것은 폴란드 궁성에서 반란이 일어났다는 뜻이었다. 엘렌의 오빠이며 루드비히 왕의 장남 마르코가 반란을 일으켜 정권을 잡았다는 것이다. 그래서 루드비히가 비밀리에 엘렌을 노보고로드공국의 루시킨 왕자에게 보냈다는 말이었다.

"공주."

무리크가 갈라진 목소리로 엘렌을 부른다.

"폐하께서 루시킨 왕자께 공주를 보낸 이유는 뭡니까?"

"반란을 진압해달라는 부탁을 하라고 했습니다. 내가 루시킨의 아내가 되면 폴란드 왕국을 넘겨 줄 테니 마르코를 제거해달라는 것입니다."

"으음."

"난 아버지의 말씀을 따를 수 없어요. 왜 폴란드를 루시킨에게 넘겨줍니까? 그렇다고 주정뱅이 마르코가 폴란드를 지배하게 할 수 없습니다."

엘렌이 똑바로 무리크를 보았다.

"백작이 도와주면 됩니다. 마르코를 몰아내고 내가 폴란드를 통치하게 도와주면 백작을 섭정으로 임명하겠습니다."

"공주."

엘렌의 시선을 받은 무리크의 얼굴에 쓴웃음이 떠올랐다.

"곧 킵차크제국군이 다가올 것입니다. 먼저 이놈들을 막아야 합니다."

"장군이시다!"

앞쪽에서 함성과 함께 외침이 울렸으므로 타르곤이 말의 속력을 줄였다. 기마군은 이제 가르덴숲을 빠져나가는 중이다. 3천 병력이 함정을 돌파하면서 입은 피해는 50여 기, 상상도 할 수 없었던 경미한 피해다. 물론 폴란드 매복군은 돌파당하면서 1백여 명의 피해를 입었다. 그러나 매복군은 돌파당한 터라 패한 것이나 같다. 사시(오전 10시) 무렵, 햇살은 밝고 하늘에는 구름 한 점 없는 맑은 날씨다. 타르곤은 곧 이쪽으로 달려오는 김산을 보았다. 3천인장 쿠추다. 김산을 본 병사들이 함성을 지르고 있다. 어젯밤의 전과(戰果)가 모두 알려졌기 때문이다. 쓴웃음을 지은 장군 쿠추가 병사들의 함성 속으로 달려왔다. 단순한 가죽 가슴가리개를 걸치고 머리에 두건을 쓴 쿠추의 차림은 10인장보다 더 검소했다.

 다가선 김산을 향해 타르곤을 비롯한 장수들이 머리를 숙여 군례를 했다.

 "장군, 전과를 축하드립니다."

 타르곤이 말했더니 말고삐를 채어 말을 나란히 걸리면서 김산이 말했다.

 "곧장 리그니츠로 직진한다."

 "리그니츠로 말씀입니까?"

 놀란 타르곤이 묻자 김산이 빙그레 웃었다.

 "그렇다. 리그니츠가 비었다."

 리그니츠는 서북방 5백 리(250km) 지점이다. 쿠추의 3천 기는 지금까지 동북방 2백 리(100km) 지점인 페스트성을 목표로 달려온 것이다. 페스트성까지 가려면 다시 다이만 산맥을 거쳐야 한다. 다이만 산맥에는 이번 전장의 폴란드군 주장 무리크가 2만 군사와 함께 기다리고 있는 것이다. 타르곤이 심호흡을 하고 나서 말했다.

 "알겠습니다. 장군."

 전장의 규모가 점점 커지고 있다. 그것이 타르곤의 성품에도 맞는 것이다.

그러나 이의를 제기하는 사람도 있게 마련이다. 오시(12시) 무렵, 기마군이 산기슭에서 휴식을 취했을 때 후군에 끼어 따라오던 5천인장 칠라운이 마침내 김산 앞에 등장했다. 칠라운은 부하 장수들과 함께 본진의 김산 앞으로 나타났는데 기는 많이 꺾였지만 아직 여세는 남았다. 턱을 치켜들었고 어깨는 뒤로 젖혀졌다. 칠라운은 40대 후반으로 수백 번 전투를 치른 용장이다. 다가온 칠라운이 김산에게 물었다.

"3천인장, 지금 기마군은 어디로 가고 있는가?"

둘 다 선 채로 마주 보고 선 자세였는데 주위에 양측 장수들이 벌려서 있다. 마치 숙적이 만난 장면 같다. 그 뒤쪽의 병사들도 모두 숨을 죽인 채 둘을 주시했으니 수백 쌍의 시선이 집중되었다. 잠시 산기슭에는 벌레소리도 들리지 않았다. 무겁고 긴박하기까지 한 정적이 덮인 것이다. 그때 김산이 말했다.

"미리 말씀드리지 못했습니다. 지금 기마군은 리그니츠로 직진하고 있습니다."

의외로 겸손하고 예의 바른 대답이어서 주위의 장졸들은 어깨를 늘어뜨렸다. 칠라운도 당황한 표정이 되었다. 쿠추의 대리인 1천인장 타르곤으로부터 수모를 당했기 때문에 더 그렇다. 이미 전군이 리그니츠로 직진하고 있다는 것은 아는 터라 칠라운이 헛기침을 하더니 다시 묻는다.

"본래 목표는 페스트성 아니었는가? 왜 목표를 바꾸었는가?"

"나는 기습군을 지휘하고 있습니다. 장군."

김산이 부드러운 표정으로 칠라운을 보았다.

"적이 기다리는 성을 공격하는 것은 기습군이 아닙니다. 장군."

"그렇지."

마침내 칠라운의 얼굴에 웃음이 떠올랐다.

"3천 병력으로는 더욱 그렇지."

"장군께서 그동안 고생하셨습니다."

김산이 뒤늦게 위로하자 갑자기 칠라운의 눈에서 주르르 눈물이 쏟아졌다.

"내가 자만해서 병사들을 희생시켰네."

"이번에 만회를 하시지요."

"아닐세. 이 기마군은 그대가 주장(主將)일세, 나는 지금처럼 후위를 맡겠네."

손등으로 눈을 씻은 칠라운이 말을 이었다.

"칭기즈칸께서 그러셨네. 유능한 장수는 형식에 구애받지 않는다고, 바로 그대를 말한 것 같네."

어느새 칠라운을 수행한 장수들의 눈빛도 달라져 있다. 김산, 즉 쿠추에 대한 경외심이다.

킵차크제국군의 뿌리는 몽골 기마군단이다. 따라서 기마군의 기동력은 어느 군대도 따라가지 못한다. 예비마 3필씩을 끌고 달리는 3천 기마군은 하루에 250리를 달린다. 그날 저녁, 먼저 다이만 산맥 밑에서 대기하고 있던 무리크의 진막에서 급박한 회의가 열렸다. 저녁 술시(8시) 무렵이다.

"킵차크군이 직진했다면 어느 쪽이냐?"

무리크가 소리쳐 물었지만 앞에 꿇어앉은 여섯 명의 척후는 아무도 입을 열지 않았다. 여섯 명은 6개 방향으로 정탐을 나갔다가 돌아왔지만 아무도 킵차크군을 발견하지 못한 것이다. 킵차크군이 가르덴숲을 돌파한 것이 오전 진시(8시) 무렵이다. 그것까지는 확인되었지만 킵차크 기마군은 흔적도 없이 사라졌다. 예상대로라면 오후 신시(4시) 무렵에는 다이만 산맥 앞에 나타났어야 할 킵차크군이다. 그때 왼쪽 끝의 척후장이 입을 열었다.

"제가 맡았던 좌측 끝에 포라스강이 흐릅니다. 강이 넓지만 얕아서 가장 깊은 곳이 허리밖에 닿지 않습니다."

무리크의 시선을 받은 척후장이 말을 잇는다.

"몽골군이 그 강을 건너 좌측으로 빠졌다면 저희들 눈에 띄지 않았을 것입니다."

머리를 돌린 무리크가 앞에 펼쳐 놓은 지도를 보았다. 포라스강과 그 위쪽 평원을 훑어보던 무리크가 숨을 들이켰다.

"아뿔싸."

자리를 차고 일어선 무리크가 소리쳤다.

"전군 출동 준비!"

밤 자시(12시) 무렵, 페스트성 성주대리 크리스가 잠옷 바람으로 전령 앞에 섰다. 찌뿌둥한 표정이다. 그도 그럴 것이 유부녀인 아델과 정사 도중에 나왔기 때문이다. 기다리고 있던 전령은 무리크가 보낸 장교다. 전령이 소리쳐 말했다.

"킵차크군이 포라스강을 건너 서북쪽으로 직진했을 가능성이 있다고 합니다. 킵차크군의 목표는 왕성(王城) 리그니츠라고 합니다!"

"무엇이!"

놀란 크리스가 되물었을 때 전령이 말을 이었다.

"따라서 백작께서는 크리스 백작께서도 성의 병력을 차출, 지원군을 보내달라고 하셨습니다. 병력은 5천 정도가 적당하며 전원 기마군으로 예비마 1필씩을 끌고 오도록 하랍니다."

이제 크리스는 대답하지 않았다. 이것은 리그니츠의 왕 루드비히가 지시를 내려야만 한다. 페스트 성안 병력을 떼어 가는 것은 무리크의 권한 밖이다. 무리크는 페스트성의 방어 책임자인 것이다.

"알았다."

크리스가 대답은 그렇게 했다. 그러더니 잠시 뜸을 들였다가 말을 이었다.

"내가 왕 폐하께 급전령을 보내 허락을 맡겠다고 말씀드려라."

진막 안으로 들어선 칠라운은 긴장한 표정이다. 따라온 1천인장 둘도 얼굴이 굳어져 있다. 밤 자시(0시)가 조금 넘었다. 오늘은 하루에 280리(140km)를 북상한 킵차크군은 사방이 탁 트인 고원지대에서 야영하고 있다. 이제 리그니츠가 서북방 180리 거리로 다가온 지점이다. 그래서 주둔지에는 횃불 하나 켜지 않았고 진막 안도 물론 검은 천으로 막았다. 칠라운이 앞쪽 양가죽 위에 앉으며 묻는다. 김산이 칠라운을 부른 것이다.

"무슨 일이오?"

진막 안에는 지휘관들이 다 모였다. 5백인장급 이상이 모였으니 모두 10여 명이다. 장수들의 시선을 받은 김산이 입을 열었다.

"지금쯤 다이만 산맥 밑의 무리크와 페스트성의 크리스가 우리 군(軍)의 이동로를 파악했을 것입니다."

김산이 옆에 놓인 말채찍 끝으로 앞에 펼쳐 놓은 양가죽 지도의 한 점을 짚었다. 바로 그들이 야영하고 있는 고원이다. 김산이 말을 이었다.

"우리 목표를 안 무리크, 크리스가 가만있지는 않을 것이오. 곧 뒤를 따르겠지요."

그때 김산의 채찍이 페스트성을 짚었다.

"페스트성에서도 지원군이 나올 것입니다."

모두의 시선이 페스트성으로 모여졌다. 이 전쟁이 시작된 곳이다. 페스트성을 방어하던 3천인장 바쉬란과 부하들은 전멸했고 그 복수전인 것이다.

"하지만 성주 크리스는 나오지 않을 것입니다. 이 전쟁은 페스트성 때문에 시작되었으니까요."

칠라운이 커다랗게 머리를 끄덕였다.

"그렇소, 주력은 남아 지키겠지."

"장군께서 위에서 페스트성을 치시오."

불쑥 말한 김산의 채찍이 현재의 위치에서 페스트성까지를 주욱 이었다. 북쪽에서 비스듬히 동쪽으로 내려가는 모양이 되었다. 거리는 대략 170리, 순간 칠라운이 숨을 들이켰고 부하 장수들의 눈이 번들거렸다.

"내, 내가 말이오?"

되묻는 칠라운의 말끝이 떨렸다. 불빛을 받은 얼굴이 상기되었고 두 눈은 번들거리고 있다. 김산이 머리를 끄덕였다.

"그렇습니다. 위에서 내려가는 군사는 경계하지 않을 것입니다. 그리고," 김산이 똑바로 칠라운을 보았다.

"장군의 명성을 이 작전으로 다시 빛내셔야 하오."

"고맙소."

자리를 고쳐 앉은 칠라운이 두 손을 방바닥에 짚더니 김산을 향해 머리를 숙였다. 그러자 칠라운 휘하의 장수들도 일제히 김산을 향해 절을 했다. 김산이 머리를 숙여 보이면서 말했다.

"군사를 절반 나눠드리겠습니다. 내일 아침에 일찍 떠나시지요."

얀센성(成)은 리그니츠 남쪽 140리(70km)에 위치한 도시로 귀족들이 많이 사는 휴양지였다. 강가에 위치한 도시의 풍광이 빼어날 뿐만 아니라 농산물이 풍부하게 생산되어 가장 부유한 도시 중의 하나인 것이다. 오전 사시(10시) 무렵, 얀센성 남문의 수문장 오리크는 여느 때처럼 초소 밖에 내놓은 의자에 앉아 오가는 행인을 구경하고 있다. 남문의 대문은 활짝 열렸고 수비병 둘은 양쪽 기둥에 서 있었지만 건성이다. 지금은 통행인이 하루 중 가장 많은 때여서 비켜서 있어야만 한다. 성문으로 건초를 가득 실은 마차가 다가오고 있다. 말 두 필이 끄는 마차로 건초가 높게 쌓여졌다. 마부석에 앉은 두 사내는 두건을 뒤집어쓰고 있었는데 지친 것 같다. 오리크는 성안 경비병 마구간에서도 근무한 적이 있어서 건초를 안다. 건초의 재질이 훌륭했으므로 오리크가 머리를 끄덕였다.

그때 마차 뒤로 또 다른 건초 마차 두 대가 따르고 있는 것이 보였다. 올해는 건초 준비를 일찍 하는 것 같다. 첫 번째 마차가 눈앞을 지나더니 두 번째가 다가왔다. 오리크가 하품을 하고 나서 눈앞으로 다가온 두 번째 마차의 마부를 올려다보았다. 그 순간 오리크의 입이 벌려진 채로 딱 굳어졌다.

두건이 조금 젖혀진 마부의 얼굴이 동양인이었기 때문이다. 노랭이,

곧 몽골인이다. 다음 순간 오리크가 벌떡 일어났지만 늦었다. 어느새 옆으로 다가온 사내 하나가 내려친 칼이 어깨에서 허리까지를 비스듬히 갈랐다. 신음도 뱉지 못하고 넘어지던 오리크는 자신을 벤 사내를 보았다. 노랭이다.

"습격입니다!"
성의 경비장 리온 후작이 소리쳐 말했을 때 성주 하오쟈는 땅을 울리는 말굽소리를 들었다. 몽골군이다.
"백작, 피하십시오!"
리온이 다시 소리치더니 안쪽으로 내달렸는데 병영과는 반대쪽이다.
"리온! 어디 가는 거냐!"
이곳은 성안 백작가(家)의 정원이다. 귀족 부인들과 함께 꽃구경을 시작했던 하오쟈는 날벼락을 맞은 셈이다. 이곳저곳에서 부인들의 비명소리가 들렸고 마치 꽃가루가 날리는 것처럼 사방으로 부인들이 흩어지고 있다.
"라오나!"
하오쟈가 소리쳐 불렀지만 소음에 묻혀 대답이 없다. 조금 전까지 옆에 있었던 비샴 후작부인 라오나를 찾는 것이다.
"각하, 어서 이리로!"
그중에도 충직한 하인은 있었다. 하인 하나가 소리쳤으므로 허둥대던 하오쟈가 눈동자의 초점을 잡았다. 하인이 샛문 앞에 서서 손짓을 하고 있다. 말굽소리는 더 가까워졌고 비명과 함성이 어지럽게 섞여 들린다. 하오쟈는 그때까지 들고 있었던 포도주 잔을 내던지고 샛문을 향해 뛰었다. 이제 화려한 정원에는 이리저리 뛰는 부인이 십여 명밖에 남지 않았다. 샛문과의 거리는 이제 30여 보, 그때 하오쟈는 옆쪽 중문으로 들어서는 기마군을 보았다. 작은 말, 작은 기수, 그래서 처음에는 난쟁이들이라고 놀렸다.

몽골군, 이제는 킵차크 기마군이 몰려 들어왔다. 그때 누군가의 외침 소리가 울렸고 하오쟈는 다음 순간 가슴에 충격을 받고는 달음질을 늦췄다. 샛문 앞에 서 있던 하인은 어느새 보이지 않는다. 뛰던 반동으로 서너 걸음을 더 걷던 하오쟈가 머리를 숙여 가슴에 박힌 화살을 보았다. 화살 끝에 붙인 거위 털에 검은 반점이 박혀졌다. 피가 마른 것이다. 그리고 다음 순간 얀센 성주 하오쟈 백작은 엎어지면서 숨이 끊겼다.

마르코가 얀센성의 참변을 들은 것은 그날 밤 해시(10시) 무렵이었으니 늦은 셈이다. 140리 길을 12시간 안에 도보로 달려온 병사가 보고를 했기 때문이다. 얀센성에서는 말 한 마리도 빠져나가지 못했던 것이다. 마르코는 귀족들을 모두 초청하여 성안의 대연회장에서 연회 중이었는데 얀센성의 참변을 수백 명 앞에서 광고를 한 셈이 되었다. 아버지 루드비히를 별궁에 연금시킨 후 처음 갖는 대연회에서 얀센성에서 달려온 병사의 보고는 마르코의 미래를 암시해준 것 같았다.

"다 죽였습니다. 개도, 소도, 닭도, 살아 있는 짐승까지 다 죽였습니다."

병사가 소리쳐 말했는데 목소리가 연회장 벽에 부딪혀 메아리가 일어났다.

"남녀노소를 가리지 않고 다 죽였소! 얀센성에서 살아남은 사람이 없습니다."

주위에 둘러선 귀족, 장군, 관리들은 숨을 죽이고 있다. 얀센성이 어디겠는가? 가장 풍광이 좋고 소출이 많아서 귀족의 장원이 많은 지역이다. 연회장에 모인 귀족의 가족이 살고 있는 곳이다. 그러나 너무나 처참한 내용에 모두 입도 벌리지 못하고 있다. 다시 병사가 숨이 끊어질 것 같은 목소리로 말했다.

"저는 위사대 소속으로 성주 하오쟈 백작의 머리가 창끝에 박혀 내궁 앞에 꽂혀 있는 것을 보았습니다. 성안 아이들은 성당에 모아놓고 불에 태웠으며 여자들은 노리개용만 남겨놓고 다 죽였소."

"그만."

마침내 마르코가 손을 들어 병사의 말을 막았다. 얼굴이 창백해진 마르코가 옆에 선 위사장 베르겐에게 물었다.

"무리크는?"

알 리가 없는 베르겐이 눈만 껌뻑였을 때 연회장 분위기가 그때서야 소음으로 덮여지기 시작했다. 곧 누구를 부르고 대답하는 외침, 이리저리 뛰는 남녀로 혼란에 빠졌다. 벽에 붙어선 위사들도 손님들이 모두 귀족들인 터라 어찌할 바를 모른 채 당황한 모습이다. 그때 마르코가 소리쳤다.

"시끄럽다!"

그러나 목소리가 소음에 가려졌다.

"조용히 해라!"

다시 소리쳤지만 듣는 사람도 없다. 주변의 귀족, 장군들이 대부분 흩어졌기 때문이다. 측근과 시종 10여 명이 주위에 모여서 있을 뿐이다.

"허어, 참."

얼굴을 일그러뜨리고 웃는 마르코가 측근들을 둘러보았다. 기가 막힌 다는 표정이다. 그러나 시끄럽고 제각기 떠났다고 벌을 줄 수가 있겠는가? 마르코가 이 사이로 말했다.

"연회가 싱겁게 끝났군 그래."

그러나 마르코의 허세를 아무도 받아주지 않는다.

땅을 울리는 말굽 소리에 엘렌은 잠에서 깨었다. 기마군이다. 폴란드의 기마군은 중기병(重騎兵)이다. 철갑을 입은 기마병 역시 철갑을 두른 말에 타고 있어서 몽골 기마군의 두 배 중량이다. 따라서 단거리 전투에 위력을 발휘한다. 기마군의 말굽소리가 멀어지는 기척이었으므로 엘렌은 자리에서 일어섰다. 자시(밤 12시)가 조금 넘었다. 그때 진막 안으로 시녀 도로시가 들어섰다. 등을 들고 있어서 긴장한 얼굴이 드러났다.

"마마, 기마군이 떠나고 있습니다."

도로시가 말했다.

"무리크님이 이끌고 왕성으로 떠나신다고 합니다."

"왕성으로?"

되물은 엘렌이 도로시를 쏘아보았다.

"그럼 무리크님은 마르코를 돕겠다는 것인가?"

킵차크 기마군이 가르덴숲을 통과하여 왕성 리그니츠를 향한 것 같다는 정보는 엘렌도 들은 상황이다. 도로시가 불안한 표정으로 머리를 저었다.

"그건 모르겠습니다. 공주마마."

이제 말굽 소리는 멀어져서 희미한 진동만 울리고 있다. 도로시가 다시 말했다.

"이곳에는 보군 1만 정도가 남아 있다고 합니다."

그중에 엘렌 일행도 끼어 있는 것이다. 배신을 당한 것처럼 느껴졌으므로 엘렌은 어금니를 물었다. 무리크는 아무런 언질도 주지 않고 떠난 것이다. 그러니 새 왕 마르코를 도우려고 떠났는지 다만 킵차크군을 쫓는 것인지 알 수가 없다. 이윽고 머리를 든 엘렌이 도로시를 보았다.

"떠날 준비를 해라."

도로시의 시선을 받은 엘렌이 말을 이었다.

"무리크가 나에게 상의하지 않고 떠난 것만으로도 내 머릿속에 넣어 둘 가치가 없어졌다. 그자가 누구에게 충성하건 나에게는 적이다."

"어쩌실 작정입니까?"

말배를 나란히 하고 달리던 위사장 소르도가 물었지만 무리크는 대답하지 않았다. 축시(오전 2시) 무렵이다. 1만 기마군은 속보로 달려가는 중이다. 그러나 무거운 갑옷, 장비를 걸치고 있는 터라 한 시진(2시간)을 달렸지만 20리(10km) 정도밖에 달리지 못했다. 이윽고 무리크의 입이 열렸을 때는 개울가에서 기마군 대열이 멈춰 섰을 때다.

"마르코 왕자가 날 경계하고 있어."

"그러겠지요."

말을 세운 소르도가 쓴웃음을 지었다.

"하지만 왕자는 친위대 5천 정도만 거느리고 있을 뿐입니다. 루드비히 왕의 군사는 모두 뿔뿔이 흩어졌을 것입니다."

"페스트성의 크리스한테는 이미 사자를 보냈을 것이다."

"제 생각도 같습니다."

"킵차크군을 쫓는 시늉을 하면서 우군(友軍)을 모아 상경한다."

"예. 장군."

그때서야 얼굴을 펴고 웃는 소로도가 말을 잇는다.

"마르코 따위에게 왕국을 넘겨 줄 수는 없습니다. 이제는 장군께서 폴란드를 통치하실 때가 되었습니다."

무리크의 상경 이유가 이제야 밝혀졌다. 킵차크 기습군을 쫓는 것이 아니다. 쫓는 시늉으로 상경하면서 우군, 즉 반(反)마르코 세력을 규합하여 폴란드 왕국을 장악하려는 것이다. 그러니 엘렌 공주 따위에게 신경을 쓸 여유가 있겠는가?

얀센성 안, 김산이 청의 의자에 앉아 둘러선 장수들에게 말했다.

"이젠 마르코가 정상적인 왕이라면 턱밑의 종기 같은 이곳으로 내려올 때가 되었다."

얀센성을 강습한 지 오늘로 나흘째가 되었다. 나흘 동안 1천5백 기마군은 마음껏 살육하고 약탈했다. 피에 굶주린 악마처럼 무자비하게 죽였다. 폴란드 역사상 듣지도 보지도 못했을 정도로 잔인하게 도시를 폐허로 만들었다. 지금도 성안 곳곳에서 시체를 태우는 불길이 타올랐고 냄새가 자욱하게 덮여져 있다. 시체 태우는 냄새다.

"장군, 이제 떠나실 때가 되었습니다."

아래쪽 청에 서 있던 1천인장 타르곤이 말했으므로 김산은 쓴웃음을 지었다.

"타르곤, 그대는 내가 여기서 왜 나흘이나 묵었는지 아는가?"

"예. 그것은……."

말을 그친 타르곤이 심호흡을 했다. 호레즘 장군 출신이었으므로 타르곤도 전략, 전술은 안다.

"킵차크군에 대한 공포심이 폴란드 전역으로 퍼져 나가도록 기다린 것이 아닙니까?"

"과연 그렇다."

"장군께서 성문 한쪽을 나중에야 비우신 것도 살아남은 주민이 빠져나가 소문을 내도록 하신 것이지요."

"그렇다."

"하지만 지금쯤 주변의 성에서 군사들을 모았을 것입니다."

"그렇겠지."

"킵차크군 1천 5백으로 그들을 막기에는 벅찹니다. 장군."

둘의 대화가 이어지는 동안 홀 안은 정적에 덮여져 있다. 둘러선 장수들은 10여 명, 모두 고급 지휘관이다. 그때 김산이 머리를 돌려 끝쪽에 선 사내를 보았다. 사내는 폴란드인이다. 장신의 백인.

"구델이 설명을 해줄 것이다."

그러자 헛기침을 한 사내가 서툰 몽골어로 말했지만 알아들을 수는 있다.

"폴란드 왕 루드비히가 왕자 마르코의 반역으로 성안에 감금되었습니다."

그러자 장수들이 잠깐 웅성거렸다가 조용해졌다. 사내의 말이 이어졌다.

"지금 폴란드 왕국은 루드비히와 마르코의 두 세력으로 나뉘어져서 이곳에 신경을 쓸 이유가 없습니다. 마르코는 또한 남쪽의 무리크를 견

제하는 입장이어서 그쪽에 신경을 곤두세우고 있습니다."

사내의 목소리가 모자이크로 장식된 벽에 부딪혀 울렸다.

"루드비히의 막내딸 엘렌이 마르코에게 저항하여 남쪽으로 피신했는데 독자 세력을 형성하면 마르코와 대등한 견제세력이 될 것입니다."

사내의 말이 그쳤을 때 김산이 웃음 띤 얼굴로 말을 맺는다.

"지금 우리는 폴란드 왕국의 혼란기에 뛰어든 셈이 되었다. 놈들이 싸우는 사이에 먹이를 가로챌 수도 있지 않겠는가?"

칠라운이 보낸 전령이 얀센성에 닿았을 때는 밤 자시(0시) 무렵이다. 그러나 전령은 지체하지 않고 김산에게 안내되었다.

김산과 칠라운이 반으로 쪼개진 지 7일째가 되는 날이며 얀센성 탈취 닷새째가 되었다. 7백여 리 길을 달려온 전령의 온몸은 먼지와 땀으로 젖었고 눈은 충혈되어 있었지만 눈빛이 강했다. 기력(氣力)이 솟아오르는 것이다.

"장군. 칠라운 장군께서 보고를 드린다고 했습니다."

전령이 왔다는 소식에 지휘관들이 허리띠도 제대로 묶지 않고 청에 모여들고 있다. 칠라운은 5천인장이다. 5천인장이 3천인장 김산에게 보고한다는 말이다. 칠라운이 시킨 것이다. 전령이 소리쳐 말을 이었다.

"이틀 전에 칠라운은 페스트성을 함락시켰습니다. 밤에 숨어 들어간 기습군이 성문을 열었기 때문입니다."

"오오."

청 안에서 장수들의 환성이 터졌다. 기습군의 목표는 칠라운의 구출과 페스트성의 함락이었기 때문이다. 칠라운의 구출만으로도 벅찬 임무였는데 페스트성까지 탈환했다. 3천인장 바쉬란의 복수도 한 셈이다. 전령이 머리를 들고 김산을 보았다.

"칠라운은 장군의 다음 지시를 기다린다고 했습니다. 명을 내려주시오."

머리를 끄덕인 김산이 정색하고 전령을 보았다.

"5천인장께 전해라."

"예. 장군."

"페스트성 함락은 5천인장의 공이시다. 즉시 황제께 보고하고 앞으로 나에게 보고할 필요는 없다고 해라."

"예. 장군."

"그리고 3천인장 김산이 진심으로 경축드린다고 전해라."

"예. 장군."

이마를 청 바닥에 붙였다 뗀 전령이 상기된 얼굴로 김산을 보았다. 전령은 칠라운의 심복 1백인장이다.

"장군께서 5천인장 명예를 구해주셨소이다."

"5천인장께서는 자력으로 명예를 찾으셨다."

청 안의 분위기는 달아올라 있었지만 감동에 눌려 터지지는 않는다. 말석에 서 있던 홍복은 소리죽여 숨을 뱉었다. 감동으로 가슴이 벅찼기 때문이다.

"무엇이?"

무리크가 소리쳤지만 눈빛은 가라앉았다. 이곳은 자나성(成) 근교의 초원이다. 무리크의 1만 기마군은 이틀간 이곳에서 주둔하고 있다. 무리크의 시선을 받은 전령이 말을 이었다.

"페스트성에서 살아나간 사람은 몇 명 되지 않았다고 합니다."

지금 무리크는 자나성에서 달려온 전령의 보고를 받고 있는 것이다. 전령이 목소리를 낮췄다.

"성주께서는 시간이 지날수록 우리가 유리하다고 하셨습니다. 페스트성의 크리스 백작은 마르코 왕자와 밀약을 맺은 사이니만치 이번 페스트성 함락으로 왕자의 세력이 감소되었다고 하셨습니다."

"맞는 말이다."

쓴웃음을 지은 무리크가 이 사이로 말했다.

"킵차크군의 기습을 받는 상황에서 왕자가 반란을 일으키다니, 왕자는 민심을 잃었어."

전령을 돌려보낸 무리크가 옆에 선 위사장 소르도를 보았다.

"엘렌은 어디로 갔을까?"

이제 무리크는 엘렌에게도 공주 칭호를 붙이지 않는다.

"노보고로드 쪽으로는 가지 않았을 것입니다."

소르도가 자신 없는 표정으로 말했다.

엘렌이 도망쳤다는 보고를 받은 것은 사흘 전이다. 노보고로드공국의 루시킨 왕자와 엘렌을 정략결혼을 시켜 위기를 벗어나려던 루드비히 왕의 계획은 좌절되었다. 무리크가 쓴웃음을 지은 얼굴로 말을 잇는다.

"엘렌이 내 지원을 받는다면 루드비히의 뒤를 이을 수가 있었겠지."

이제 무리크는 루드비히에게도 경칭을 붙이지 않는다. 무리크가 소르도를 향해 얼굴을 펴고 웃었다.

"소르도, 내가 엘렌의 남편이 되면 왕국을 장악할 수 있을 것 같으냐?"

"힘들 것입니다."

따라 웃는 소르도가 말을 이었다.

"엘렌은 루드비히가 가장 아꼈던 재사(才士)였지요. 붉은 여우라는 별명도 있지 않습니까?"

엘렌의 금발은 조금 붉은 기운이 나는 것이다.

"위사대만 출동한다."

김산이 말하자 홍복이 물었다.

"장군. 어디로 갑니까?"

"서쪽."

김산이 턱으로 서쪽을 가리켰다. 서쪽은 광대한 평원이었고 폴란드의 곡창지대다. 인구가 많은데다 물자가 풍부하여 폴란드의 중심부다. 그 위쪽에 왕성(王城) 리그니츠가 자리 잡고 있는 것이다. 얀센성의 지휘는 주력군 1,400기와 함께 타르곤에게 맡기고 김산을 홍복이 이끄는 위사대 1백 기와 함께 서쪽 지역 정찰에 나서는 것이다. 이곳은 전인미답 지역이다. 수십 년 전, 킵차크제국의 황제 바투의 부친 주치도 발을 딛지 못한 곳이다.

오전 묘시(6시) 무렵이다. 김산이 말에 오르자 잘 훈련된 기마군 1백 기는 소리죽여 성을 나온다. 김산의 지시를 받은 타르곤도 배웅하지 않았으므로 1백인장이 이끄는 기마대가 출정하는 것 같다. 얀센성은 폐허가 되었지만 성곽은 반듯하다. 성문을 나서자 기마군은 속보로 내달리기 시작했다. 예비마 4필씩을 끌고 가는 터라 5백 필의 말이 뛴다. 앞장을 선 김산은 장식 없는 가죽 갑옷에 두건을 써서 10인장 정도로만 보인다. 순식간에 기마군은 얀센성의 망루에 선 경비병의 시야에서 사라졌다.

"누가 나간 거야?"

졸린 눈을 비비며 성벽 경비병 하나가 물었지만 대답하는 병사는 없다. 모르기 때문이다.

"공주마마, 떠나셔야 될 것 같습니다."

다가선 사르진이 엘렌에게 말했다. 눈을 부릅뜨고 있었는데 숨소리가 거칠었다. 엘렌은 시선만 주었다. 오전 사시(10시) 무렵, 이곳은 폴란드 중심부의 도시 휴론성 안이다. 엘렌은 성주 휴론 백작이 제공한 영빈관에서 마악 아침 식사를 마친 참이었다. 사르진은 엘렌의 시종으로 위사 다섯 명을 이끌고 있다. 엘렌의 죽은 어머니 마리아 왕비의 시종이었다가 엘렌까지 이어온 가신(家臣)이나 같다. 사르진이 주름진 얼굴을 더욱 찌푸리며 말을 잇는다.

"휴론의 호위병 중 하나가 제 동향 사람인데 조금 전에 저한테 달려와 말해주었습니다."

"……"

"휴론이 마르코에게 밀사를 보냈다고 합니다. 공주님이 이곳에 계시니 어떻게 했으면 좋겠냐고 묻는 편지를 품고 밀사가 떠났다는 것입니다."

휴론도 마르코 편에 선 것이다. 쓴웃음을 지은 엘렌이 입을 열었다.

"떠나자."

"예. 어디로 갈까요?"

바로 사르진이 물었지만 엘렌은 눈만 깜박였다. 갈 곳이 생각나지 않았기 때문이다. 아니, 머릿속이 하얗게 비워진 느낌이어서 아무 생각도

나지 않았다. 그저 무의식적으로 떠나자고만 했다.

그 시간에 폴란드의 임시 통치자가 되어 있는 마르코 왕자는 측근들과 함께 탁자 위에 펼쳐 놓은 지도를 보는 중이다.
"무리크는 아직 자나성 근처에 있습니다."
측근인 핸스크 백작이 지휘봉으로 자나성 근처의 초원을 짚으면서 말했다.
"자나성과 로템성, 그리고 위쪽 사이르성까지 무리크에게 동조했습니다. 현재 무리크는 이 3개 지역을 중심으로 세력을 확장할 것 같습니다."
따라서 무리크의 추정 병력은 3만여 명 정도, 리그니츠의 왕성까지 진격해오기에는 부족한 병력이다. 그때 핸스크의 지휘봉이 위쪽을 짚었다. 리그니츠 아래쪽, 얀센성이다.
"킵차크군은 성에서 움직이지 않습니다."
핸스크가 머리를 들고 마르코를 보았다. 성에서 나오는 정보가 없기 때문에 킵차크군 병력이 얼마인지 알 수가 없다. 혼란통에 나온 생존자의 말을 들으면 1만 명이라고도 했고 3만이라는 병사도 있었기 때문이다. 그렇다면 이쪽에서는 3만 이상의 병력이 출동해야 한다. 마르코의 시선이 다시 얀센성 동남쪽의 자나성을 보았다. 만일 얀센성을 공략하다가 무리크의 반란군이 치고 올라오면 협공을 받는다. 이윽고 마르코가 머리를 저으며 말했다.
"병력을 모을 때까지 당분간 놔둔다. 움직이면 불리하다."
그러더니 갑자기 생각이 났다는 표정을 짓고 주위를 둘러보았다.
"엘렌은?"

"휴론성에서 빠져나온 후에 종적을 감췄습니다."

귀족 하나가 대답하자 다른 목소리가 이었다.

"무리크와 연합할 가능성이 없으니 또 하나의 세력을 구축하려는 것입니다."

"가소로운 년."

술을 마시지 않을 때의 마르코는 명석한 머리에 판단력이 빠른 군주(君主)감이다. 쓴웃음을 지은 마르코가 말을 이었다.

"그년이 날 무시하게 된 것은 아버지의 영향이 크다. 그 영감은 나를 술주정뱅이로만 알고 있었으니까."

"기다려."

활을 천천히 당기면서 김산이 말했다.

이곳은 리그니츠 왕성으로 향하는 국도 변의 산 중턱, 아래쪽 2백 보 거리의 국도가 햇살을 받아 더욱 선명하게 드러났다. 가로로 펼쳐진 국도는 푸른 초원을 갈라 속살을 드러낸 것 같다. 그 국도의 오른쪽 끝에서 두 필의 말이 달려오고 있다. 이제 거리는 4백여 보 정도, 5리(2.5km) 거리에서부터 나타난 것이다.

"폴란드군입니다."

옆에 선 홍복이 말했을 때는 기마군이 2백5십 보 거리로 다가왔을 때였다. 눈앞에 국도가 가로로 일직선이 되어 펼쳐져 있는 터라 가장 가까운 거리는 바로 앞을 지날 때의 2백여 보가 된다. 그때 김산이 둥근 원처럼 되어 있던 활시위를 놓았다.

"쌕!"

날카로운 파공음이 들린 순간 김산은 다시 또 한 대의 화살을 시위에 걸고 힘껏 당겼다가 놓았다. 겨누지도 않은 것 같은 빠른 동작이다.

"쌕!"

다시 파공음이 울렸을 때 아래쪽 숲에서 기다리던 기마군 서너 명이 일제히 함성을 뱉었다.

"와앗!"

앞서 가던 기마군이 말에서 굴러떨어졌기 때문이다. 말과 함께 쓰러졌다.

"와앗!"

또 한 번의 함성이 울렸고 뒤를 달리던 말이 곤두박질로 쓰러졌다. 말 목에 화살이 맞은 것이다. 그때 숲을 박차고 기마군이 달려나갔다.

잠시 후에 끌려온 폴란드군 병사 두 명은 상처만 입었을 뿐 눈동자가 생기 있게 움직였다.

"휴론성에서 리그니츠로 가던 전령입니다. 장군."

통역 구델이 말했다. 이미 구델은 전령이 품고 있던 밀서를 손에 쥐고 있었는데 말을 이었다.

"휴론 백작이 마르코 왕자한테 보낸 서신입니다. 장군."

김산이 머리만 끄덕이자 앞에 선 구델이 밀서를 펴보면서 말했다.

"휴론성에 엘렌 공주가 찾아왔다가 말도 없이 빠져나갔다고 했습니다. 엘렌은 휴론에게 자신을 지지해달라고 말했다는 것입니다."

"지지하다니? 무슨 말이냐?"

"왕자와 공주가 권력투쟁을 하는 것 같습니다. 장군."

그러더니 구델이 머리를 기울였다. 아직 내막을 잘 모르는 것이다.

"세상이 넓구나."

두건으로 머리를 덮고 밑자락을 앞으로 휘감아 눈만 내놓은 김산이 바라스크 성안 거리를 걸으면서 말했다. 김산의 옆은 구델이 따르고 있다. 홍복과 기마대는 성 밖 숲속에서 기다리는 중이다.

걸음을 멈춘 김산이 길가 가게 안을 보았다. 이상한 기구를 파는 가게다.

"저것은 뭔가?"

김산이 묻자 구델이 설명했다.

"화약을 넣어서 폭발시킨 힘으로 강철환을 내쏘는 것입니다. 힘이 없는 노인이나 여자가 짐승을 잡기 위한 기구인데 화약이 자주 폭발하는 바람에 쏘는 자가 부상을 입거나 죽기까지 해서 요즘은 사용하지 않습니다."

구델의 설명을 주의 깊게 들은 김산이 머리를 끄덕이더니 허리춤에서 주머니 하나를 꺼내 내밀었다. 안에는 금화가 들었다.

"이걸로 가장 좋은 기구와 화약, 강철환까지 사오너라."

그러자 주머니 안을 본 구델이 눈을 둥그렇게 떴다.

"장군, 이 금이면 가장 좋은 기구 10개도 삽니다."

"사 가지고 가자."

김산이 두말하지 않았으므로 구델은 가게 안으로 들어갔다. 바라스크 성 주민은 3만여 명에 상비군 3천, 성주 바라스크 후작은 명문(名門)으로 마르코의 측근이다. 마르코와 술친구이며 주색잡기를 같이 하면서 젊은 시절을 보낸 것이다. 이번 마르코의 거사에 참여한 공으로 곧 재상이 된다는 소문이 있다. 곧 구델이 한 짐이나 되는 기구를 자루에 담아 들고 나왔는데 안에 한 자루가 또 있다. 그래서 김산이 남은 자루를 어깨에 메었다.

"장군. 그것을 제가……."

당황한 구델이 말했지만 감산이 머리를 저었다.

"빨리 나가자."

"저놈들이 가게 안으로 들어가는데요."

한센이 말하자 카데릭이 주위를 둘러보았다. 거리는 혼잡하다. 오시(12시)경인데다 날씨는 맑다. 이쪽 시장 거리는 이 시간이면 언제나 붐비는 것이다.

"한센. 동문 경비장한테 달려가서 다섯 명만 데려오너라."

카데릭이 발을 떼며 말했다. 사내들은 빵 가게 안으로 들어간 것이다.

"내가 가게 안에서 기다리고 있을 테니까 곧장 들어오도록 해라."

동문 경비장 막사는 2백 보쯤 거리에 있다. 바라스크의 위사대 부장(副將)인 카데릭의 지시라면 숨도 안 쉬고 달려올 것이었다. 카데릭이 수상한 두 사내를 발견한 것은 란돌프의 가게에서였다. 커다란 자루를 한 개씩 짊어진 두 사내가 나왔던 것이다. 둘이 가게를 떠나자 카데릭이 가게로 들어가 란돌프 노인에게 물어보았다.

"방금 나간 놈들은 뭘 가져간 거요?"

"아, 글쎄."

아직 감동이 꺼지지 않은 얼굴로 란돌프가 손까지 저으며 말했다.

"내 기구를 다 사갔소. 기구 여섯 개, 화약 스무 봉지, 강철환 2백 개에 심지 세 묶음, 그리고 예비용 공 스무 개까지 말이오."

"무엇에 쓴다고 합디까?"

"글쎄. 마을 여자한테 나눠준다고 했소. 저기, 아래쪽 샤리드 지역에서 왔다고 합디다."

"얼마 주고 팔았소?"

그러자 머뭇거리던 란돌프가 금 세 냥을 받았다고 했지만 거짓말 같았다. 얼굴 표정이 떠 있었기 때문이다. 금 세 냥 값인 기구들을 제값에 팔았다면 저런 얼굴이 될 리가 없다. 빵 가게 안으로 들어선 카데릭은 안쪽 의자에 앉아 있는 사내를 보았다. 그런데 혼자다. 그러나 자루 두 개는 옆쪽에 쌓여 있었으니 안쪽 화덕 가까운 곳으로 하나가 들어가 있는 모양이었다. 가게 안은 빵을 받으려는 남녀로 혼잡했다. 화덕 주위에 몰려선 남녀는 제각기 은화를 내밀고 빵을 받는다.

주위를 둘러보며 화덕으로 다가가던 카데릭은 문득 머리를 둘려 옆을 보았다. 사내가 다가와 서 있다. 두건을 둘러쓴 사내다. 사내가 얼굴을 가린 천을 내렸으므로 카데릭은 숨을 삼켰다. 타타르인인가? 그렇다면 수염이 없다. 그 순간 카데릭은 심장에 강한 통증을 느끼고는 입을 딱 벌렸다. 숨을 쉬려고 기를 썼지만 들이킬 수가 없다. 곧 두 손으로 목을 감싸 쥔 카데릭의 얼굴이 시뻘겋게 상기되었다. 옆에 서 있던 사내는 어느새 사라졌고 카데릭도 곧 한쪽 무릎을 꿇었다. 벌린 입안에서 앓는 소리가 흘러나왔지만 빵 공장의 소음에 묻혔다.

"아악!"

여자의 날카로운 비명이 울린 것은 잠시 후였다. 그때는 카데릭이 땅바닥에서 사지를 비틀고 있었는데 입에서는 피가 뿜어져 나왔다. 부릅뜬 두 눈도 핏물이 고여져 있어서 끔찍한 형상이었다.

그날 밤, 침대에 누워 있던 바라스크 후작이 상반신을 일으켰다. 일어나는 서늘함에 잠이 들어 있던 후작부인 미샤가 뒤치락거렸다가 곧 조용해졌다.

"문이 왜 열려 있지?"

투덜거린 바라스크가 침대에서 나와 창으로 다가갔다. 이곳 바라스크의 침실은 궁성 건물의 상층부로 높이가 정원에서 10장(30m) 정도나 된다. 그래서 외풍이 세었기 때문에 밤에는 침실 창을 닫는 것이다. 창으로 다가간 바라스크가 문고리를 잡았다. 창문은 양쪽 고리를 안으로 잡아당겨 닫는 구조다. 그 순간이다. 바라스크의 다리가 번쩍 들리더니 상반신이 벌써 창밖으로 나왔다. 놀란 바라스크가 입을 딱 벌렸지만 외침이나 비명은 뱉어지지 않았다. 영문을 몰랐기 때문이다. 다음 순간 바라스크의 몸이 창문 밖으로 빠져나오더니 머리부터 밑으로 떨어졌다.

"퍽석!"

눈 깜박하는 순간에 아래쪽 정원에서 그런 소리가 들렸다. 정원 바닥에 깔린 대리석에 바라스크의 머리가 부딪쳐 박살이 나는 소리였다.

"쿠추가?"

되물은 바투 황제의 얼굴에서 천천히 웃음이 떠올랐다.

"몽케와 쿠빌라이가 칭찬을 하더니 과연 명불허전이다."

지금 바투의 앞에는 페스트성에서 칠라운이 보낸 전령이 엎드려 있다. 전령은 칠라운의 말을 전한 것이다. 눈을 가늘게 뜬 바투의 말이 이어졌다.

"제 공을 자랑하지 않고 상대의 위신을 치켜세워주는 것이 몽골 전사의 관습이다. 쿠추는 그 기량을 갖췄다."

그때 재상 오르베가 거들었다.

"쿠추 덕분에 칠라운의 명예가 살아나 다시 싸울 수 있게 되었으니 그 공 또한 큽니다."

"그렇지."

머리를 끄덕인 바투가 지시했다.

"페스트성에 1천여 명의 군사만 있는 것이 불안하다. 즉시 5천 군사를 파견해서 칠라운 휘하에 두도록."

"예. 폐하."

"그리고,"

바투의 시선이 둘러선 장군, 막료들을 훑어보았다.

"지금 쿠추는 어디에 있느냐?"

"얀센성을 점령한 후에 머물고 있습니다."

장수 하나가 청 바닥에 깔린 지도의 한 부분을 칼집 끝으로 가리키며 말했다. 북쪽이어서 밟고 선 장수들이 비켜서야 했다.

그쪽에 시선을 준 바투가 다시 묻는다.

"병력을 지원해달라는 전령은 오지 않았느냐?"

"없었습니다."

대답은 오르베가 했다. 오르베가 주름진 얼굴을 펴고 바투를 보았다.

"꼭 효자 아들이 부모 양식을 걱정해서 배고프다는 말을 안 하는 것 같소이다, 폐하."

"허, 재상은 늙으면서 혀가 더 민첩해졌소."

그러면서 바투가 웃자 장수들이 따라 웃었다. 오랜만에 시라이의 궁성에서 웃음소리가 울렸다. 웃음이 그쳤을 때 바투가 정색하고 말한다.

"지금 즉시 얀센성의 쿠추에게 전령을 보내라. 지금부터 쿠추는 5천 인장이다."

"당연하신 조처올시다."

오르베가 대뜸 말하자 장군, 대신들은 한 목소리로 동의했다. 바투의 말이 이어졌다.

"허나 쿠추가 거느린 군사는 고작 1천 5백, 그 병력만으로는 세력을 유지시킬 수 없다. 기마군 3천을 쿠추에게 지원하도록."

"예. 폐하."

오르베가 대답했다. 이로써 북방의 기반은 굳어졌다. 1만도 안 되는 병력으로 굳혀졌으니 모두 장군 쿠추의 공이다. 오르베와 바투의 시선이 마주쳤고 짧은 순간이었지만 수많은 단어가 눈빛 사이로 주고받아졌다. 김산을 쿠추로 개명시킨 것은 구유크칸이 장악한 몽골제국으로부터 감춰주려는 의도였다. 거기에다 북방의 전선으로 내보냈으니 구유크 측의 첩자가 접근하기 어려울 것이었다.

11기의 기마대가 동쪽으로 달리고 있다. 이곳은 폴란드 북방의 초원지대, 11기의 기마대는 김산과 위사대다. 그러나 기수는 각각 다섯 필의 말을 끌고 있었으므로 60여 필의 말이 내달리는 바람에 땅이 울렸다. 오시(12시) 무렵, 국도를 벗어난 기마대가 초원을 가로질러 달리면서 말을 갈아탄다. 달리면서 빈 말 등에 옮겨 타는데도 속도는 늦춰지지 않는다. 초원을 가로지른 기마대는 한 시진(2시간)이 지나서야 작은 개울가에 멈춰 섰는데 세시진(6시간) 동안 달려온 셈이다. 따라서 주파한 거리는 2백 리(100km), 이것이 몽골 기마군의 이동인 것이다.

"장군. 오늘 밤에는 얀센성에 들어갈 수 있을 것 같습니다."

말 상태를 점검하고 돌아온 홍복이 김산에게 보고했다. 이제 얀센성과의 거리는 1백여 리, 이틀간 6백여 리를 달려 돌아가는 것이다. 개울가에서 물에 불린 양고기로 점심을 마친 일행이 출발 준비를 하고 있을 때였다.

"동쪽에서 기마대요!"

척후로 나가 있던 병사가 말을 달려오면서 소리쳤다. 김산 일행은 모두 가죽 덧옷이나 털조끼 등 폴란드인 복장을 하고 있어서 멀리서 보면 여행자 차림이다. 다만 짐 실은 말이 10여 필에 빈말이 50여 필이어서 말떼가 많은 것이 눈에 띌 뿐이다. 말을 세운 병사가 내리지도 않고 보고했다.

"모두 10여 기인데 예비마가 20여 필, 여행자 차림으로 무장한 병사가 귀족을 호위하고 있습니다."

"귀족의 장거리 행차로군."

대번에 파악한 홍복이 김산을 보았다.

"장군. 말을 빼앗아 올까요?"

킵차크군도 마찬가지여서 병사 다음으로 소중한 재산은 말이다. 말은 금은보화보다도 가치가 있는 것이다. 김산이 머리를 끄덕이며 자리에서 일어섰다.

"내가 앞장을 설 테니 너희들은 말을 모아라."

10여 기의 기마대가 속보로 달려오고 있다. 앞장을 선 것은 두 사내, 척후병 이어서 열 서넛 마신(馬身) 뒤로 사내 넷, 다섯 마신 뒤로 두 명, 그 뒤로 세 마신 뒤에 둘이 따랐고 간격을 두고 두 명이 예비마 20여 필을 끌고 있다. 간격이 적당했고 잘 짜여진 대열이다. 눈을 가늘게 뜨고 대열을 바라본 김산이 옆에 선 홍복에게 말했다.

"고관(高官)의 행차다. 위사대를 보면 주인의 품격을 알 수가 있다."

개울가 언덕에 선 김산의 기마대는 5기, 나머지 6기는 말을 지키느라 언덕 밑에 모여서 있다. 기마대는 7백 보 거리로 다가오고 있다. 비스듬히 앞쪽을 지나는 길이었는데 아직 이쪽을 발견하지 못했다. 앞쪽에 작은 숲이 시야를 가렸기 때문이다. 그러나 2백 보쯤 지나면 이쪽이 보일 것이다. 김산이 안장에 꽂았던 철궁을 꺼내 쥐면서 말했다.

"숲을 지나면 공격한다."

살통에서 화살을 빼낸 김산이 앞쪽을 주시했다. 마침 바람이 폴란드 기마군 쪽에서 불어오고 있다. 숨을 두 번 들이켠 김산이 손에 쥔 활을 내렸다.

"고관이 여자다."

그 순간 둘러선 기마대가 긴장했다. 폴란드 기마군과의 거리는 5백여 보, 아직 말과 사람이 손톱만 하게 보인다. 앞쪽을 주시한 채 김산이 말을 잇는다.

"둘이 여자다. 나란히 달리고 있는 둘 중 하나가 고관이다."

머리를 돌린 김산이 홍복을 보았다. 두 눈이 번들거리고 있다.

"다 죽이고 말만 빼앗으려고 했는데 포로로 잡아야겠다."

앞쪽을 달리던 첨병 중 하나가 말과 함께 곤두박질을 치며 넘어졌을 때 엘렌은 말이 돌부리에 걸린 줄 알았다. 그러나 금방 또 한 명의 첨병이 말에서 굴러떨어졌을 때 와락 긴장했다. 저도 모르게 말고삐를 당겨 속력을 늦췄을 때 앞을 달리던 경호대장 사르진이 소리쳤다.

"습격이다!"

그러나 어디에 적이 있는지 모르는 터라 말 앞다리를 세우고 한 바퀴 돌았다. 그때 사르진 옆의 기마군이 말에서 떨어졌는데 어깨에 박힌 화살이 보였다.

"공주님! 뒤쪽으로!"

말머리를 돌린 사르진이 눈을 부릅뜨고 소리쳤다. 오던 길로 돌아가라는 말이었다. 앞쪽 시야를 가로막는 숲에서 화살이 날아오는 것 같다. 숲과의 거리는 3백 보 정도, 그쪽으로 돌진해갈 만용은 부릴 수가 없는 것이다. 엘렌이 말고삐를 채어 말머리를 돌린 순간이다.

"히힝!"

놀란 말이 앞다리를 들고 곤두서는 바람에 엘렌이 말 등에 몸을 붙였지만 곧 말과 함께 땅바닥에 뒹굴었다.

"공주님!"

사르진의 외침을 들으면서 엘렌은 의식을 잃었다. 땅에 뒷머리를 부딪쳤기 때문이다.

눈을 뜬 엘렌은 자신의 몸이 풀 위에 눕혀져 있는 것을 알았다.

"공주님."

옆에서 내려다보던 시녀 도로시가 와락 소리쳐 부른다. 흐렸던 도로시의 얼굴이 제대로 보였을 때 엘렌이 팔꿈치로 땅을 짚고 상반신을 일으켰다. 도로시가 엘렌을 부축했는데 머리만 띵할 뿐 다친 곳은 없는 것 같다.

"여긴……."

하면서 주위를 둘러보던 엘렌은 상황을 파악했다. 잡혔다. 주위에 둘러선 사내들은 누군가? 머리를 든 엘렌의 얼굴이 하얗게 굳어졌다. 코자크인인가? 아니다. 몽골인, 더럽고 짐승 같은 몽골 야만족, 동양인 원숭이 얼굴들이 서 있다. 그리고 엘렌의 시선 끝에 한 곳에 모여 앉은 경호대가 보였다. 다섯 명, 이쪽으로 옆얼굴을 보인 채 묶여 있는 사내는 경호대장 사르진, 이마에서 피가 흘러내리고 있다.

그때 사내 하나가 다가왔다. 양털 조끼를 입은 백인이다. 폴란드인인가? 눈만 치켜뜬 엘렌에게 사내가 폴란드어로 말했다.

"당신 경호병 중 여섯을 포로로 잡았다. 장군께서는 당신이 데려가고 싶은 경호원이 있으면 말하라고 하신다. 같이 데려가주겠다."

숨을 들이켠 엘렌이 사내를 보았다. 갑자기 눈이 흐려졌으므로 엘렌도 어금니를 물었다. 이놈은 몽골군 통역이다. 이제 모든 것이 끝났다. 몽골군의 포로가 되어서 끌려가다니, 오면서 에센성, 페스트성이 함락되었다는 소문을 들었지만 이곳까지 몽골군이 북상해 있을 줄은 상상도 하지 못했다. 이윽고 엘렌이 머리를 저었다. 데려가지 않으면 석방시킬 것 같다.

"없다. 난 경호병은 필요 없다."

그때 사르진이 머리를 올려 이쪽을 향해 소리쳤다.

"내가 공주님을 모시겠다!"

"넌 부상자야."

쓴웃음을 지은 사내가 머리를 저었다.

"다리가 부러지고 머리가 깨져서 제 몸도 간수하지 못한 놈이 무슨 경호냐?"

다시 사르진이 악을 썼지만 사내가 몸을 돌리며 말했다.

"다른 놈들은 따라갈 놈이 없는 모양이군. 그럼 출발이다."

그러자 몽골인들이 다가와 도로시를 거칠게 잡아 일으켰고 엘렌을 부축하려다가 주춤했다. 엘렌이 어느새 들고 있던 채찍으로 후려쳤기 때문이다.

"놔라! 이놈들아!"

그러자 주위에서 웃음소리가 들렸다. 그때 통역이 다시 말했다.

"자, 공주. 말에 타시오. 그러지 않으면 몽골군들이 억지로 태우게 될 거요."

"바라스크가 죽었어?"

놀란 마르코가 들고 있던 술잔을 떨어뜨리자 산산조각이 났다. 연회장 안은 순식간에 조용해졌다. 악사 하나가 눈치를 채지 못하고 악기를 연주했다가 놀라 멈추었다. 마르코가 눈을 치켜뜨고 전령을 보았다. 바라스크성에서 달려온 전령이다.

"어떻게 죽었단 말이냐?"

마르코의 외침이 벽에 부딪쳐 울렸다. 전령이 몸을 굳혔으나 작심하고 말했다.

"예. 밤에 창문 밖으로 떨어지셨습니다. 창문을 닫다가 실수해서 떨어지신 것 같다고 합니다."

"창문에서?"

"예에, 방안에는 후작부인만 계셨기 때문에……."

"이런 빌어먹을!"

다시 마르코가 앞에 놓인 술병을 집어 이번에는 바닥에 내던져 박살을 내었다. 마르코의 주벽이 다시 시작된 셈이다.

술에 취하면 측근의 부인에서부터 딸까지 닥치는 대로 끌고 가 능욕을 했고, 때로는 칼부림까지 했다. 그때 핸스크가 겨우 입을 열어 만류했다.

"전하. 진정하시고 바라스크의 후임을 결정하셔야 됩니다."

바라스크는 재상으로 임명할 작정이었던 것이다.

4장
폴란드 정벌

김산이 얀센성에 도착했을 때는 저녁 유시(6시) 무렵이다.

"장군. 무사히 돌아오셔서 반갑습니다."

성을 지키기 있던 1천인장 타르곤이 허리를 굽히며 인사를 했는데 얼굴에 희색이 가득 덮였다.

"장군. 황제 폐하의 전령이 다녀갔습니다. 여기 증표와 검이 있습니다."

청에 앉은 김산에게 타르곤이 손잡이에 금실을 묶은 장검과 붉은 비단으로 쌓인 보자기를 내밀었다. 주위에 둘러선 장수들은 숨을 죽이고 있어서 청 안은 조용하다. 김산이 먼저 두 손으로 비단 보자기를 받아 내용물을 꺼내었다. 5천인장 증표다. 한 뼘 길이의 단검 손잡이에 '5천인장 쿠추' 라고 파여져 있었는데 칼집은 금이다. 김산이 단검을 허리춤에 찌르자 타르곤을 선두로 장수들이 일제히 꿇어앉아 외쳤다.

"장군. 축하드리오."

"고맙다."

김산이 이제는 장검을 받아 허리띠에 매었다. 5천인장용 장검은 지휘검이다. 칼날이 길고 넓어서 실전용으로 적합하지 않았지만 김산에게는 손에 맞았다.

그때 타르곤이 허리를 펴고 일어나더니 말했다.

"장군. 폐하께서 또 지원군 3천을 파견하셨습니다. 이틀 후에 도착할 것이오."

"오, 잘 되었다."

김산의 얼굴이 활짝 펴졌다. 생기 띤 얼굴로 김산이 말을 잇는다.

"5천 병력이면 폴란드를 공략할 만하다."

장수들의 시선을 받은 김산의 두 눈이 번들거렸다.

"지금 폴란드는 왕과 왕자, 그리고 무리크의 세력으로 갈라져 내분에 휩싸인 상황이다. 그리고,"

김산의 얼굴에 희미하게 웃음기가 떠올랐다.

"내가 잡아온 폴란드 공주가 또 하나의 세력이 될 것이야. 이로써 사분오열된 폴란드를 하나씩 격파할 수 있을 것이다."

얀센성의 내궁은 이제 엘렌 차지가 되었다. 그러나 빈방이 많은 데다 어지럽혀져 있어서 귀신이 나올 만했으므로 도로시가 구석 쪽 방 두 개만 사용했다. 내궁을 담당한 1백인장이 시녀 대용으로 근처 마을에서 심부름할 여자 열 명을 잡아왔지만 청소나 빨래를 해주는 것이 고작이다. 얀센성에 끌려온 지 사흘째 되는 날 오후, 성안이 떠들썩해졌으므로 엘렌과 도로시는 내성의 발코니에서 밖을 내다보았다. 발코니는 높아서 외성 성문과 광장까지 내려다보인다.

"기마군이 오는군요."

놀란 도로시가 휘둥그레진 눈으로 성문 쪽을 보았다. 활짝 열려진 성문 안으로 기마군이 쏟아져 들어오고 있다.

"수만 기가 되겠습니다."

"5천 기 정도야."

엘렌이 차분한 표정으로 말했다.

"킵차크군은 예비마를 대여섯 필씩 끌고 다니기 때문에 그렇게 보이는 것이다."

"공주님."

바짝 다가선 도로시가 엘렌을 보았다.

"장군 되는 놈이 잔혹하다고 합니다."

"……."

"끌려온 여자들한테서 들었습니다. 이곳 얀센성에서 살아나간 사람이 없답니다."

"……."

"짐승까지 다 죽였다고 합니다."

"시끄럽다."

말을 자른 엘렌이 혼잣소리처럼 말했다.

"저 군사로 마르코를 잡아 죽이고 싶다."

놀란 도로시가 숨을 들이켰을 때 엘렌의 말이 이어졌다.

"마르코나 무리크에게 왕국을 빼앗긴다면 차라리 킵차크 놈들한테 넘겨주는 것이 나아."

머리를 돌린 엘렌이 도로시를 보았다.

눈동자가 번들거리고 있다.

"알겠느냐? 주정뱅이 호색한 놈, 그리고 왕을 배신한 신하 놈한테 왕국을 빼앗길 수는 없단 말이다."

무리크가 앞에 선 귀족들을 보았다. 모두 다섯 명, 자나, 로뎀, 사비르 성에다 무랑, 오르곤성의 성주들이다. 이제 무리크는 폴란드 제1의 세력으로 굳혀졌다. 다섯 성주의 군사를 포함한 무리크의 병력은 5만, 리그니츠성의 마르코 왕자는 4만여 명의 군사를 확보하고 있을 뿐이다. 무리크가 입을 열었다.

"문제는 남서쪽의 킵차크군이야. 놈들은 키예프를 탈환했고 북상해서 얀센성까지 점령했어."

얀센성은 폴란드의 중심에 위치하고 있는 것이다. 무리크에게 킵차크군은 정권 탈취에 가장 큰 장애물이다. 귀족들을 둘러본 무리크가 말을 이었다.

"하지만 킵차크군을 상대로 우리 전력을 소모시킬 수는 없어. 그래서 먼저 킵차크군과 마르코의 전력을 소진시키도록 해야겠다."

"어떻게 말입니까?"

로뎀 성주 크롬 자작이 묻자 무리크가 입술 끝을 비틀며 웃었다.

"마르코의 술 취한 머리로는 생각해낼 수 없는 방법이지. 노란 원숭이 놈들은 폴란드가 무덤이 될 거야."

폴란드는 3등분이 된 상태가 되었다. 전 국토의 60% 가량을 차지한

북방의 마르코 왕자, 마르코는 루드비히의 뒤를 이은 폴란드의 정통 왕국을 표방하고 있다. 그리고 남서쪽 얀센성을 중심으로 약 10%의 영토를 점유한 킵차크군, 나머지가 30%를 차지한 무리크 세력이다. 그러나 군사력으로는 무리크가 가장 강력하다.

"북진한다."

지원군이 도착한 지 닷새가 지난 날 아침, 김산이 청에 모인 지휘관들에게 던지듯이 말했다. 말투가 가벼워서 마치 사냥을 나간다는 분위기 같다. 모두의 시선을 받은 김산이 빙그레 웃었다.

"북진하면서 차례로 성을 공략, 영토를 확보한다."

모두 눈만 끔벅였고 김산의 목소리는 가볍게 이어진다.

"항복한 성은 성주를 그대로 눌러 앉히고 병사들만 군에 편입시킨다. 그러나 대항하는 성은 개 한 마리 살려두지 않고 몰사시킬 것이다."

"장군."

마침내 타르곤이 입을 열었다. 타르곤은 김산의 부장(副將) 역할이다.

"리그니츠까지 직진하는 도중에 모두 8개의 성을 거쳐야만 합니다. 그중 5천 이상의 병력을 보유한 성만 4곳입니다. 아군의 5천도 안 되는 병력으로는 역부족이올시다."

"당연하다."

김산이 머리를 끄덕였으므로 모두 서로의 얼굴을 보았고 타르곤은 입을 반쯤 벌렸다. 김산이 말귀를 잘못 알아들었다고 생각한 타르곤이 다시 말을 꺼내려고 숨을 들이켰을 때다. 김산이 말했다.

"그래서 정공법을 쓰지 않는다."

"그것이 무슨 말씀입니까?"

그러자 김산이 빙그레 웃었다.
"곧 알게 될 것이야."

"장군이 오셨소."
안면이 있는 통역이 말했으므로 엘렌은 긴장했다. 내궁의 홀 안이다. 미리 통보를 받은 터라 엘렌은 도로시와 함께 홀에서 기다리는 중이다. 곧 휘장이 젖혀지더니 장군이 나타났다. 지난번 습격을 받아 이곳으로 끌려온 후에는 보지 못했던 장군이다. 이곳에서 생활한 지 벌써 열흘이 지났다. 장군이 힐끗 엘렌에게 시선을 주더니 안쪽의 의자로 다가가 앉는다. 그러고는 앞쪽을 눈으로 가리켰다.
"앉아."
통역이 엘렌에게 말했다. 그러자 엘렌이 의자에 앉았고 뒤에 도로시가 붙어 섰다. 김산이 지그시 엘렌을 보았다. 흰 피부, 맑은 하늘 같은 눈동자에 황금색 머리칼, 그러나 체격은 아담했고 이목구비가 단정한 미인이다. 다만 눈빛이 강해서 고집이 있는 것 같다. 자신을 보는 얼굴에도 전혀 위축감이 배어 있지 않았다. 김산이 입을 열었다.
"난 내일 기마군을 이끌고 정벌을 나선다. 그런데 널 데려가야겠다."
통역의 말이 끝났지만 엘렌은 반응하지 않았다. 시선만 줄 뿐이다. 김산이 말을 이었다.
"동쪽의 무리크는 나하고 네 오빠 마르코의 전쟁을 관망하면서 두 세력이 약해지기를 기다릴 것이다."
김산의 얼굴에 쓴웃음이 떠올랐다.
"쇠옷을 입힌 기마군으로 하루 50리를 행군하는 흰 돼지 놈들의 사고가 무리크한테도 어김없이 박혀 있는 것이지."

구델이 기를 쓰고 통역을 마치자 김산이 지그시 엘렌을 보았다.

"내 킵차크 기마군은 하루에 3백 리를 이동한다. 무리크의 생각보다 여섯 배가 빠른 셈이지."

그러고는 김산이 자리에서 일어섰다.

"너를 왜 데리고 가는지 아는가?"

엘렌이 시선만 주었고 김산의 얼굴에 다시 웃음이 떠올랐다.

"킵차크 장군은 장거리 원정에 성욕 배설용으로 여자를 대동한다. 너는 그 역할이야."

유창했던 구델의 통역이 이번에는 더듬거렸고 나중에는 얼굴까지 붉어졌다. 당황한 도로시가 숨을 들이켰지만 엘렌은 움직이지 않았다.

"옳지."

무리크가 머리를 끄덕이며 웃었다.

"킵차크 놈들이 마침내 움직였다."

자나성의 대연회장 안이다. 이제 무리크는 자나성을 근거지로 삼고 있었는데 왕(王) 행세를 했다. 자나 성주 구스타프를 재상으로 임명했고, 로뎀 성주 크롬은 군사령관이다. 지금 무리크 앞에는 서쪽에서 달려온 정보원이 서 있다. 정보원이 말을 잇는다.

"얀센성에는 수비군 2백과 현지 고용병 5백이 주둔하고 있습니다, 각하."

"이제 놈들은 모래밭에 물이 스며들 듯이 성 하나씩 거칠 때마다 수백, 수천 명씩 빠져 들어갈 것이다."

무리크의 목소리가 청을 울렸고 구스타프가 맞장구를 쳤다.

"그렇습니다. 아마 성(城) 세 개도 거치지 못하고 놈들의 군사력은 소진되어 버릴 것이오."

"5천 기마군이라고 했으니 두 개면 고갈될 것입니다."

크롬이 거들자 무리크는 얼굴을 펴고 웃었다.

"한 달이면 될 것이다. 한 달 후에 우리는 떨어진 과일을 주우러 가면 된다."

킵차크군 북진 정보는 리그니츠성의 마르코에게도 전달되었다. 이쪽은 분위기가 무겁다.

"놈들의 목표는 타이라크성입니다."

전령이 말하자 마르코의 시선이 청의 바닥에 모자이크로 그려진 지도로 옮겨졌다. 타이라크성은 얀센성에서 250리 거리에 위치한 석성(石城)이다. 성주는 타이라크 후작, 유서 깊은 지방영주 가문으로 성의 병력은 5천여 명, 기마군 2천에 보군 3천이다. 그만하면 킵차크군과 비등한 세력이지만 첫째로 사기가 떨어져 있다. 둘째는 기마군이 부족해서 기동력이 약했다. 지금까지 몽골 킵차크군은 3대 1의 비율로 대적해왔기 때문이다. 아군 3에 킵차크군 1의 비율이다. 그래야 대등한 전투가 되어왔다. 지도를 내려다보면 마르코가 말했다.

"성문을 닫고 방어를 하도록."

모두 입을 다물었고 마르코의 목소리가 청을 울렸다.

"지구전이야. 놈들을 지치게 해야 돼. 그러면 우리가 이긴다."

그리고 방어군 5천이 성에 들어가 있으면 공격군은 3배인 1만 5천이 있어야 제대로 된 공성(攻城)을 할 수 있는 것이다. 그것은 동서양 전장(戰場)의 공통된 전술이다.

첫날 기마군은 2백 리를 북진하고 외진 골짜기에서 숙영했다. 타이라크성에서 50여 리 떨어진 지점이다. 진막이 설치되었을 때는 술시(오후 8시) 무렵, 장군 쿠추의 진막 안으로 장수들이 모여들었다. 저녁을 함께 먹으면서 전략을 상의하려는 것이다. 5백인장 이상급으로 모인 장수들은 10여 명, 모두 지휘관이다. 그런데 오늘 의외의 인물이 자리를 차지하고 있다. 바로 폴란드의 공주 엘렌이다. 엘렌의 뒤쪽에는 통역 구델이 앉아 있었는데 불안한 표정으로 자꾸 주위를 두리번거렸다. 둥글게 둘러앉은 지휘관들 앞에는 각각 나무그릇에 담가 삶은 양고기와 마른 빵, 말젖이 담긴 잔이 놓여졌다. 김산 앞에 놓인 것도 똑같다. 엘렌과 뒤쪽의 구델도 똑같은 음식을 받았다. 김산이 양고기를 씹으면서 입을 열었다.

"타이라크성 공격은 내일 밤이다. 대기하고 있도록."

모두 귀를 기울였지만 구델은 목소리를 낮춰 열심히 통역했다. 엘렌은 빵조각을 손으로 뜯기만 하면서 장군 놈이 자신을 작전회의에 참가시킨 이유를 생각하는 중이다. 그때 김산의 말이 이어졌다.

"공격군 지휘는 부장 타르곤이 맡도록, 성 밖에서 대기하고 신호를 기다리도록 하라."

"장군."

입안의 음식을 삼킨 타르곤이 김산을 보았다.

"저더러 불구덩이 안으로 뛰어들라 하시면 즉시 뛰어들지요. 그런데 공격군 지휘를 저에게 맡기시면, 장군께선 어디 계실 것입니까?"

"성안에."

김산이 말하자 모두 서로의 얼굴을 보았다. 통역의 말을 들은 엘렌도 김산을 보았다. 어느덧 엘렌도 분위기에 휩쓸려 있다. 그때 김산이 말을 이었다.

"난 오늘 밤에 위사장 홍복과 시위대 열 명만을 데리고 타이라크성으로 침투할 작정이야."

지휘관들을 둘러본 김산의 얼굴에 웃음이 떠올랐다.

"나는 얼마 전에 리그니츠성 아래쪽 바라스크성에 침투해서 성주 바라스크를 창문 밖으로 내던져 죽였다. 아마 지금도 그자들은 영문을 모르고 있을 것이다."

"하지만 장군."

정색한 타르곤이 김산을 보았다.

"총지휘관께서 직접 최전선에 나서시면 위험합니다. 그러니……."

"그것이 가장 빠른 방법이야."

자르듯 말한 김산이 엄숙한 표정으로 주위를 둘러보았으므로 모두 몸을 굳혔고 엘렌도 저절로 어깨가 굳어졌다. 김산이 말을 이었다.

"내일 밤 성주와 지휘관들을 암살하고 성문을 열 테니 진입하라. 지휘관을 잃은 병사들은 머리 잃은 뱀꼴이 되어서 죽거나 곧 항복을 하게 될 것이다."

엘렌 앞으로 김산이 다시 나타났을 때는 식사를 마치고 한 식경(30분)쯤이 지났을 때다. 진막 안쪽 침실에서 도로시의 시중을 받으며 손을 씻고 있던 엘렌이 놀라 상반신을 세웠다. 김산은 가죽조끼에 바지, 가죽신

차림이었는데 얼굴만 보지 않으면 폴란드 사냥꾼 같았다. 체격도 커서 무슨 옷을 입어도 위압감이 느껴진다. 김산의 옆에는 구델이 따르고 있었는데 그도 같은 차림이다. 엘렌의 시선을 받은 김산이 말했다.

"널 안고 자는 건 며칠 늦춰야겠다."

구델이 통역했지만 시선은 내리고 있다. 그러나 엘렌은 똑바로 김산을 본 채 외면하지 않는다. 김산이 말을 이었다.

"타이라크성 안의 침실에서 네 옷을 벗기기로 하지."

"노란 원숭이."

불쑥 엘렌이 말하자 구델이 당황했다. 눈을 치켜떴던 구델이 입을 열었다가 닫았는데 김산의 시선을 받더니 떨리는 목소리로 말했다.

"노란 원숭이라고 했습니다."

김산이 표정 없는 얼굴로 머리를 끄덕이자 엘렌이 말을 이었다.

"네가 내 몸을 빼앗는 건 쉽겠지만 마음만은 안 될 것이다. 이 원숭이 놈아."

김산의 시선이 옮겨가자 구델은 떨리는 목소리로 통역했다. 그러자 김산이 역시 무표정한 얼굴로 엘렌을 보았다.

"아직 철이 덜든 년이군."

그러고는 몸을 돌렸으므로 잠깐 망설이던 구델이 서둘러 통역했다.

"당신이 아직 철이 덜 든 년이라고 하셨소! 물정을 모른다는 말이오!"

뒷말은 구델이 덧붙인 말이었다. 어느덧 구델도 김산 입장이 되어 있었기 때문이다.

타이라크 성주인 타이라크 후작은 30대 중반으로 영지를 물려받은 지

5년째가 되었다. 아버지가 말에서 떨어져 급사했기 때문이다. 그런데 영지 내에서 떠도는 소문이 있다. 타이라크가 제 아비를 바위 밑으로 밀어 떨어뜨려 죽이고는 말에서 떨어진 것처럼 위장했다는 것이다. 선대(先代) 타이라크는 상속자 지명권이 있었는데 둘째 아들 얀에게 영지를 물려준다는 소문이 떠돌던 참이어서 타살설은 리그니츠의 루드비히 왕한테까지 전해졌지만 유야무야 되었다. 증거가 없었기 때문이다. 상속자를 지명하기 전에 죽으면 자연스럽게 장남에게 상속된다. 장남 준은 제12대 타이라크 후작이 된 후에 루드비히에게 황금을 실은 마차 3대를 바쳤다. 비슷한 규모의 다른 영지와 비교해서 두 배나 많은 상속 사례금이었다. 그리고 5년, 이제 타이라크는 강력한 영주가 되어 있다. 수단과 방법을 가리지 않고 세금을 짜내는 한편으로 불만세력을 소탕한다. 그것이 지방영주의 통치 방법이다.

"지금 어디쯤 와 있을 것 같으냐?"

해시(밤 10시) 무렵, 청에 환하게 불을 밝힌 채 타이라크가 둘러선 귀족, 장수들에게 묻는다. 킵차크군의 북진은 전서구를 통해 전달되었다. 잘 훈련된 비둘기는 열 마리를 날리면 여섯 마리를 날아온다. 킵차크군이 얀센성을 떠난 것은 오늘 아침, 얀센성에서 이십 리쯤 떨어진 곳에서부터 깔려 있다. 첩자들이 전서구를 날린 것이다. 전서구는 250리를 날아 저녁 무렵에 타이라크성에 닿았다. 그때 귀족 하나가 말했다.

"각하, 얀센성에서 이곳까지 250리 길입니다. 킵차크군이 몽골 기마군으로 편성되어 있다지만 이곳까지 오려면 나흘은 걸릴 것입니다."

대부분의 사내가 머리를 끄덕였고 타이라크의 굳어졌던 얼굴도 조금 펴졌다.

"그리고 킵차크군이 이곳으로 올지 또는 우측 초원으로 빠져 마그다성으로 갈지 알 수가 없습니다."

우측 80리 거리에 마그다성이 있는 것이다. 그 성은 평원 위에 세워진 성으로 공략하기가 쉽다. 타이라크가 입을 열었다.

"하긴 해자까지 파진데다 고원에 위치한 이곳보다 마그다를 공략하기가 쉽겠지."

약탈을 좋아하는 몽골계 킵차크군에게 마그다성은 보물창고 같을 것이었다. 마그다는 성안 인구가 많은데다 농산물이 풍부했다. 도적들이 좋아할 만한 곳이다.

축시(새벽 2시) 무렵, 성벽 밑에 선 홍복이 불안한 표정으로 위를 올려다보았다. 성벽은 높이가 30자(9m)나 되었는데 이곳이 낮은 편이다. 해자를 건넌 위사 10명이 성벽에 붙어 서 있었는데 모두 숨을 죽이고 있다. 그때 성벽 위에서 밧줄이 내려왔으므로 홍복이 숨을 들이켰다.

"되었다."

밧줄을 쥔 홍복이 옆에 선 위사를 보았다.

"네가 먼저 오르거라."

위사가 밧줄을 쥐더니 성벽을 오르기 시작했다. 먼저 김산이 성벽에 올라 밧줄을 내려준 것이다. 두 번째 위사가 밧줄에 매달렸을 때 홍복이 혼잣소리처럼 말했다.

"장군께서 앞장을 서시니 이건 몸 둘 바를 모르겠군."

맨 나중에 성벽 위로 오른 홍복이 숨을 들이켰다. 군사 셋이 나란히 성벽에 기대앉아 있었기 때문이다. 두 다리를 주욱 뻗고 머리를 성벽에 기댄 채 누워 있는 것이 자는 것 같다. 그때 김산이 다가와 말했다.

"잠이 들었다. 곧 깨어날 테니 서둘러라."

"네엣?"

놀란 홍복이 군사 옆에서 한 걸음 물러섰다. 위사들도 놀라 주춤거린다. 그러자 김산이 쓴웃음을 지었다.

"죽이면 우리가 넘어 들어온 것이 발각되지 않겠느냐? 자, 가자."

김산이 앞장을 섰고 위사들이 뒤를 따른다. 성벽 안쪽의 계단을 걸어 내려가자 곧 벽을 기대고 누워 있는 병사 두 명이 보였다. 역시 잠이 든 것이다. 병사의 앞을 지난 침입군 11명은 곧 성안 거리로 빨려 들어갔다. 도시는 깊은 어둠에 덮여져 있어서 침입군의 흔적은 순식간에 사라졌다.

오전 오시(12시)가 되어갈 무렵, 김산과 구델이 타이라크 성안 번화가인 성당 앞길에 서 있다. 김산은 두건을 쓰고 짙은 수염을 붙인 터라 영락없는 농군 차림이다. 김산 옆에 선 사내는 구델이다. 둘 다 손에 농기구를 들었고 허름한 바지저고리 차림인데 거리의 주민과 잘 어울렸다. 구델이 옆쪽을 눈으로 가리키며 말했다.

"성당 옆 건물이 수비대 지휘부가 맞습니다, 장군."

김산이 머리만 끄덕였다. 지휘관들이 수시로 들락거리고 있는 것이다. 바로 야전지휘부. 김산이 발을 떼자 구델이 옆을 따른다.

"기마군이 2천, 보군이 3천 정도 되겠습니다, 장군."

그리고 말을 6천 필 정도를 보유하고 있다. 병사들은 잘 훈련된 데다 사기도 높다. 정공법으로 공격한다면 몇 달이 걸릴 것이었다. 김산이 입을 열었다.

"군사들을 데려가야겠다."

"어, 어떻게 말씀입니까?"

놀란 구델이 묻자 김산이 털투성이 얼굴로 구델을 보았다.

"지휘관들을 없애고 나서 성주까지 처치하면 어미 잃은 오리 새끼처럼 될 테니까."

성주는 내성 안 깊숙한 곳에 묻혀 있는 것이다. 구델의 시선을 받은 김산의 얼굴에 웃음이 떠올랐다. 그러나 입을 열지는 않았다.

그날 밤, 해시(10시)가 되었을 때 지휘소의 감독관 위로스가 소리쳐 부관에게 말했다.

"마샤르, 순찰 준비해라!"

대답이 없었으므로 위로스는 벌컥 화를 냈다. 기마군 부장인 위로스는 역전의 용사다. 40대 초반으로 마술에 능한데다 힘이 장사여서 성주 타이라크의 신임을 받고 있다. 선대(先代) 영주 타이라크가 말에서 떨어졌을 때 가장 먼저 달려온 장수가 위로스다. 그 공으로 위로스는 현 영주 타이라크한테서 훈장을 받았지만 영지에는 다른 소문이 났다. 위로스가 타이라크를 바위 위에서 떨어뜨렸다는 것이다.

"마샤르! 이 병신 같은 놈아! 들었느냐!"

와락 소리쳤던 위로스는 방 안으로 들어서는 사내를 보았다.

"누구냐?"

수염투성이의 사내다. 농군 차림에 손에는 지팡이를 쥐었다.

"웬 놈이냐!"

버럭 소리친 위로스는 사내의 몸이 허공으로 떠오르는 것을 보았다. 놀란 위로스가 입만 딱 벌렸을 때 어느새 다섯 걸음 거리를 날아온 사내가 지팡이로 위로스의 머리통을 후려쳤다. 위로스는 눈앞이 하얗게 변한 것을 느끼고는 곧 의식이 끊겼다. 머리가 박살이 난 것이다.

타이라크 성안에서 지진이 난 것처럼 땅이 울렸을 때는 자시(12시)가 되어갈 무렵이었다. 말굽소리다. 그런데 말굽소리는 갑자기 성안에서만 울렸기 때문에 주민들은 성주의 기마군이 출동한 줄로 알았다. 그렇지 않아도 킵차크군의 북상 소문으로 성안 분위기가 뒤숭숭했던 참이었다. 주민들은 기마군이 성 밖으로 달려 나가는 줄만 알았다.

"각하!"

성주 타이라크 후작의 침실로 제일 먼저 달려간 것은 위사부장 자로드였다. 위사장 커디스가 보이지 않았기 때문에 자로드는 침실 앞에서 소리쳤다.

"각하! 킵차크군의 습격입니다!"

자로드가 피를 토하는 심정으로 다시 소리쳤지만 침실 문은 열리지 않았다.

"어떻게 된 거냐?"

발을 구르며 자로드가 경비병들에게 소리쳤다. 침실 문 앞에, 로비에도 경비병이 서 있는 것이다. 경비병들이 눈만 껌벅였으므로 자로드는 문을 왈칵 밀어젖히고 들어섰다.

"각하!"

여자하고 같이 있다고 해도 상관없다. 지금 성안에는 킵차크군으로 가득 찼다. 이제 말굽 소리에 섞여 함성이 울린다. 침실을 둘러보던 쟈로드는 숨을 삼켰다. 타이라크 성주이며 영주인 타이라크 후작이 벌거숭이가 되어 창가 의자에 앉아 있었다. 타이라크는 이쪽을 보고 있었지만 눈동자는 움직이지 않았다. 침실 안에 불을 켜 놓아서 침대 위에 누워 있는 알몸의 여자도 드러났다. 타이라크의 애인 폰데일 자작 부인이다. 자로드는 곧 둘이 시체가 되어 있다는 것을 깨닫고 벌렸던 입을 다물었다. 시체에게 말할 필요는 없었기 때문이다. 그때 함성이 더 가깝게 들렸다. 자로드가 방을 나왔을 때 경비병 하나가 달려왔다.

"장군! 위사장이 피살당하셨소! 내궁 샛문 옆에서 목이 잘린 시체가 발견되었습니다!"

그때 다시 함성이 울렸는데 이번에는 더 가까워졌다. 내궁 안으로 들어온 것 같다.

오전 진시(8시), 타이라크성은 킵차크군에 의해 점령되었다. 위사부장 자로드를 포함한 지휘관급 10여 명이 군사들을 이끌고 항복을 함으로써 전투가 끝난 것이다. 성주 타이라크와 측근들은 킵차크군이 진입해 오기 전에 암살당한 터라 수비군은 제대로 저항 한 번 하지 못했다. 안에 침투했던 김산 일행이 성의 서문을 열어준 덕분으로 킵차크군은 무혈입성을 한 것이다.

"항복한 수비군은 3천 5백입니다."

부장 타르곤이 보고했다. 그리고 말 5천여 필과 엄청난 물량의 군량과 재물을 확보했다. 이번 전투에서 킵차크군의 피해는 전사 27명, 부상 30여 명뿐이다. 그러나 타이라크 수비군은 1천여 명 전사, 3천 5백이 항복한 것이다. 이번 전투에서 민간인의 피해는 없다. 약탈이나 부녀자 강간, 살인도 일어나지 않았다. 김산이 금지시켰기 때문이다. 어제까지 타이라크 후작이 앉아 있던 성주의 의자에 앉아 김산이 앞쪽에 둘러선 장수들을 보았다.

"내일 다시 출정이다."

김산이 말하자 청 안은 순식간에 조용해졌다. 또다시 출정인 것이다. 단 하루를 쉬고 떠나는 셈이다. 그러나 입을 여는 지휘관은 없다. 성 함락에 조금도 힘이 들지 않았기 때문이다. 성을 함락시킨 것은 앞쪽에 앉은 장군 쿠추다. 쿠추가 타이라크성에 잠입하여 성주와 주요 지휘관들을 암살하고 성문을 열어주었기 때문에 킵차크군은 그저 들어오기만 했을 뿐이다. 그때 김산의 말이 이어졌다.

"타이라크성에는 군사 3백을 남겨놓고 떠난다. 그리고,"

김산의 시선이 타르곤에게로 옮겨졌다.

"항복한 타이라크군 3천을 재편성하여 이번에는 천천히 진격하도록."

천천히 진격하면서 타이라크군을 킵차크군으로 훈련시키라는 말이다.

"알겠습니다. 장군."

김산의 의도를 이해한 타르곤이 머리를 끄덕였다. 이렇게 몽골군은 정복지의 군사를 편입시켜 군세를 늘려갔던 것이다.

5천인장은 5백인장까지 임명할 수 있는 권한이 있다. 1천인장 이상은 장군급이 되어서 황제가 임명하는 것이다. 물론 이런 특진은 전장(戰場)에서만 가능하다. 오후 미시(2시) 무렵, 타이라크성의 청 안에서 논공행상이 이뤄졌다. 이번 장정에서 공을 세운 지휘관 중 5백인장 3명, 1백인장 77명, 10인장으로 287명이 승진 임명되었는데 홍복이 5백인장 셋 중 하나에 끼었다. 10인장으로 김산과 인연을 맺었던 홍복이 킵차크제국까지 따라온 끝에 대망의 5백인장이 된 것이다. 홍복은 5백인장에 총사령관 위사장까지 겸하게 되어서 단박에 원정군의 실력자가 되었다. 서여진 출진으로 보군 졸병으로 참여했던 홍복이다. 대를 이어서 종이었던 홍복은 이제 새로운 가문을 이루게 되었다.

"10인장들은 부장을 제외한 나머지 여덟 명을 폴란드군으로 충당한다."

이번에 새 10인장이 된 킵차크군 초급 지휘관을 향해 김산이 말했다. 항복한 폴란드군을 휘하에 두고 출정하게 된 것이다. 김산이 말을 잇는다.

"나는 고려인이다. 내 부장은 호레즘인이며 내 위사장은 여진인, 이번에 5백인장이 된 우벽은 한인이다. 킵차크제국은 인종에 차별을 두지 않고 충성심과 능력에 따라 장군, 대장군으로 승진해 나갈 수가 있다. 이번에 휘하로 둘 폴란드군에게 그것을 명심시키도록 하라."

김산의 목소리가 청을 울렸고 지휘관들은 일제히 머리를 숙여 받아들이겠다는 표시를 했다.

"내일 아침 묘시(6시)에 출정할 테니 준비를 하고 기다리시라는 명령이오."

하고 통역 구델이 말했으므로 엘렌은 퍼뜩 시선을 들었지만 입을 열지는 않았다. 타이라크성의 내성 침전 안이다. 이곳은 타이라크가 어젯밤까지 사용하던 방이어서 깨끗하게 정돈되어 있다. 구델이 말을 이었다.

"장군께서는 오늘 밤 처소에 들리시지 않을 테니 혼자 주무시라고 하셨소."

그 순간 엘렌이 이 사이로 말했다.

"감히 누구더러 혼자 자라 마라 하는 거냐? 가소로운 노란 원숭이 놈이!"

그러자 구델이 시선을 들고 엘렌을 보았다. 무표정한 얼굴이었지만 그것이 엘렌의 부아를 돋웠다.

"넌 왜 그렇게 보는 거냐?"

"공주께선 오해하시고 있는 것 같소이다."

구델의 목소리는 낮았지만 분명했다. 그러자 엘렌은 눈을 치켜떴다.

"오해하다니? 무엇을 말이냐?"

"공주께선 포로올시다."

"그래서?"

"킵차크군은 지난번에 성안의 모든 살아 있는 생물을 몰살시킨 적이 있습니다."

"그래서?"

"여자는 능욕하고 배를 갈라 죽였지요. 귀천 가리지 않고 다 죽였습니다."

"……"

"공주께서도 그런 고통을 당할 각오를 하고 계신지요?"

눈을 가늘게 뜬 구델이 엘렌을 보았다. 엘렌이 대답 대신 숨을 들이켰을 때 구델의 말이 이어졌다.

"칼로 팔, 다리를 하나씩 토막을 내어 죽일 때도 있었지요. 고통을 참지 못한 귀부인들은 살려달라고 울부짖었습니다."

"……."

"장군의 말 한 마디면 공주께선 수백 명의 킵차크군에게 능욕을 당하고 나서 사지를 찢겨 죽을 수 있습니다. 그 각오를 하고 말씀하시는지요?"

엘렌이 이제는 시선만 주었으므로 구델이 몸을 돌리며 말했다.

"조심하십시오. 순식간에 처참한 꼴을 당하시게 될 테니까요."

이번의 진군 속도는 느렸다. 그러나 하루에 80리를 전진하여 마그다성 앞에 닿았다. 저녁 유시(6시) 무렵이다. 이번에는 성 전면에 군세를 드러냈으므로 마그다성은 난리가 났다. 성문을 모두 닫고는 성벽에는 군사들이 도열해 섰다. 마그다성은 평성(平城)이어서 평지 위에 세워진 채 해자도 없다. 성벽 높이는 20자(6m) 정도, 둘레가 10리(5km) 정도의 타원형 성곽 안에 3만 주민과 3천여 명의 병사가 주둔하고 있다. 킵차크군 7천은 성의 4면을 포위한 채 진막을 설치했는데 여유가 있다. 성의 정면에 타이라크성에서 데려온 폴란드 투항군 부대를 늘어놓은 터여서 성 안은 금방 혼란에 휩싸였다. 투항군 부대가 성벽 가깝게 다가와 항복하라고 소리쳤기 때문이다. 그날 밤 자시(12시) 무렵, 김산이 다시 옷을 갈아입고 이번에는 1백인장 마르칼을 대동하고 진을 떠났다. 마르칼을 대동한 이유는 타르곤의 부탁 때문이다. 홍복이 타이라크성에 침투한 공으로 5백인장으로 승급하자 마르칼이 타르곤에게 졸라 김산을 수행하게 된 것이다. 타르곤의 청을 들은 김산이 마르칼을 불러놓고 말했다.

"이놈아, 내가 너희들 승급시키려고 뛰는 셈이 되겠구나. 제 욕심만 차리려는 놈 같으니."

그러자 얼굴이 시뻘겋게 된 마르칼이 말을 더듬었다.

"소, 소인은 전투에 참여할 기회가 적어서 그랬습니다."

그래서 김산은 마르칼이 인솔하는 1백 명의 군사와 함께 마그다성 안에 침투했다. 이번에도 김산이 먼저 성벽 위로 올라 밧줄을 내려주었는데 경비병들을 기절시키지 않았다. 성 위와 아래쪽의 군사 10여 명을 몰사시킨 것이다. 성벽을 철통처럼 감시했지만 길이가 5km가 되는 성벽이다. 번갈아서 1천 명이 성벽을 지켰지만 허점투성이다. 소리 없이 성벽 위로 오른 결사대 1백 명은 어둠에 덮인 성안으로 빨려 들어갔다.

마그다 성주 가리말드는 50대의 장년으로 루드비히의 위사장 출신이다. 킵차크군의 침공 소식을 들은 후로 군을 정비했고 내궁 경비도 강화시켰지만 마그다성이 오래 견디지 못할 것임을 알고 있었다. 그래서 위사 1백여 명을 대기시켜놓고 마차 6대에 그동안 모은 재물을 실어 놓았다. 상황이 불리하면 리그니츠로 도망칠 작정인 것이다. 그날 밤, 축시(2시) 무렵이 되었을 때 가리말드는 창밖의 소음을 들었다. 병사들의 수런거리는 소리였는데 숨 두 번 쉬는 사이에 딱 그쳤지만 가리말드는 오히려 정신이 번쩍 들었다. 가리말드는 전사(戰士) 출신이다. 살기를 느낀 것이다. 침대에서 몸을 일으킨 가리말드는 설렁줄을 당겼다. 위사장을 부른 것이다. 적은 성의 4면을 에워쌌지만 서문을 뚫고 나갈 자신이 있다. 기마군 5백을 앞세워 돌파할 수 있는 것이다. 그 뒤를 마차와 함께 따르면 된다. 문밖에서 곧 인기척이 들리더니 육중한 나무문이 열렸으므로 가리말드가 말했다. 위사장 노르만일 것이다.

"기마군 준비를 해라."

이 시간에는 킵차크군도 잠이 들어 있을 것이다. 위사장 노르만이 다가왔으므로 가리말드가 말을 이었다.

"계획대로 돌파하고 리그니츠로 간다."

가족은 모두 리그니츠에 있으니 혼자서 빠져나가면 된다. 그때 노르만이 불빛 밑으로 다가왔다.

"윽."

가리말드의 입에서 짧은 외침이 터졌다. 노르만이 아니다. 노란 원숭이다. 그가 다시 입을 벌렸지만 소리가 뱉어지지는 않았다. 김산이 휘두른 칼에 목이 잘렸기 때문이다. 깊은 밤, 조금 전에 아래쪽에서 군사들이 술렁댄 이유는 시체를 발견했기 때문이다. 김산은 곧 방을 뛰어 나갔다. 그러고는 내궁 안의 인간들을 사냥하기 시작했다. 곧 사방에서 비명이 터졌고 끔찍한 살육 현장을 본 내궁의 남녀노소가 뛰쳐나왔기 때문에 곧 소란이 밖으로 번졌다.

김산이 기다리고 있던 마르칼 앞에 나타났을 때는 인시(4시) 무렵이다. 마르칼은 동문 근처의 민간 3채를 점령한 채 부하들을 숨겨두고 있었는데 김산의 모습을 보더니 숨을 들이켰다. 김산의 몸은 피 웅덩이에 빠졌다가 나온 것 같았기 때문이다. 피를 뒤집어쓴 김산은 영락없는 악귀 같았다. 마르칼 옆에 서 있던 군사들은 시선도 주지 못한 채 몸을 떨었다. 전장에 익숙한 병사들이었지만 참혹한 모습이었기 때문이다.

"이제 곧 성안이 술렁댈 것이다."

김산이 나무걸상에 앉으며 말하자 마르칼의 눈짓을 받은 병사들이 씻을 물을 들고 왔고 새 옷을 가져왔다. 김산이 옷을 갈아입고 있을 때였다. 성당의 종이 요란하게 울리기 시작했다. 그러고는 말굽 소리와 함께 사내들의 외치는 소리가 들렸다. 그러더니 소란이 점점 더 심해졌다. 김산이 옷을 다 갈아입었을 때는 성안 소란이 더 심해졌다. 종소리는 계속해서 울리고 있다. 그때 밖에 나갔던 통역 구델이 마룻방으로 들어서며 말했다.

"장군. 성주가 피살되었다고 합니다."

모두의 시선이 김산에게 모여졌다. 마룻방에 둘러선 군사는 마르칼과 10여 인이나 된다. 구델이 말을 이었다.

"내궁에 있던 위사장, 위사부장, 그리고 내궁 밖 지휘소에 있던 지휘관 셋도 참살당했다고 합니다. 지금은 성의 수비군이 혼란 상태가 되어 있습니다."

그때 김산이 머리를 돌려 마르칼을 보았다.

"마르칼, 준비되었느냐?"

"예, 장군."

"지금이다."

"예, 장군."

어깨를 부풀렸던 마르칼이 김산에게 허리를 꺾어 절을 하더니 마룻방에 보인 부하들을 이끌고 몰려나갔다. 그래서 방안에는 김산과 구델 둘만 남았다.

그 시간에 폴란드왕 마르코가 타이라크성에서 살아온 장교를 만나고 있다. 마르코는 술에 취해 있었는데 옆에는 벌거벗은 여자 둘이 늘어져 있다. 술에 취해 늘어진 것이다.

"말해라."

마르코가 붉게 충혈된 눈으로 장교를 보았다. 침실 안이다. 장교를 침실로 부른 것이다. 장교가 머리를 들고 마르코를 보았다. 항복하지 않고 민간 마구간에 숨어 있다가 탈출해 온 것이다.

"타이라크 후작과 지휘관 대부분은 전사했으며 성은 함락되었습니다."

숨을 들이켠 장교가 말을 이었다.

"군사 대부분은 항복하고……."

"항복해?"

마르코가 장교의 말을 잘랐다.

"왕을 배신하고 몽골 놈한테 항복했단 말이지?"

"예. 전하."

"반역자 놈들, 내가 모두 처형할 것이다. 가족까지 다 목을 베고, 태워 죽인다."

주먹으로 침대 모서리를 내려친 마르코가 머리를 들고 뒤쪽에 선 위사를 보았다.

"술을!"

위사가 몸을 돌려 방을 나갔다. 다시 마르코의 시선이 장교에게로 옮겨졌다.

"너는 왜 끝까지 싸우지 않고 살아 돌아온 것이냐?"

마르코의 두 눈이 번들거렸다.

"말해!"

그때 위사가 술병을 들고 왔으므로 마르코의 시선이 옮겨졌다.

"음. 술이구나."

위사의 뒤를 따라 위사장 쟈크 배작이 들어섰는데 그도 술에 취해서 비틀거렸다. 별실에서 쓰러져 자다가 지금 일어난 것이다.

"전하. 타이라크에서 전령이 왔습니까?"

위사장이 왕에게 묻는 꼴이 되었다.

마르칼이 돌아왔을 때는 묘시가 되어갈 무렵이다. 그때는 성안 분위기가 더욱 혼란스러워져 있었는데 주민들이 뛰어 나와 우왕좌왕했다. 이제는 군사들은 거의 보이지 않았다. 성당의 종소리는 끊이지 않고 울려대고 있다.

"장군. 지휘소를 불태웠습니다."

이제는 마르칼이 피투성이가 된 차림으로 말했다. 마르칼은 수비군 지휘소를 습격한 것이다. 마르칼이 말을 이었다.

"지휘소에 와 있던 지휘관급 장교 30여 명을 모조리 죽였고 지휘소 건물까지 불을 질렀습니다."

"잘했다."

"아군 피해는 전사 22명, 부상 17명입니다. 장군."

머리를 끄덕인 김산이 자리에서 일어섰다. 이제 날이 밝아지고 있다. 더 밝아지기 전에 성을 나가야 하는 것이다.

"마르칼 그럼 너는 부상자를 데리고 이곳에서 기다려라."

"예. 장군."

"난 성 밖으로 나갔다가 늦어도 오후에는 성에 입성하게 될 것이다."

"몸을 보중하옵소서."

그러자 김산의 얼굴에 웃음이 떠올랐다.

"네가 공을 세웠다. 은신처에서 나오지 말라."

그러고는 김산이 발을 떼었고 구델이 뒤를 따른다. 성벽을 통해 다시 성 밖으로 나가 부대로 돌아가려는 것이다.

"장군이 돌아왔다고 합니다."
밖에 나갔다 온 도로시가 그렇게 말했을 때는 신시(오전 10시) 무렵이다. 엘렌은 진막에 앉은 채 시선만 주었고 도로시의 말이 이어졌다.
"1백인장이 지휘하는 군사 1백인을 이끌고 나갔다가 통역하고 둘만 돌아왔다는군요."
"……"
"치중대에 배속된 타이라크성의 투항병한테서 들었습니다. 기습하러 갔다가 전멸당한 것 같다고 소문이 났습니다."
"……"
"장군이 지휘소에 지휘관들을 소집시켰다고 합니다. 혼이 나고 도망쳐왔으니 후퇴할지도 모릅니다."
그때 밖에서 말굽 소리가 울리더니 북소리, 지휘관들의 외침소리가 번갈아서 울렸다. 부대가 움직이는 것 같다. 이제 둘은 숨을 죽였지만 한동안 기다려도 진막 앞에서는 기적이 일어나지 않았다.
이윽고 답답해진 도로시가 혼잣소리처럼 말했다.
"우릴 놔두고 갔으면 좋겠네요."

성문 앞으로 다가간 킵차크군의 전령이 소리쳐 말했다.
"난 킵차크군 10인장 바사트다."
전령의 폴란드어가 성벽 위를 울리자 주위가 조용해졌다. 맑은 하늘

위에 독수리 세 마리가 떠 있었다. 시체 때문일 것이다. 전령의 외침이 이어졌다.

"어젯밤 너희들 성주 가리말드, 위사장 노르만, 그리고 지휘관 30여 명이 모조리 몰사했다. 그런데도 반항할 것인가!"

성벽 위에 늘어선 마그다군(軍)은 숨을 죽였고 전령이 다시 외쳤다.

"나를 보라! 타이라크성의 성문 경비병이었던 나는 킵차크군 10인장이 되어 전리품을 챙길 수가 있고 고향의 부모에게 전해줄 수도 있다. 너희들은 누구를 위해 목숨을 바치는가? 제 애비를 감금하고 왕위를 빼앗은 술주정뱅이 마르코를 위해서냐? 성문을 열고 항복하면 너희들은 상급을 받고 나처럼 되지만 저항하면 개 한 마리 살아남지 못한다. 알고 있지 않느냐?"

쩌렁쩌렁한 목소리가 성벽 위에서 성안 쪽까지 흘러 들어갔다.

그날 저녁, 마그다성의 대연회장에서 다시 논공행상이 일어났다. 이번에도 김산의 옆에는 엘렌 공주가 앉았는데 표정이 조금 굳어져 있었지만 어울렸다. 왕과 왕비 같았다. 그러나 김산은 눈길도 주지 않았고 엘렌도 그렇다. 앞쪽에 둘러선 킵차크군 지휘관들은 둘의 분위기를 모른 척했다. 장군 쿠추가 무슨 속셈이 있는지는 모르지만 이곳은 폴란드 땅이니 폴란드 공주를 포로 상태로나마 옆에 놓는 것이 장식용으로 어울린다고 생각하는 것 같다. 이번에는 5백인장 한 명에, 1백인장은 여섯 명이 승진되었다. 마그다성의 폴란드군이 항복을 하고 성문을 열었을 때까지 은신처에서 기다려야만 했던 마르칼이 소원이었던 5백인장으로 승진한 것이다. 그리고 이번에 큰 목청과 설득력 있는 연설로 성벽

153

위의 폴란드군을 항복시킨 타이라크성의 투항병 바사트는 1백인장으로 승진되었다. 바사트는 폴란드군 졸병에서 사흘 만에 1백인장이 된 셈이다. 논공행상을 마친 김산이 장수들을 둘러보며 말했다.

"이곳에서 닷새간 군(軍)을 재편성하고 휴식한다."

그 순간 지휘관들은 함성을 질렀다. 부장(副將) 타르곤도 기쁨을 감추지 못하고 싱글벙글 웃었다. 이제 장군 쿠추가 지휘하는 킵차크 별동군은 군사 1만여 명으로 늘어나 있는 것이다. 이번에 마그다성에서 다시 투항병 3천을 편입시켰기 때문이다. 김산이 다시 명령했다.

"오늘부터 이틀간 여자를 즐기도록 하라. 단 살인은 엄하게 처벌한다."

정복군에게 여자 선물은 금은보화보다 낫다. 지금 장군 쿠추는 점령지 마그다성에서 군사들이 여자를 안도록 허용해준 것이다. 그 순간 대연회장에서 다시 함성이 일어났다. 5백인장들까지 체면을 버리고 함성을 지른 것이다.

자시(12시)가 넘었을 때 도로시가 엘렌의 눈치를 보면서 말했다.

"공주님. 그럼 전 제 방으로 가겠습니다."

"아니. 가지 마."

정색한 엘렌이 눈으로 옆쪽을 가리켰다.

"저기서 자도록 해라."

마그다성의 내실은 가장 안쪽에 위치해 있었는데 넓고 깨끗했다. 타이라크성의 내실보다 나았다. 성주 가리말드가 부인을 리그니츠성에 두고 이곳 내실은 항상 비워두었기 때문일 것이다. 엘렌이 말을 이었다.

"소파가 넓어서 편안할 것이다. 오늘 밤은 저기서 자도록 해라."

"공주님. 하지만."

"원숭이는 오지 않아."

엘렌이 자르듯 말했으므로 도로시는 숨을 들이켰다. 오늘 밤은 장군이 오지 않을 이유가 없는 날이다. 그런데 논공행상이 끝나고 한 시진(2시간)이 지났는데도 기척이 없다. 도로시는 외면했지만 엘렌이 말을 잇는다.

"그놈은 나를 조롱하고 있는 것이야. 내가 그놈 머릿속을 읽는다."

놀란 도로시가 머리를 들었지만 이번에는 엘렌이 외면했다. 성안은 조용했다. 도로시가 느낀 것이지만 장군의 숙소 주변은 밤이 되면 자신이 뱉는 숨소리가 들릴 정도로 조용하다. 군사들의 발자국 소리도 들리지 않는 것이다. 숨을 죽인 도로시의 귀에 다시 엘렌의 말이 울렸다.

"그렇게 자꾸 미루면서 차츰 나에게 기다리는 감정을 심게 해주려는 것이다. 나는 그놈의 수작에 넘어가지 않는다."

말을 마쳤을 때 다시 넓은 방안에 정적이 덮여졌다. 도로시는 엘렌의 말뜻을 이해할 수 없었지만 한 가지 느낀 점이 있다. 엘렌의 말끝이 떨리는 것을 보면 격앙되어 있다는 것이다. 조롱해서 화가 난 걸일까?

마그다성 함락 소식은 바로 다음날 저녁에 리그니츠성으로 전해졌다. 이번에는 전령이 십여 명이나 달려왔는데 그만큼 도망친 병사가 많았기 때문이다. 타이라크성에 이어서 마그다성이 함락되었다. 이제 킵차크군은 코앞에 다가온 것이다. 그동안 리그니츠성의 마르코는 군사를 모았지만 크게 보강되지는 않았다. 그러나 보유 군사는 5만여 명, 기마군 2만에 보군 3만의 전력이다. 그리고 주변의 10여 개 성을 방어하는 군사가 또한 5만여 명이다. 각 성주는 영주(領主)이자 귀족이었으므로 영지를 지킨다면서 보유 군사를 내놓지 않았다. 마르코가 연금시킨 루드비히 왕이었다면 각 영주의 군사까지 다 모아 리그니츠에서 총력전을 폈을 것이다.

"이대로 가면 폴란드는 망합니다."

청을 나온 김멜스에게 다가온 오라트가 말했다. 둘은 리그니츠 지역에서 대를 이어 살아온 귀족가문으로 둘 다 백작이다. 나이도 30대 중반으로 비슷한데다 중립 성향이어서 마르코의 권력 찬탈 과정에 간여하지 않았다. 둘은 청 밖 계단을 나란히 내려가는 중이다. 바짝 붙은 오라트가 말을 잇는다.

"백작, 마그다까지 함락시켰으면 킵차크군은 하루 거리로 다가와 있는 겁니다. 그런데도 왕은 리그니츠에서 움직이지 않습니다."

그때 발을 멈춘 김멜스가 오라트를 보았다. 두 눈이 번들거리고 있다.

"백작, 엘렌 공주가 지금 어디 있는지 아시오?"

김멜스가 가라앉은 목소리로 묻자 오라트가 바짝 다가섰다.

"무리크한테 의존하려고 갔다가 빠져나왔다는 소문을 들었습니다."

"지금 킵차크 진중에 있소."

"아니, 그럼."

숨을 들이켠 오라트가 김멜스를 노려보았다.

"공주가 킵차크군에 잡혔단 말입니까?"

"아니, 킵차크 장군의 보호를 받고 있다는 것이오. 공식석상에서 킵차크 장군과 나란히 앉아 있었다는 것을 도망쳐온 병사들이 증언했소."

"저런."

"엘렌이 킵차크에 붙은 것 같소."

"가능한 일이지요. 아버지를 몰아낸 왕자에게 한이 맺혔을 테니까."

둘의 시선이 마주쳤고 거의 동시에 둘은 머리를 돌려 주위를 둘러보았다.

"현재까지 귀족 15명, 지휘관 14명이 협조 의사를 밝혔습니다."

구델이 김산에게 보고했다. 마그다성의 청 안이다. 저녁 무렵, 점령 나흘째가 되는 날 저녁이어서 성 안은 다시 질서가 잡혀졌다. 청 안에는 고급 지휘관들만 모여 있었는데 폴란드인은 구델과 바사트가 참석했다. 구델도 바사트와 같은 1백인장이다. 김산의 시선을 받은 구델이 말을 잇는다.

"엘렌 공주의 영향이 컸습니다. 이대로 가면 더 끌어들일 수 있습니다, 장군."

구델이 포섭, 교란작전을 지휘하고 있는 것이다. 폴란드인 부하들은 리그니츠를 중심으로 다른 성에 보내 먼저 반(反)마르코 세력을 형성하고 엘렌이 몸을 의탁하고 있는 킵차크제국과의 동맹을 추진한다는 작전이다. 머리를 끄덕인 김산이 말했다.

"가장 좋은 작전은 무력을 쓰지 않고 점령하는 것이다. 엘렌을 잡아두고 있는 이유가 바로 그것이니 충분히 이용하도록 하라."

"예, 장군."

김산의 시선이 타르곤에게로 옮겨졌다.

"무리크는?"

"자나성에서 북상 준비를 하고 있습니다, 장군."

타르곤이 말을 이었다.

"남부지역은 이제 무리크의 세력으로 굳어졌습니다. 오히려 저희들이 마르코를 공격하는 동안 무리크는 세력을 확장시킨 것입니다."

"그놈이 이제는 가장 강적이 되었다."

그러고는 김산이 얼굴을 펴고 웃었다. 그 웃음이 분위기와 어울리지 않았으므로 모두 긴장하고 있다.

킵차크군이 마그다성에 주둔한 지 열흘째 되는 날, 리그니츠성에서 60리 떨어진 메그노성이 킵차크군에 투항했다. 성주는 메그노 남작, 주민 2만에 상비군 2천 5백의 작은 성이었지만 리그니츠의 마르코에게는 큰 타격이었고 상대적으로 킵차크군에게는 그 몇 배의 사기를 진작시켰다. 그리고 그 다음날 리그니츠성에서 온 밀사가 마그다성에 도착했다. 오라트, 김멜스 백작이 보낸 밀서를 갖고 온 것이다. 내성의 밀실에서 구델이 밀사가 가져온 밀서를 읽고 말했다. 김산을 올려다보는 구델의 표정이 밝다.

"장군. 오라트, 김멜스 백작이 엘렌 공주에게 충성을 맹세했습니다. 킵차크군이 진격해오면 성문을 열겠다고 합니다."

김산이 머리를 끄덕였다.

"기다리라고 해라."

그러고는 힐긋 밀사를 보았다.

"밀사에게 황금 백 냥을 줘라."

밀사가 황금을 받았다는 보고를 하건 안 하건 간에 손해 볼 일은 없는 것이다.

구델이 밀사를 데리고 나갔을 때 김산의 시선이 타르곤에게로 옮겨졌다.

"무리크는?"

"자나성을 떠나 천천히 북상하고 있습니다. 장군."

북상하면서 주위의 성들을 복속시켜 군세를 늘리려는 작전이다. 노련한 무리크다. 그 사이에 킵차크군과 리그니츠의 마르코군이 충돌하면 양측이 피해를 입게 된다. 만일 한쪽이 승리를 했더라도 전력이 약화된 상태일 것이었다. 그때 치면 되는 것이다. 서두를 이유가 없다. 김산이 타르곤을 응시한 채 말했다.

"양쪽 다 기다리는 것이 유리한 상황이군. 1천인장."

"그렇습니다. 장군."

쓴웃음을 지은 타르곤이 말을 이었다.

"우리도 기다리고 있으면 마르코 주변의 성들이 떨어져 나올 테니까요."

타르곤이 지휘봉으로 탁자 위에 놓인 지도를 짚었다. 무리크의 위치다.

"무리크는 이미 8만 군사를 확보했습니다. 상경할수록 군세가 늘어날 것입니다."

김산의 시선이 무리크의 위치에 박힌 채 한동안 떼어지지 않았다. 지금 마르코에 실망한 폴란드 제후들이 무리크에게 쏠리는 현상이 일어나고 있다. 이윽고 머리를 든 김산이 타르곤을 보았다. 김산의 두 눈이 번들거리고 있다.

노스롤성에 입성한 무리크군은 이제 더 이상 장군 무리크군(軍)이 아니었다. 기마군 3만에 보군 5만의 대군(大軍)이다. 노스롤성이 컸지만 대군은 친위대만 성 안에 들어왔고 나머지는 성 밖에 진을 쳤다. 대군의 위용을 보려고 성벽 위로 주민들이 개미떼처럼 기어올랐으니 군사들에게는 그것이 구경거리였다.

"각하, 충성을 바치겠습니다."

노스롤 성주 기르베 후작이 한쪽 무릎을 꿇고 인사를 했다. 이 자세는 왕에게 하는 인사였다. 내성의 청 안이다.

"고맙소. 후작."

무리크는 웃음 띤 얼굴로 인사를 받았는데 이미 군주(君主)의 태도였다. 옆에 늘어선 귀족, 장군들도 그것을 당연한 것으로 받아들이는 분위기다. 기르베가 허리를 펴고 보고했다.

"노스롤성에는 기마군 3천, 보군 6천의 병력이 있습니다. 이 병력을 모두 각하께 바칩니다."

이제는 무리크가 머리만 끄덕였다. 이제 세상이 달라졌다. 루드비히 왕조는 마르코에 의해 결집력을 잃었고 무리크가 떠오르는 해다. 그리고 마르코는 킵차크군의 표적이 되어있는 것이다. 무리크가 입을 열었다.

"적어도 한 달 후면 우리는 리그니츠에 입성하게 될 것이오. 그때 새로운 폴란드가 건국되겠지."

모두 숨을 들이키며 입을 다물었다. 마침내 무리크가 본심을 드러낸 것이다. 지금까지 무리크는 폴란드를 압박하는 킵차크군을 치려고 군사를 모으는 시늉을 했기 때문이다. 그때 위사장 소르도가 한 손을 치켜들고 소리쳤다.

"무리크 각하 만세!"

"만세!"

주위에 선 귀족, 장수들이 일제히 따라 소리쳤고 소르도가 다시 외쳤다.

"새 폴란드 만세!"

"새 폴란드 만세!"

모두 따라 외친다.

"장군은 어디 계신가요?"

하고 도로시가 묻자 위사대의 폴란드인 10인장이 눈을 가늘게 떴다. 의심쩍은 표정을 지은 것이다.

"그건 왜 물어?"

"공주님께서 하실 말씀이 있어서 그렇지 내가 괜히 물겠어요?"

도로시는 폴란드인 10인장이 배신자라고 믿는 터라 내쏘듯이 되받았다. 오후 술시(8시) 무렵, 내성의 별관 앞이다. 10인장이 머리를 흔들며 말했다.

"어디 계신지는 말할 수 없어."

"그럼 공주님 말씀을 전해요."

도로시가 손가락으로 10인장의 코를 가리켰다. 눈을 치켜뜨고 있다.

"공주가 지금 당장 할 이야기가 있으시다고 말예요."

"그건 전하지."

"지금 당장 오라고 해요."

그러자 10인장이 누런 이를 드러내고 웃었다.

"분수를 모르는 공주시군. 지금 포로로 잡혀 있는 신세인데 말야."

"닥쳐요!"

도로시가 소리치자 10인장은 다시 웃었다.

"언제 공주를 버리라는 명령이 떨어졌을 경우에 너는 내 차지다."

10인장의 더러운 손가락 끝이 도로시의 콧등 바로 앞에서 건들거렸다.
"그렇게 합의를 했다. 기억해둬라."
그러고는 10인장이 몸을 돌렸으므로 도로시의 얼굴이 하얗게 굳어지는 것은 보지 못했다.

말에서 내린 김산이 하늘을 보았다. 별 무리가 금방 떨어질 것처럼 밤하늘에서 흔들리고 있다. 자시(12시) 무렵이다.
"너희들은 여기서 기다려라."
앞장서 걷던 김산이 걸음을 멈추더니 성벽을 올려다보면서 말했다. 뒤쪽에 상현달이 떠 있었지만 하늘의 별 무리는 수많은 촛불을 켜 놓은 것 같다. 사방이 환해서 30자(9m)가 넘는 성벽 위의 모서리가 깨진 것까지 드러났다. 김산의 뒤에 서 있던 구델, 마르칼, 그리고 홍복은 숨을 죽이고 있다. 모두 지휘관급으로 구델은 1백인장, 그리고 마르칼과 홍복은 5백인장이다. 그때 김산이 몸을 솟구쳤다. 뒤에 서 있던 셋은 그냥 김산의 몸이 허공으로 떠오르는 것처럼 느껴졌다. 그러나 김산은 발끝으로 성벽의 틈을 짚고는 직각의 성벽을 계단을 오르듯이 찍어 오른다. 그 모습이 마치 누가 위에서 끌어 올려주는 것처럼 자연스럽고 힘이 들어가지 않은 것이다.
"이, 이런."
그런 김산의 모습을 처음 본 구델의 얼굴이 하얗게 굳어졌다.
"장군께서 마술을 부리십니다."
구델이 헛소리처럼 폴란드어로 말했으니 둘은 알아듣지 못했다. 그때 김산은 어느 사이에 성벽 위로 모습을 감췄다.

"이봐, 준비해."

홍복은 이런 일이 한두 번이 아니어서 조금 뒤로 물러서며 말했다. 이곳은 노스롤성, 무리크가 주둔하고 있는 성이다.

5장
총독 쿠추

축시(새벽 2시) 무렵이 되었을 때 밖에서 인기척이 들렸으므로 도로시가 벌떡 일어섰다. 엘렌의 방 안이다. 도로시는 엘렌과 함께 자고 있었던 것이다. 아니, 장군 쿠추를 기다리고 있었다고 해야 맞다. 머리를 돌린 도로시는 엘렌이 이미 일어나 앉아 있는 것을 보았다.

"주무시오?"

폴란드어로 사내의 묻는 소리가 들리자 도로시가 대답했다.

"안 잡니다."

그때 방 안으로 두 사내가 들어왔다. 앞장선 사내는 원정군 부사령관 타르곤, 중년의 호레즘인으로 도로시는 물론 엘렌도 낯이 익다. 그리고 뒤를 따르는 사내는 폴란드인 바사트다. 바사트는 허리에 황금색 띠를 차고 있었는데 5백인장 표시다. 폴란드군 졸병이었다가 순식간에 5백 명을 거느리는 지휘관이 된 터라 엘렌 앞에서도 어깨를 젖히고 있다.

엘렌의 다섯 걸음쯤 앞에서 멈춰선 타르곤이 입을 열었고 곧 바사트가 통역을 했다.

"장군께 할 이야기가 있다면 내가 대신 듣겠다. 말하라."

그러더니 덧붙였다.

"장군께선 잠깐 정찰을 나가셨다. 급한 일이라면 전해드릴 수도 있다."

바사트의 말을 들은 엘렌이 똑바로 타르곤을 보았다.

"당신들의 장군은 몽골인이 아니라고 들었다. 그렇지 않은가?"

"그렇다."

통역을 들은 타르곤이 옆쪽 의자에 앉더니 말을 이었다.

"여기서 동쪽으로 수만 리 떨어진 곳에 위치한 고려라는 곳에서 오셨다."

"고려?"

"그렇다. 그곳도 이제는 몽골의 속국이 되었다."

"그런 속국인이 몽골군의 장군이 되는가?"

"난 호레즘인으로 몽골군의 장군 아닌가? 그리고,"

타르곤이 눈으로 통역 바사트를 가리켰다.

"폴란드인 바사트는 이제 5백인장으로 휘하에 몽골군 1백인장이 있다."

그러고는 타르곤이 엄숙한 표정을 짓고 묻는다.

"자, 공주. 용건을 말하라."

넷이 횡대로 서서 노스롤 성안 거리를 걷고 있다. 깊은 밤, 축시가 넘은 시간이어서 거리는 인적이 뚝 끊겼다. 거리 끝쪽에 모닥불을 피워놓고 경비병 대여섯이 둘러서 있었지만 한가한 모습이다. 노스롤 성안에는 무리크의 위사대 병력 3천만 진입해 있었으므로 붐비지 않은 것이다.

대신 성 밖의 초원은 무리크의 8만 대군이 진을 치고 있는 것이다. 위용을 과시하려는 의도였기 때문에 될 수 있는 한 진이 넓게 펼쳐졌고 깃발이 많다.

"저곳입니다."

구델이 멈춰 서며 말하자 일행의 시선이 앞쪽으로 옮겨졌다. 어둠 속에 내성의 성벽이 드러났다. 높이는 50자(15m)나 되는데다 성벽 위에는 경비병이 곳곳에 배치되었고 정문의 육교는 올려져 있다. 주위에는 폭이 20자(6m)가 넘는 해자가 파여져 있는 것이다. 해자에 물을 가득 채워놓아서 물비린내가 맡아졌다. 육교만 올리면 내성은 난공불락의 요새가 된다. 외성과 내성의 이중벽이다. 성벽 위를 올려다보던 김산이 머리를 돌려 홍복과 마르칼, 구델을 차례로 보았다.

"너희들은 일을 마치고 이곳에서 기다려라."

"예."

하고 홍복이 대답했지만 마르칼과 구델은 눈만 껌벅였다. 지금 김산은 몽골어를 하지만 넷은 모두 몽골인이 아니다. 김산은 고려인이며 홍복은 북여진, 마르칼은 호레즘인이며 구델은 폴란드인인 것이다. 김산이 말을 이었다.

"이번에는 시간이 꽤 걸릴 것 같다. 내가 인시(4시)까지 오지 않으면 바로 성 밖으로 탈출하도록. 온 길로 되짚어 나가면 될 것이다."

"저희들만 탈출할 수 있습니까?"

하고 구델이 말했다가 홍복과 마르칼의 눈치를 보고는 입을 다물었다. 둘은 5백인장이며 장군의 측근인 것이다. 그때 마르칼이 말했다.

"장군, 이곳에서 다시 뵙지요."

홍복은 더 말할 것도 없다는 표정으로 몸을 돌렸고 마르칼이 뒤를 따른다. 이 순간 머리를 든 구델은 장군의 모습이 눈앞에서 사라진 것을 깨닫고는 대경실색했다. 눈 깜박하는 사이에 사라진 것이다. 숨을 들이켠 구델이 서둘러 둘의 뒤를 따른다.

무리크는 앞으로 다가온 여자의 얼굴에서부터 아래쪽으로 천천히 훑어보았다. 여자는 알몸이다. 불빛에 비친 흑갈색 피부는 기름칠을 한 것처럼 번들거리고 있다. 둥근 어깨, 탄력 있고 풍만한 젖가슴, 대추씨만 한 젖꼭지는 이미 단단하게 솟아올랐고 아랫배 밑의 검은 숲에 시선이 닿았을 때 저절로 입안에 고여진 침이 삼켜졌다. 여자가 다리를 조금 벌렸으므로 검은 숲 안의 선홍빛 골짜기가 드러났다. 주름 잡힌 골짜기에 시선을 박은 무리크의 꾹 다문 입안에서 옅은 신음이 울렸다. 어느덧 무리크의 두 눈이 번들거리고 있다. 내성의 침실 안이다. 노스롤 성주 기르베 후작의 침실이었지만 이제 무리크의 차지다. 그리고 눈앞의 여자도 기르베의 애첩 카샤, 호레즘 출신의 무희(舞姬)다.
"가까이 오라."
마침내 참지 못한 무리크가 입을 열었다. 그러고는 서둘러 몸에 걸치고 있던 옷을 벗기 시작했다. 혁대를 풀고 칼과 함께 가죽 혁대를 옆으로 집어 던졌다. 가죽조끼와 저고리를 함께 벗으면서 무리크가 카샤에게 명령했다.
"누워라."
카샤가 고분고분 다가와 바닥에 깔린 곰 가죽 위에 눕는다. 그러더니 다리를 벌리면서 허리를 비틀었다. 두 눈은 무리크를 올려다본 채 떼지 않는다.

"으음, 음탕한 년."

이 사이로 말한 무리크가 이제 바지와 함께 속옷을 찢어 버릴 것 같은 자세로 벗어 던졌다. 이제 무리크도 알몸이 되었다.

"이년, 다리를 더."

무리크가 소리치자 카샤는 두 다리를 번쩍 치켜들었다가 춤을 추는 것처럼 벌렸다. 눈을 치켜뜬 무리크가 카샤 위로 엎드렸다. 그 순간이다. 무리크는 목에 차가운 감촉을 느끼고는 숨을 들이켰다. 다음 순간 밑에 있던 카샤가 눈을 치켜뜨더니 입을 딱 벌린다. 그때였다. 무리크는 얼굴에 뜨거운 물벼락을 맞고는 숨을 참았다. 그리고 다음 순간 눈 밑의 카샤의 머리가 옆쪽으로 굴러가는 것을 보았다. 카샤의 목에서 뿜어 나온 피가 아직도 무리크의 얼굴을 적시고 있다. 무리크는 가슴이 절망감으로 내려앉았지만 아직 기백은 죽지 않았다. 그래서 머리를 돌려 뒤를 보았다. 그 순간 무리크는 위에 서 있는 사내를 보았다. 노란 원숭이, 몽골인이다. 무리크의 입술이 비틀려졌다. 아직도 무리크는 머리 없는 카샤의 몸 위에 엉거주춤 엎드린 자세다.

"이런, 개 같은 원숭이 놈."

마침내 무리크가 이 사이로 욕설을 뱉었는데 마지막으로 칼을 내지르는 심사와 같았다. 서로 맞찌르는 것이다. 다음 순간 무리크는 목을 얼음이 관통하는 느낌을 받고는 눈을 부릅떴다. 그러자 눈에 어지러운 장면이 보였다. 방바닥이 뒤집혔다가 바로 서는 것이다. 그것은 떼어진 머리가 방바닥으로 굴러가면서 눈에 그 장면이 담겼기 때문이다. 이윽고 머리가 멈췄을 때 무리크의 의식도 끊겼다.

"꽝! 꽝! 꽝!"

천지를 진동하는 폭음이 울렸을 때 위사장 소르도는 소스라치며 잠에서 깨었다. 자시가 넘을 때까지 무리크가 주최한 연회에서 술을 마신 터라 아직도 머리뼈 안에서 골이 흔들거리는 것 같다.

"꽝! 꽝!"

또다시 폭음이 울렸는데 이번에는 다른 방향이다. 소르도가 와락 일어나는 바람에 엉켜있던 여자가 곤두박질을 치면서 방바닥으로 떨어졌다. 시중을 들던 여자 하나를 끌고 왔지만 이름도 모른다. 소르도가 바지부터 꿰면서 문밖의 위사에게 소리쳤다.

"무슨 일이냐!"

그때 문밖의 소음이 들렸다.

"습격이다!"

"킵차크군이다!"

다급해진 소르도가 허리띠를 매면서 밖으로 뛰어 나왔다. 그 순간이다. 눈앞 복도를 뛰어오던 위사 두 명이 두 손을 내저으며 쓰러졌다. 그리고 그 뒤쪽 위사 셋도 목을 움켜쥐고 주저앉는다.

"무슨 일이냐!"

갑자기 복도가 조용해졌다. 그러고 보니 복도에 쓰러진 위사가 10여 명이다.

"으윽!"

그 순간 갑자기 목이 타는 것 같은 고통을 느낀 소르도가 목을 움켜쥐었다. 식도가 녹는 것 같다. 그러고는 곧 폐가 타는 느낌이 오면서 소르도는 그 자리에 털썩 주저앉았다. 그때 눈앞으로 누군가가 스치고 지났는데 소르도의 시신경은 녹은 후였다.

"장군!"
김산이 들어서자 구델이 펄쩍 뛰며 반겼다. 구델은 홍복과 함께 방금 교회로 돌아온 참이다. 그때 홍복이 말했다.
"마르칼은 아직 돌아오지 않았습니다."
"아니, 지금 문 앞에 왔다."
하고 김산이 말했으므로 구델이 홍복을 보았다. 홍복은 놀라는 눈치가 아니다. 그때 교회의 샛문이 열리더니 마르칼이 어두운 교회당 안으로 들어섰다.
"늦었습니다."
마르칼이 헐떡이며 말하자 김산이 발을 떼었다.
"가자."
이제 성안을 돌파하여 성 밖으로 나가야 하는 것이다. 홍복과 마르칼은 두 패로 나뉘어 성안 요지를 폭파했는데 주의를 돌리려는 작전이다. 폭약은 지난번 김산이 구입한 화약을 개량하여 이번에 처음 실험을 했다. 밖으로 나온 김산은 이미 성안의 비상 상황이 발동된 것을 보았다. 전령이 사방으로 뛰었으며 이쪽저쪽으로 횃불을 든 군사들이 보였다.
"따르라."
짧게 말한 김산이 앞장을 섰고 그 뒤를 홍복, 구델, 마르칼의 순서로 따른다. 구델은 장군이 앞장을 서는 것이 불편하고 송구했지만 5백인장이며 위사장인 홍복이 아무 말 안 하는 것을 보자 입을 다물기로 했다. 김산이 뛰었고 뒤를 셋이 따른다.

"아악!"

신음과 함께 앞에 서 있던 경비병 넷이 순식간에 사지를 뒤흔들며 쓰러졌다. 모닥불이 환하게 밝혀져 있었으므로 구델은 그 장면을 선명히 보았다. 장군 쿠추가 뛰어들어 눈 깜박하는 사이에 처치한 것이다. 경비병과의 거리는 20여 보나 떨어져 있었다. 그런데 장군은 거의 두 걸음만에 그들 사이로 뛰어든 것 같다. 마치 화살처럼 돌진했다. 그러고는 칼을 휘둘렀는데 지금도 그 모습이 잔영처럼 머릿속에 박혀 있다. 후려치고 내려치는 동작이 도무지 인간의 몸놀림 같지가 않다. 경비병 넷은 손도 한번 제대로 들지 못하고 거의 동시에 쓰러진 것이다.

"자, 이제 성벽을 넘는다."

다시 앞장을 서면서 장군 쿠추가 말했다. 이제 성벽 앞까지 다가왔다. 그동안 경비병 무리 넷을 만났는데 장군 쿠추가 혼자서 다 처리했다. 이제는 구델도 놀랍지가 않다. 장군 쿠추는 인간이 아니다. 폴란드의 전설에 나오는 전쟁의 신이 재림한 것 같다. 쿠추가 외성 성벽으로 오르는 계단을 올랐고 셋은 뒤를 따른다. 동녘 하늘이 회색빛으로 밝아지는 중이었다.

"무엇이?"

놀란 마르코가 눈을 둥그렇게 떴다. 청 안의 귀족, 장수들도 순식간에 입을 다물었으므로 주위는 조용해졌다.

"무, 무리크가 말이냐?"

"예, 전하."

그렇게 대답한 장교는 노스롤성에서 밤낮으로 달려온 터라 지쳐 늘어져 있다. 그러나 머리를 든 장교가 기를 쓰고 말했다.

"내성 안에 있던 위사장 소르도, 그리고 로뎀 성주 크롬, 오르곤 성주 크사리크 자작 등 귀족 20여 명도 함께 죽었습니다. 전하."

"그, 그럼 킵차크군이……."

"킵차크 암살단이 내성을 기습한 것입니다."

장교의 목소리가 청을 울렸다.

"외성 안의 무기고, 군량창고, 마구간도 화재로 소실되었습니다."

"그럼 무리크군은 누가 지휘하고 있느냐?"

겨우 정신을 차린 마르코가 묻자 장교는 숨을 고르고 나서 대답했다.

"저는 노스롤성 경비대 소속 장교올시다. 저를 보낸 것은 경비대장 민튼인데 누가 지휘관이 되었는지는 알 수가 없습니다. 전하."

그때부터 리그니츠성의 정청에서 혼란의 소용돌이가 일어났다. 마르코가 소리쳐 주의를 주었지만 조용해졌다가 다시 서로 떠들고 외치는 통에 마르코까지 휩쓸려 들어간 것이다. 마르코에게 가장 큰 적은 눈앞에 다가온 킵차크군보다 뒤쪽의 무리크군이었기 때문이다. 무리크군은 마르코의 왕위 정통성을 부정하는 반란 세력이었다. 킵차크군은 오직 침략세력일 뿐이다. 반란 세력만 제압하면 일심(一心)하여 침략세력을 축출할 수가 있는 것이다.

"자, 그만!"

손을 든 마르코가 버럭 소리쳤는데 얼굴이 상기되었다. 청 안이 다시 조용해지면서 시선이 모였을 때 마르코가 말했다.

"무리크가 장악했던 군을 끌어들일 것이다. 지금 머리를 잃은 대군이 노스롤성에 모여 있다. 8만 대군을 끌어들이면 킵차크군은 단숨에 격파할 수가 있다."

호흡을 가눈 마르코의 시선이 앞쪽에 선 핸스크 백작에게 옮겨졌다.

"핸스크, 그대가 내 특사가 되어서 노스롤로 가라. 그렇지, 자크. 그대도 함께 가는 것이 낫겠다."

마르코가 옆에 선 위사장 자크 백작을 보았다.

"무리크가 죽었으니 모두 사면해준다고 해라. 내 휘하에서 공을 세우면 작위와 성까지 추가시켜준다고 해라."

"알겠습니다."

핸스크가 머리를 숙이고 말했다.

"그들에게 보일 사면장을 써주시지요. 전하."

"당장에 쓰지."

마르코가 서둘러 자리에서 일어섰다. 두 눈이 번들거리고 있다.

"이제 그 군세만 끌어들이면 킵차크 놈들은 위아래에서 협공할 수가 있어. 킵차크 놈들은 우리한테 선물을 준 거야."

그러나 그 시간에 노스롤성의 청 안에서 김산이 보낸 킵차크군의 사신(使臣) 바사트가 폴란드 귀족들에게 열변을 토하는 중이었다.

"킵차크 대장군께서는 여러분이 항복을 하면 휘하로 받아들이겠다고 하셨습니다. 영주는 영지를 보장하고 장군은 승진시켜 제국군에 포함시키실 것입니다. 킵차크군은 약속을 지킵니다. 투항하면 닭 한 마리 건드리지 않습니다."

그러고는 바사트가 어깨를 펴고 귀족, 장수들을 둘러보았다. 두 눈이 번들거리고 있다.

"대장군께서는 폴란드를 지나 서진(西進)하여 바다까지 진출하실 것이오. 서쪽의 광대한 땅이 여러 장군들을 기다리고 있습니다."

모두 숨을 죽이고 바사트를 보았다. 서유럽의 광대한 땅은 아직 몽골군의 말발굽에 짓밟히지 않았다. 몽골군은 서쪽 바다까지, 즉 신성로마 제국을 지나 프랑스와 스페인까지 진출하려는 것이다. 자신들이 밟고 선 폴란드 왕국은 그것에 비하면 좁은 땅이다. 그때 바사트가 소리쳐 말했다.

"아비를 몰아낸 패륜아이며 술주정뱅이를 받들고 폴란드를 멸망시킬 것이오? 그렇지 않으면 킵차크의 일원이 되어 성과 영지를 더 늘려 가문을 빛낼 것이오? 마르코에게 충성하여 멸망당할 이유가 있단 말입니까?"

모두 장군 쿠추의 말을 전달한 것이었지만 청 안에 모인 수백 병의 성주, 장군, 장교들은 숨을 죽인 채 경청하고 있다.

"장군, 무리크군에게로 가는 사신을 잡았습니다."

다가온 타르곤의 얼굴에 웃음이 떠올라 있다. 신시(오후 4시) 무렵, 김산은 군사들의 진막을 돌아보는 중이었다. 타르곤이 말을 이었다.

"무리크의 휘하 장군, 귀족들에게 투항을 권유하는 사신이었습니다."

김산은 쓴웃음을 지었다. 예상하고 있던 일이었다. 그러나 이미 무리크군은 킵차크군에 투항했다. 지금 무리크 휘하에 있던 귀족, 장군 수백 명이 항복 사절로 먼저 이곳으로 오는 중인 것이다.

"무리크 휘하군이 오면 군을 재편성한다."

말고삐를 잡아챈 김산이 말을 돌려 걸으면서 말했다.

"이제 12만 대군이 되었어. 황제 폐하께도 전령을 보내 편성 허락을 받아야만 할 것이야."

 3천 군사로 시라이를 떠난 것이 6개월 전인 것이다. 그 6개월 동안 포위되어 있던 5천인장 칠라운을 구해내었고 헝가리에 이어 폴란드의 숨통을 조여가고 있는 중이다. 이제 3천 군사가 12만 대군으로 불어났으니 가히 서방으로 대진군(大進軍)을 할 세력이 갖춰졌다. 아무도 부인할 수 없는 장군 쿠추의 업적이다.

"장군."

 말을 바짝 붙여온 타르곤이 김산을 보았다. 수염투성이의 얼굴에서 두 눈이 번들거리고 있다.

"장군과 함께 있게 되어서 영광이올시다."

"그런가?"

 김산이 입 끝으로만 웃었다. 그 순간 눈앞에 암살당한 몽골 장군이자 첫 사부였던 호율태의 모습이 떠올랐다. 호율태는 전법과 용병술, 장군의 자세에 대해서 가르쳐준 몽골 용장이다. 말을 걸리면서 김산이 머리를 들어 하늘을 보았다. 푸른 하늘에는 구름 한 점 떠 있지 않았다. 호율태는 죽은 자의 혼은 독수리를 통해 아래를 내려다본다고 했던 것이다. 그때 타르곤이 말했다.

"장군, 공주를 만나시지 않으십니까?"

 타르곤의 시선을 받은 김산이 되물었다.

"그대는 무엇 때문에 공주가 날 보자고 하는 것 같은가?"

"공주는 마르코의 원수가 되어 있습니다. 그래서 무리크까지 찾아간 터이니 장군께도 마르코 정벌을 부탁할지도 모릅니다."

"그 여자는 날 이용하려는 거야."

놀란 타르곤이 숨을 죽였고, 김산의 말이 이어졌다.

"날 이용해서 폴란드 여왕이 되려는 것이다. 순진한 발상이지만 대담하기도 하지."

그러고는 김산이 얼굴을 펴고 웃었다.

"고생 모르고 자란 터라 모든 것을 자기 중심으로 생각하는 것이야."

"어떻게 말씀입니까?"

"공주는 주위 영주를 모아 나에게 협력하도록 할 테니 마르코를 내쫓고 자신을 폴란드 여왕으로 세워달라고 할 것이다."

"허어."

쓴웃음을 지은 타르곤이 김산을 보았다.

"그야말로 세상 물정을 모르는 여자올시다, 장군."

"용기는 가상하다."

어느덧 정색한 김산이 눈을 좁혀 뜨고 서쪽을 보았다. 그곳에 킵차크 제국의 네 배만 한 대륙이 펼쳐져 있는 것이다.

그로부터 20일 후, 마그다성 주변에 주둔한 킵차크군은 12만 5천의 대군이 되었다. 그중 3천이 몽골군이고 나머지는 호레즘, 헝가리 그리고 폴란드군이다. 김산은 혼성군을 몽골군 체제로 재편성했는데 임시로 몽골군 병사를 1백인장으로 임명하여 부대를 조직했다. 그러고 나서 닷새쯤 지났을 때 킵차크 제국의 수도 시라이에서 황제 바투가 파견한 재상 오르베가 도착했다. 바투가 특사로 재상을 보낸 것이다. 김산의 영접을 받은 늙은 재상 오르베가 활짝 웃었다.

"장군이 몽케칸, 쿠빌라이칸의 체면을 세워주시는구려."

김산의 진막에 안내된 오르베가 웃음 띤 얼굴로 말했다. 이제 진막 안에는 장군 쿠추 휘하의 장수들이 모두 모였다. 상석에 앉은 재상 오르베가 김산 이하 장수들을 둘러보았다. 오르베가 입을 열었다.

"황제 폐하께서는 장군을 영웅이라고 부르셨소."

"과찬이십니다."

김산이 머리를 숙이고 말했다. 오르베가 계속 존칭을 써주는 것은 거북했다. 그때 오르베가 손을 내밀자 시종장이 칙서를 두 손으로 바쳤다. 그때 오르베가 일어서서 말했다.

"칙서를 읽겠소."

오르베의 말에 김산 이하 장수들은 모두 무릎을 꿇었다. 오르베가 선 채로 칙서를 읽는다.

"장군 쿠추는 대공(大功)을 세웠다. 이에 대장군으로 봉하고 폴란드 총독을 겸임시킨다. 따라서 5만인장 자격으로 휘하 1만인장에서부터 지휘관을 임명, 처벌할 수 있는 권한이 있다. 이에 재상 오르베를 보내 황제의 명을 전한다."

낭독을 마친 오르베가 뒤쪽에 손을 내밀자 시종장이 금으로 장식된 장검을 내밀었다. 장검을 받아 쥔 오르베가 김산에게 내밀었다.

"대장군은 황제께서 내리신 대장군 검을 받으시오."

김산이 무릎걸음으로 다가가 검을 두 손으로 받아 쥐고는 말했다.

"황제 폐하께 충성을 바치겠습니다."

"이제 총독이 되셨으니 리그니츠성을 공략하셔야 되겠소."

오르베가 웃음 띤 얼굴로 말했다.

"그래야 명실상부한 폴란드 총독이 되실 테니까 말이오."

대장군 겸 총독은 킵차크 제국의 대신(大臣)급이다. 대장군은 5만인 장인데다 총독까지 겸한 터라 그 이상의 지휘권이 있다. 몽골군 편제에서 대장군이 최고위 등급이며 사령관이다. 총사령관은 대장군 중에서 임명되는 것이다. 그날, 대장군 쿠추는 부하 장수들을 승급시켰다. 호레즘인(人) 타르곤을 1천인장에서 1만인장으로, 홍복은 1천인장이 되어서 소원인 장군이 되었으며, 마르칼은 1천인장이다. 몽골군도 대대적인 승급을 받아 병사가 1백인장이 되어 폴란드군을 지휘하게 되었으니 장군을 잘 만나면 삼대가 호강한다는 몽골 속담이 맞아 떨어졌다. 또한 투항한 폴란드군 영주와 장수들에게도 각각 킵차크 제국의 직위도 임명했다. 그날 저녁 오르베의 환영 연회가 열렸는데 전군은 술과 고기를 지급받았다. 오르베는 김산이 킵차크에 왔을 때부터 호의적이어서 환영 연회의 분위기는 밝다. 술잔을 든 오르베가 옆에 앉은 김산에게 말했다.

"총독, 폴란드 공주를 포로로 잡고 있다고 들었소. 지금도 잡고 계시오?"

"예, 대감."

김산이 정색하고 말했다.

"이제 곧 풀어줄 것입니다."

오르베는 더 이상 묻지 않았으므로 김산 또한 말을 잇지 않았다. 공주는 만나지 않아서 지금은 얼굴도 떠오르지 않는다. 곧 대군을 정비한 후에 북상하면 리그니츠성은 며칠 안에 함락될 것이고, 공주는 필요없는 존재가 된다. 폴란드의 모든 귀족, 장수, 병사, 주민들까지 킵차크 제국의 신민(臣民)이 되어 있기 때문이다. 이것이 현실이고 역사는 이렇게 형성되어 온 것이다.

어머니와 함께 몽골군의 포로가 되어 고려 땅을 떠난 지 어언 15년, 계절이 15번 바뀌는 동안 김산의 인생은 수많은 곡절을 겪으면서 날아간다. 그렇다. 인간사(人間史)는 바람이다. 덧없이 흘러가는 바람, 언제 시작되었다가 언제 그칠지 알 수 없는 바람인 것이다. 이제 고려아 김산은 서역 땅 폴란드에 우뚝 서 있다. 킵차크칸국의 서북쪽 폴란드 총독이 되어 대군(大軍)을 거느리고 군림하게 되었다. 실로 감개가 무량할 일이었지만 주변에는 김산과 감개를 나눌 인간이 아무도 없다. 이것이 바람처럼 사는 고려아의 운명이다. 밤이 깊었다. 이제 총독 쿠추가 마그다성 내궁의 침전으로 들어선다. 뒤를 1천인장이 된 위사장 홍복이 따른다. 침전 입구에서 홍복이 걸음을 멈추었고 김산은 곧장 열려진 문 안으로 들어섰다. 이곳은 금남의 영역이다. 자시(0시) 무렵이어서 곳곳에 불을 밝혀 놓았지만 조용하다. 오가는 기척이 들리지 않는 것이다. 그러나 김산의 후각과 청각은 내궁의 곳곳에서 숨을 죽이고 있는 수백 명의 시녀, 후궁, 미망인이 된 폴란드 귀족의 부인, 포로로 끌려온 귀족 부인, 그리고 폴란드 공주 엘렌의 흔적을 감지한다. 내궁의 문은 두꺼운 휘장으로 가려져 있다. 그리고 내궁의 주인인 왕(王)이 머물 때까지 휘장은 젖혀 묶여져 있어야 한다. 왕이 어느 한 곳에 묵었을 때에야 모든 방의 휘장이 내려지는 것이다. 따라서 지금까지 수십일 동안 내궁의 모든 휘장은 젖혀져 묶인 채 내려지지 않았다. 내궁의 주인 쿠추가 궁 안으로 들어오지 않았기 때문이다. 이윽고 김산의 걸음이 멈춘 곳은 내궁의 가장 깊숙한 방 안이다. 김산은 누구의 안내도 받지 않고 거침없이 이곳까지 온 것이다. 김산이 궁 안으로 들어섰을 때 맞았던 시녀장은 잠자코 뒤를 따르기만 했다. 김산이 멈춰 섰을 때 안쪽 보료 위에 앉아 있던 여자가 일어섰다. 공주 엘렌이다. 엘렌의 얼굴은 하얗게 굳어져 있다. 방은 넓었으나 촛불 네 개만 켜져 있어서 그늘이 많다. 그때 김산이 말했다.

"물러가라."

몽골어였지만 호레즘인 시녀장은 물론 엘렌의 폴란드인 시녀도 알아듣고 서둘러 휘장 밖으로 나간다. 시녀장이 밖에서 휘장을 내렸으므로 방안은 하나의 공간이 되었다. 이제 수십 개의 방과 복도의 휘장이 내려질 것이었다. 방안에 둘이 남았을 때 김산이 보료로 다가가 앉으며 몽골어로 말했다.

"거기 앉아라."

김산이 눈으로 앞쪽 양탄자 위를 가리키자 엘렌이 잠자코 앉는다. 엘렌이 몽골어를 알아들은 것 같다. 김산이 앞에 앉은 엘렌을 지그시 보았다. 방안은 어둡다. 그러나 다섯 자(1.5m)밖에 떨어지지 않은 두 쌍의 눈동자는 분명하게 드러났다. 김산이 이번에는 호레즘어로 말했다.

"너는 내 포로다."

엘렌은 이제 시선만 주고 있다. 그때 김산이 말을 이었다. 이제는 폴란드어다.

"벗어라."

그 순간 엘렌의 얼굴이 굳어졌다. 그러고는 어금니를 무는 바람에 볼에 근육이 잡혀졌다. 김산은 보료에 비스듬히 앉아 눈도 깜박이지 않는다. 호레즘어와 폴란드어는 몇 개 단어만 익혔을 뿐이다. 그때 엘렌이 자리에서 일어섰다. 그러고는 옷을 벗기 시작했다. 방 안에는 두 사람뿐이다. 김산이 방에 들어섰을 때 엘렌과 같이 있던 시녀가 소리 없이 빠져나갔기 때문이다. 김산은 시선만 주었고 어느덧 엘렌은 속옷 차림이 되었다. 실크로 만든 속옷 밑으로 엘렌의 젖가슴 윤곽이 드러났고 이제 발은 맨발이다. 그러나 엘렌은 김산의 시선을 당당하게 받는다. 턱까지 조금 치켜들었고 얼굴은 조금 굳어졌지만 눈동자는 흔들리지 않았다. 그때 김산이 다시 말했다.

"벗어."

그러자 주춤했던 엘렌이 남은 속옷을 발밑으로 벗어 떨어뜨렸다. 그 순간 김산의 눈앞에 엘렌의 흰 알몸이 드러났다. 둥근 어깨, 탐스럽게 솟아오른 젖가슴, 아랫배는 도톰했고 풍만한 허벅지 사이의 짙은 숲은 미지의 처녀림 같다.

김산의 시선이 곧장 숲에 꽂히더니 한동안 떼어지지 않는다. 김산의 시선 끝을 본 엘렌의 표정에 그때서야 변화가 일어났다. 아랫입술을 물고 얼굴이 붉어졌다. 어둠 속이었지만 김산은 알 수가 있다. 그리고 숨소리도 거칠어지기 시작했다.

"흩어졌습니다."

축시(오전 2시) 무렵, 다가온 위사장 보튼이 말했으나 마르코는 시선만 주었다. 병력이 흩어졌다는 말이었다. 연회를 마친 마르코는 오늘도 끝없이 술을 마신 터라 온몸이 늘어져 있다. 리그니츠성의 내궁, 침전 안이다. 주위에는 무희 둘이 시중을 들고 있었지만 긴장으로 몸을 굳힌 채 눈치만 살핀다. 보튼이 말을 이었다.

"초원에는 부대 흔적만 보이고 병력은 모두 흩어졌습니다. 말 한 마리 남아있지 않습니다."

며칠 전부터 분위기가 수상하긴 했다. 하나둘씩 근처 성에서 파견된 귀족과 부대 지휘관들이 보이지 않았던 것이다. 그런데 하룻밤 사이에 6만 가까운 병사가 사라지다니, 마르코가 상반신을 세우고 물었다.

"바크레이는?"

"없습니다."

보튼이 바로 대답했다. 가장 믿음직하게 여겼던 바크레이 성주 바크레이 백작이다. 바크레이는 5천 기마군에 5천 보병을 교외 초원에 주둔시켜 놓았던 것이다.

보튼이 창백해진 얼굴로 마르코를 보았다.

"전하, 가르딘 후작도, 소르몬 백작도 사라졌습니다. 모두 제 성으로 도망쳐 돌아간 것입니다."

그리고 측근으로 믿었던 김멜스와 오라트 백작은 이미 킵차크군에 투항한 지 오래다. 이윽고 마르코가 물었다.

"그럼 현재 병력은 얼마나 되나?"

마르코의 목소리가 떨렸고 눈동자도 흔들렸다.

"위사대를 포함해서 1만 남짓입니다."

그 순간 마르코의 어깨가 늘어졌다. 어제까지만 해도 8만이 넘는 대군(大軍)을 보유하고 있던 폴란드 왕 마르코였다. 그런데 하룻밤 사이에 성 밖 초원에 주둔했던 제후들의 부대가 뿔뿔이 흩어졌고 성안의 부대도 절반가량이 줄어들었다.

아래쪽 80리(40km) 거리에 위치한 마그다성에는 어제까지 척후병 추산 15만 가까운 킵차크, 폴란드 연합군이 운집하고 있는 것이다.

"비잔틴에서 원군이 올 것이다."

이윽고 마르코가 이 사이로 말했을 때 보튼이 어깨를 늘어뜨렸다. 핸스크를 무리크의 잃은 반란 세력에게 보낸 다음날 또 한 무리의 사자(使者)를 비잔틴 제국으로 보낸 것이다. 비잔틴제국의 수도 콘스탄티노플에는 십자군 전쟁으로 서방의 정예군이 쏟아져 들어오고 있는 중이다. 마르코가 술기운으로 충혈된 눈을 들어 보튼을 보았다.

"리그니츠는 난공불락의 성이야. 한 달쯤만 기다리면 잉글랜드, 프랑스, 독일 왕이 거느린 십자군 군단이 쏟아져 올 것이다. 예루살렘의 회교도만 그들의 적이 아니야. 몽골놈들은 더 지독한 이교도들이다."

엘렌의 입에서 마침내 탄성이 뱉어졌다. 이제 신음이 아니라 분명한 탄성이다.

"아아아."

턱을 치켜든 엘렌이 두 손으로 김산의 어깨를 움켜쥐었다. 눈을 치켜 떴지만 초점이 멀다. 김산은 천천히 엘렌의 몸을 탐닉하기 시작했다. 두 알몸은 어지럽게 엉켜진 채 방 안을 뒹굴었고 가쁜 호흡에 섞인 탄성이 계속해서 울리고 있다.

이제 엘렌은 쾌락에 휩쓸려 모든 것을 잊었다. 오직 김산의 움직임에 맞춰 쾌감을 극대화시키려고 애쓸 뿐이다.

그 시간에 마그다성 평원에 주둔하고 있던 기마군이 움직이고 있다. 갑옷으로 무장한 채 말 위에 오른 장수 하나가 그것을 지휘했다. 1만인 장 타르곤이다.

"서둘러라."

타르곤이 앞에 늘어선 전령에게 말했다. 몽골식 전령이어서 10여 명의 전령이 앞에 일렬로 서서 명령을 듣고 있다.

"내일 아침 진시(8시)까지는 리그니츠성 앞에 포진해야 한다."

그러자 전령들이 일제히 말머리를 돌리더니 말발굽 소리와 함께 어둠 속으로 사라졌다.

"시간은 넉넉합니다."

이번에 같이 출정하게 된 1천인장 마르칼이 옆으로 다가와 말했다. 마르칼은 이제 기마군 1천 기를 거느린 장군이다.

"보군은 조금 늦겠지만 기마군은 한 시진(2시간)이면 리그니츠 성 앞에 닿습니다. 장군."

"허나 착오가 있으면 안 된다."

말고삐를 당기면서 타르곤이 말을 걸리자 위사대가 따랐고 전령대가 옆으로 붙는다. 말굽 소리가 땅을 울렸으며 장군 깃발이 밤하늘에 펄럭이고 있다. 이번에 타르곤이 이끌고 나가는 리그니츠 공략 선봉군은 기마군 1만에 보군 1만 5천, 총독 쿠추군의 5분지 1밖에 되지 않았지만 대군(大軍)이다. 그리고 타르곤 또한 이런 대군을 처음 지휘하는 것이다.

감개가 일어나지 않을 수가 없다. 그래서인지 손을 들어 전령을 또 불렀다.

"선두의 기마군에게 중군과 거리를 맞추라고 해라. 거리는 5리(2.5km)다."

휘장 밖에서 헛기침 소리가 울렸을 때는 창문을 가린 비단에 햇살이 비취고 있을 때다. 은색 비단이 하얗게 빛나고 있다. 눈을 뜬 김산이 머리를 둘려 옆을 보았다. 먼저 금발에 덮인 엘렌의 한쪽 얼굴이 보였다.

눈을 뜨고 있어서 하늘색처럼 맑은 한쪽 눈동자가 김산의 시선을 받는다. 거리는 한 자(30cm)도 안 되었으므로 눈 밑의 주근깨도 보였다.
다시 헛기침 소리가 울렸으므로 김산이 그대로 누운 채 묻는다.
"무슨 일이냐?"
그때 엘렌이 꼼지락거렸는데 일어나려는 시늉이다. 그러나 김산이 어깨를 안고 있어서 머리만 들다 말았다. 그때 몸을 덮은 비단이 젖혀지면서 엘렌의 알몸 상반신이 드러났다. 엘렌의 흰 얼굴이 금방 새빨갛게 되었다. 그때 문밖에서 홍복의 목소리가 울렸다.
"총독 각하, 방금 마르칼 장군이 리그니츠성 앞에 도착했다는 봉화 신호가 올랐습니다."
"그런가?"
그때서야 엘렌의 어깨를 푼 김산이 자리에서 일어나 옷을 입는다.
"본진 출진 준비는 되었는가?"
"예, 총독 각하를 기다리고 있습니다."
"알았다."
머리를 돌린 김산이 서둘러 옷을 입는 엘렌에게 말했다.
"오늘 리그니츠를 점령한다."
이것은 폴란드 말이었으므로 엘렌이 숨을 죽이고는 눈을 둥그렇게 떴다. 서둘러 젖가슴을 옷으로 가린 엘렌이 묻는다.
"오늘 말입니까?"
"그렇다. 오늘."
김산의 얼굴에 웃음이 떠올랐다. 그러고는 몸을 돌렸으므로 엘렌은 더 이상 말을 붙이지 못했다.

휘장 밖으로 나온 김산이 발을 떼면서 허리띠를 매었고 홍복이 뒤를 따른다.

홍복이 김산의 옆에 대고 말했다.

"총독 각하, 김멜스와 오라트는 무사히 리그니츠 성안으로 잠입했습니다."

김멜스와 오라트 백작은 투항한 귀족으로 리그니츠 성안에서 반란 세력을 모아 성문을 열기로 했던 것이다. 어젯밤 리그니츠 성 밖에 주둔했던 마르코 측 병력이 모조리 흩어진 것도 김멜스 등의 항장들이 지휘관들을 설득했기 때문이다. 머리를 끄덕인 김산이 내궁을 나왔다. 오늘 밤에 리그니츠 성문이 열리면 킵차크군이 폴란드를 점령하게 된다. 그리고 명실공히 폴란드 총독 쿠추가 되는 것이다. 고려아 김산이 고려를 떠난 지 15년 만이다.

"사방이 다 막혔습니다."

위사 장교가 소리쳐 말했는데 눈동자가 흔들렸고 서 있는 자세도 불안정했다. 리그니츠성의 정청 안이다. 마르코는 호흡만 고르고 있었으나 주위의 귀족, 장군들의 분위기는 어수선했다. 장교가 시키지 않았는데도 말을 이었다.

"병력은 20만 가깝게 되는 것 같습니다. 전하."

마르코는 어금니를 물었다. 오늘 아침까지만 해도 주변에 붙어있던 위사장 보튼도 종적을 감췄다. 그리고 청에 모인 장군, 귀족도 절반 이상이 보이지 않는다. 지금도 슬금슬금 자리를 피하는 놈들이 보일 정도다. 바로 어젯밤에 비잔틴의 원군이 올 때까지 한 달은 버틸 수 있다고 자신했던 마르코였다. 그때 누군가가 소리쳤다.

"성문이 열렸다!"

그 순간 청 안은 혼란에 휩싸였다. 모두 몸을 돌려 사방으로 흩어졌는데 마치 물속의 고기떼가 놀란 것 같다. 그때 다시 외침이 이어졌다.

"안에서 열어준 것 같다! 킵차크군이 쏟아져 들어온다!"

그것은 이제 청 안의 놀란 신하들에게 불덩이를 던져준 것이나 같았다. 사방으로 흩어진 장군, 귀족들은 넘어지고 뒹굴면서 순식간에 마르코의 시야에서 사라졌다. 마르코도 엉겁결에 왕좌(王座)에서 일어나 있었지만 움직이지는 않았다. 이윽고 청 안에는 마르코와 위사 셋, 그리고 바스크성 성주 에리크 남작이 남았다. 에리크는 지금까지 있는 것 같지도 않았던 존재였다가 며칠 전부터 마르코의 눈에 띄었다. 40대 중반쯤으로 대를 이어 바스크성을 세습해온 귀족, 그러나 작은 성이어서 끌고 온 병력은 4백 명 정도다. 마르코의 시선이 에리크와 부딪쳤다. 내로라 한 귀족 장군이 마르코의 주변을 에워싸고 있을 때 에리크는 눈길도 받지 못했다. 청 안은 조용하다. 위사 셋도 숨을 죽이고 있다. 멀리서 함성이 울렸는데 킵차크군 같다. 그때 마르코가 물었다.

"에리크, 어떻게 하면 좋겠는가?"

"항복하시지요."

기다렸다는 듯이 에리크가 대답했다. 시선을 떼지 않은 채 에리크가 말을 잇는다.

"아마 지금쯤 성안 장군, 장교들도 모두 항복을 했을 것입니다."

"그, 그런가?"

"어젯밤에, 오늘 아침까지 저한테도 여러 명이 투항하자는 연락을 해왔습니다."

"……."

"전하, 이젠 늦었습니다."

그때 마르코가 떨리는 목소리로 물었다.

"항복하면 살 수 있을까?"

그날 저녁 술시(8시) 무렵, 킵차크제국의 폴란드 총독 쿠추가 리그니츠성 안으로 입성했다. 무기를 내려놓은 폴란드군은 항복하고 광장에 집결되었으며 장교, 장군, 귀족 수천 명은 대성당 안으로 분류되었다.

"각하, 마르코왕을 어떻게 할까요?"

김산이 오늘 오후까지만 해도 마르코가 앉았던 왕좌에 앉았을 때 1만 인장 타르곤이 물었다. 타르곤은 전투가 없었던 것이 불만인 것 같았다. 성문이 두 곳이나 열렸는데도 얼른 들어가지 않아서 김멜스가 독촉까지 했다는 것이다.

"데려오도록, 그리고 엘렌 공주도 함께 오도록 해라."

김산이 말하자 위사장 홍복이 서둘러 부하 장교들을 떠나보냈다. 청안은 장군과 귀족으로 가득 찼다. 귀족은 투항한 폴란드 측 귀족을 말한다. 몽골군은 전통적으로 투항한 적장은 아군과 동급으로 대우해준다. 그것을 알고 있는 터라 말은 통하지 않아도 폴란드 귀족 장군들의 분위기는 활기에 차있다. 리그니츠성은 대성(大成)이다. 성안 주민이 15만이었고 군사를 3만여 명까지 주둔시킬 여유가 있다. 킵차크군이 이번 리그니츠성 공략에서 얻은 전과는 가장 뛰어났다. 투항한 귀족과 장군이 150여 명, 폴란드 기마군 2만 7천에 말 10만여 필, 그리고 보군 7만

5천에 군사 10만 명이 5년간 먹을 군량을 확보했다. 이것은 곧 킵차크군 전력으로 보강될 것이었다.

그때 청 안이 갑자기 조용해졌는데 두 개의 출구에서 각각 폴란드 구(舊) 왕가(王家)의 주역이 등장했기 때문이다. 안쪽 출입구에서 나타난 인물은 바로 공주 엘렌이다. 좌우로 시녀를 거느린 엘렌은 화사한 분홍빛 드레스 차림이었는데 눈이 부실 정도로 아름다웠다. 머리를 꼿꼿이 든 엘렌은 곧 시위장 홍복의 안내를 받아 총독 쿠추의 옆쪽 빈자리에 앉았다. 왕비가 앉는 자리여서 귀족들은 잠깐 서로의 얼굴을 보았다. 그리고 바깥쪽 문으로 들어선 것이 바로 폴란드 왕 마르코다. 마르코는 결박되지는 않았지만 허리에 찬 칼이 풀린 차림으로 양쪽에 킵차크군 위사대 장교의 보호를 받으면서 들어섰다. 머리는 헝클어졌고 초췌한 모습이다. 그러나 금박을 입힌 옷에 가죽 장화를 신었고 턱을 치켜든 채 걸음도 흐트러지지 않았다. 이윽고 마르코가 김산의 10걸음 앞의 청에서 걸음을 제지당했다. 이제 마르코 주위는 수백 명의 킵차크군 장군, 폴란드군 귀족 장군들로 둘러싸였다.

그때 위사장 홍복이 말했다.

"폴란드 왕 마르코 대령이오."

그것을 폴란드인 1천인장 바사트가 통역했다. 바사트의 목소리가 청을 울렸다.

그 순간 모두의 시선이 총독 쿠추에게로 모여졌다. 쿠추가 입을 열 차례인 것이다.

모두의 시선을 받은 김산이 머리를 돌려 옆에 앉은 엘렌을 보았다.

"공주, 그대에게 마르코의 처분을 맡기겠다. 말하라."

몽골어였다. 그러자 바사트가 커다랗게 통역했고 곧 엘렌의 입이 열렸다. 엘렌의 폴란드어가 끝났을 때 폴란드인들은 숨을 죽였다. 그때 바사트가 몽골어로 소리쳐 통역했다.

"마르코는 제 아비의 왕좌를 빼앗은 반역자이며 폴란드를 망하게 한 역적입니다. 사형을 시켜야 됩니다."

그러자 김산이 머리를 끄덕이며 말했다.

"내 제2부인 엘렌의 뜻에 따라 마르코를 사형에 처한다."

망루에 서면 끝없이 펼쳐진 리그니츠 평원이 보인다. 깊은 밤이어서 평원 위에 주둔한 킵차크군의 무수한 횃불이 마치 밤하늘이 내려앉은 것 같다.

"각하, 처리가 끝났습니다."

망루로 올라온 타르곤이 말했다. 폴란드 귀족, 장군들을 구분하여 먼저 3백여 명을 처형시킨 것이다. 왕 마르코를 포함해서 그 일당, 뒤늦게 투항한 일부 귀족, 장군들도 포함되었다. 우호적인 상대에게는 동족과 같은 대우를 해주지만 반항하거나 의심쩍은 상대는 가차 없이 씨까지 말리는 것이 몽골군의 전통이다.

타르곤이 말을 이었다.

"탑에 갇혀 있는 폴란드 전(前)왕 루드비히를 석방시켜 공주께 보냈습니다."

김산은 머리만 끄덕였다. 호율태는 장군의 법도와 군주(君主)의 법도가 다르다고 가르쳐 주었다. 군주가 장군의 일을 하면 안 되며 장군이 군주의 몫까지 넘보면 안 되는 것이다. 호율태가 만일 칭기즈칸 가문에게 밀리지 않았다면 지금은 천하를 장악하고 있을지도 모른다. 그러나 성즉군왕이요 패즉역적이다. 즉 이기면 왕이 되지만 패하면 역적이 되는 법, 호율태 가문은 삼족이 죽음을 당해 씨가 끊겼다. 머리를 든 김산이 타르곤을 보았다.

"내일부터 폴란드군을 재정비하여 제국군으로 편성한다. 따라서 다시 한 번 승급이 있을 것이다."

"예, 각하."

긴장한 타르곤이 머리를 숙였을 때 김산의 시선이 아래쪽에 선 위사장 홍복에게 옮겨졌다.

"가까이 오라."

홍복이 계단을 올라 바짝 다가서자 타르곤은 뒤로 물러갔다. 어둠 속에서 피비린내가 맡아졌다. 3백여 명의 귀족, 장군을 처형했으니 그 몇 배의 부하들이 함께 죽임을 당했을 것이었다. 머리를 든 김산이 홍복에게 말했다.

"몽케칸께 밀사를 보내도록."

"예, 각하."

눈을 치켜뜬 홍복의 눈동자가 반짝였다.

"기뻐하실 것입니다."

홍복은 김산의 심중을 읽은 것이다. 킵차크칸국의 바투 황제에게 김산을 천거해준 것이 곧 몽케, 쿠빌라이 형제인 것이다. 구유크 천하가 되어서 김산이 역적으로 쫓기게 되자 몽케, 쿠빌라이는 친서와 함께 김산을 킵차크의 바투에게 보내 몸을 의탁시켰다. 그 김산이 대공(大功)을 세워 폴란드 총독이 되었으니 그들의 체면이 서지 않겠는가? 김산이 말을 이었다.

"내가 편지를 쓸 테니 전령을 내일 중으로 출발시키도록 해라."

홍복은 이제 머리만 숙였다.

김산이 들어서자 엘렌은 자리에서 일어섰는데 얼굴이 빨갛게 상기되었다. 시녀들이 서둘러 밖으로 나갔으므로 방 안에는 곧 둘이 되었다. 깊은 밤이다.

리그니츠의 내궁은 폴란드의 왕성이다. 마그다성 내궁보다 다섯 배는 더 큰데다 화려했다. 홍복이 지금까지 포로로 잡은 귀족 부인에다 시녀들도 모두 데려온 터라 내궁은 여자들로 가득 찼다. 리그니츠 내궁에 있던 시녀, 시중꾼까지 포함해서 5백 명 가까운 여자가 모여졌다. 보료에 앉은 김산이 눈으로 앞쪽 자리를 가리켰다.

"앉아."

폴란드 말이다. 김산은 통역으로부터 폴란드어를 배우고 있는 것이다. 엘렌이 앞쪽에 비스듬한 자세로 앉았는데 눈빛이 반짝였다. 리그니츠 왕궁의 방은 불을 환하게 켜놓았다. 넓은 방에 10여 개의 등을 달아놓아서 밝다. 김산이 다시 말했다.

"벗어라."

그러자 엘렌이 잠자코 일어서더니 등불을 끄기 시작했다. 끄면서 옷을 한 가지씩 벗어 놓았으므로 김산은 홀린 듯한 표정으로 엘렌의 뒷모습을 쫓는다. 네 번째 등을 껐을 때 엘렌이 속치마 바람이 되더니 다섯 번째 등이 꺼지자 엘렌의 상반신은 알몸으로 드러났다. 보료에 비스듬히 앉은 김산의 두 눈이 번들거렸다. 엘렌은 이렇게 유혹하는 것이다.

그러나 그 방법이 자연스럽고 고혹적이다. 그때 엘렌이 여섯 번째 등불로 다가가면서 머리를 돌려 김산을 보았다. 둥근 어깨와 솟아오른 젖가슴, 그리고 배꼽까지 드러난 상반신이 불빛을 받아 눈이 부셨다.

"내가 당신의 제2부인인가요?"

엘렌이 한 마디씩 또박또박 물은 것은 김산이 잘 알아들으라는 표시일 것이다.

알아들은 김산이 쓴웃음을 끄덕였다.

"그렇다."

그때 여섯 번째 등불 앞으로 다가간 엘렌이 허리에 붙여진 속치마를 벗어 내렸다. 그러자 엘렌의 알몸이 드러났다. 이미 어젯밤 보았어도 김산은 숨을 멈추었다. 이제 엘렌은 짙은 숲이 더 선명하게 보이도록 정면으로 서 있다. 김산이 어깨를 늘어뜨리면서 말을 이었다.

"요부로군."

몽골어였지만 엘렌은 분위기로 알아들은 것 같다. 등불을 불어 끄면서 엘렌이 대답했다.

"난 두 번째 부인으로도 만족해요."

이제 등불은 하나가 남았다. 그때 김산이 옷을 벗으면서 말했다.

"그 불은 놔두고 이리 오도록."

주춤거렸던 엘렌이 남은 등불을 보았을 때 김산이 머리를 저었다. 그러자 눈치를 챈 엘렌이 다가온다. 희고 윤기가 흐르는 알몸을 흔들면서 다가오는 엘렌은 마치 숲에서 빠져나온 요정 같다. 황금색 긴 머리칼이 어깨 위로 늘어져 있어서 하늘에서 내려온 선녀 같기도 했다. 그러나 김산의 두 눈은 이글거리고 있다. 마치 먹잇감을 노리는 야수 같은 눈빛이다.

폴란드는 킵차크칸국 북서쪽의 거대한 영지가 되었다. 킵차크 황제 바투는 폴란드를 점령한 쿠추를 총독으로 임명하여 북방 경비를 일임했으니 이제 마음 놓고 남쪽 정벌에 나섰다. 바그다드를 중심으로 압바스 왕조가 자리 잡고 있기 때문이다. 압바스 왕조의 칼리프는 막강한 이슬람 군단을 거느렸는데 천하무적이라고 했다. 시라이에서 바투 황제의 사자(使者)가 도착한 것은 김산이 리그니츠 왕성에 자리 잡은 지 넉 달쯤이 지난 10월경이다. 사자는 1만인장 세레겔로 콧수염을 짙게 기른 몽골인이다. 인사를 마친 세레겔이 김산에게 말했다. 저녁 술시(8시)쯤 되었다.

"총독 각하, 폐하께서는 이제 압바스 왕조 정벌에 몰두하실 계획입니다. 앞으로 서북쪽은 총독 각하께 맡기신다고 하셨습니다."

"폐하의 신뢰에 목숨을 바쳐 보답하겠다고 전하시오."

김산이 정중하게 말했다. 세레겔이 온 것은 전리품과 군수품을 가져가려는 것이다. 이미 김산은 시라이로 보낼 엄청난 물자를 쌓아놓고 있다. 그것은 군마(軍馬) 25만 필, 밀 35만 포, 금, 은, 보석이 실린 마차 5백 량, 그리고 건장한 포로 4만 5천 명이다. 이 포로들은 먼 남쪽에서 온 이집트 상인들에게 비싼 값으로 팔릴 것이었다. 이들이 바로 맘루크, 즉 백인 노예다. 이 맘루크를 훈련시켜 이집트 아이유브 왕조는, 맘루크 군단(軍團)을 편성했다. 십자군을 물리친 막강한 군단이다. 김산이 건네준 물자 목록을 본 세레겔이 숨을 들이켰다.

"각하, 이것만으로도 킵차크군이 2년을 지탱할 수 있겠습니다. 황제 폐하께서 크게 기뻐하실 것입니다."

"내가 서쪽을 더 정벌하면 더 큰 수확이 있을 것이오."

김산이 말하자 세레겔이 길게 숨을 뱉었다.

"킵차크군 장수들은 모두 각하의 휘하에 들고 싶어합니다. 소인도 마찬가지올시다."

"시라이로 돌아가셨다가 재상께 부탁을 하시오. 그럼 들어주실 거요."

김산이 뒤쪽에 놓인 검을 들어 살펴보았다. 접견실 안에는 1만인장 타르곤, 위사장 홍복 등 고위 장수 서너 명만 둘러앉아 있었는데 주위가 환해진 것 같다. 그것은 검이 보석으로 장식되어 있었기 때문이다. 칼집과 손잡이는 금이었고 칼날은 강철이다. 칼집에 붙여진 수백 개의 보석이 불빛에 반사되어 눈이 부실 지경이었다. 김산이 검을 세레겔에게 내밀었다.

"이 검은 폴란드 귀족이 소장하던 검인데 그대에게 선물로 주겠소."

"아, 아닙니다."

홀린 듯이 검을 바라보던 세레겔이 정신을 차리더니 머리를 저었는데 시선은 검에서 떼어지지 않았다. 김산이 검을 더 내밀었다.

"받으시오. 몽골 관습으로 손님은 사자라고 해도 선물을 주는 것이오."

"각하께서는 몽골 관습을 잘 아십니다."

"사부께 배웠소."

마침내 세레겔이 두 손으로 검을 받더니 만면에 기쁜 빛이 가득 번졌다. 시선을 검에서 떼지 못한 채 세레겔이 떨리는 목소리로 말했다.

"내 50평생에 이렇게 귀한 선물은 처음 받습니다. 각하."

"약소하오."

"과연 각하께서는 소문대로 영웅이시오."

그 순간 사부 호율태의 목소리가 김산의 귀에서 울렸다.

"나이 든 몽골장수는 용맹하지만 재물 욕심이 많다. 그들을 적절하게 응용하려면 재물을 내놓아라. 같은 물에서 놀아야 따르게 된다."

김산이 어깨를 펴고 위사장 홍복에게 말했다.

"자, 주연을 시작해라. 무희와 악공을 부르도록 하라."

그리고 또 몽골 장수는 술과 여자를 좋아하는 것이다.

그 시간에 남송과의 전선에서 몽케칸과 쿠빌라이, 훌라구 삼 형제가 사령관 몽케칸의 진막 안에 둘러앉았다. 그들 앞에는 3만 리 길을 달려온 1천인장 하나가 엎드려 있다. 바로 폴란드 총독 쿠추, 즉 김산이 보낸 사자다. 사자는 2백여 필의 말에 진상품을 가득 싣고 왔는데 귀물(貴物)이었다. 세 황족(皇族)은 먼저 진상품부터 둘러보았으므로 만면에 화색이 가득했다. 처음 보는 귀물도 많았기 때문이다. 몽케가 1천인장 토올라를 보았다.

"내가 바투 황제께 체면이 섰다. 그렇게 네 주군께 전하라."

"예, 전하."

김산의 위사대 소속 토올라가 엎드린 채 말을 잇는다.

"제 주군의 말씀을 전합니다. 고려아 김산은 수만 리 떨어진 서역 땅에 있지만 전하께 대한 충심(忠心)은 변치 않는다고 하셨습니다."

"알겠다."

몽케가 웃음 띤 얼굴로 쿠빌라이를 보았다.

"우리도 고려아의 충심을 믿는다."

"예, 전하."

그때 쿠빌라이가 말했다.

"곧 만날 때가 올 테니 준비하고 있으라고 전하라. 그러면 알 것이다."
"예, 전하."
쿠빌라이와 몽케의 시선이 마주쳤고 더 이상 말씀이 내려지지 않자 토올라가 뒤로 기어서 진막을 나왔다. 이곳은 오후다. 아직 해도 지지 않았다.

"콘스탄티노플이다."
불쑥 김산이 말하자 바사트가 숨을 들이켰다. 리그니츠 도성의 총독 집무실 안이다. 이곳은 폴란드왕 루드비히의 집무청을 그대로 사용하는 터라 호화스럽고 넓다. 유리창은 형형색색의 모자이크를 붙였고 기둥에는 금박을 입혔다. 순금으로 만든 왕좌에 앉은 김산이 바사트의 표정을 보더니 쓴웃음을 지었다.
"왜 그렇게 놀라느냐?"
지금 김산은 폴란드어로 말하고 있다. 약간 느리지만 발음은 정확하다. 바사트는 물론 엘렌으로부터 거의 하루 종일 폴란드어를 익히고 있기 때문이다. 김산의 시선을 받은 바사트가 호흡을 고르고 나서 물었다.
"각하, 군사는 얼마나 모아 가시려고 하십니까?"
"군사?"
쓴웃음을 지은 김산이 왕좌에 등을 붙였다.
"콘스탄티노플에 가려면 군사가 얼마나 필요할 것 같으냐?"
"콘스탄티노플은 비잔틴제국의 수도올시다."
입안의 침을 삼킨 바사트가 긴장으로 굳어진 얼굴로 김산을 보았다.
"비록 지금은 쇠락했다고 하나 동방 최대의 강국이었습니다."

"동방은 몽골이다."

김산이 뱉듯이 말했다. 바사트는 지금 서역 땅의 동방(東方)을 말하고 있다. 그렇다. 비잔틴 제국은 동방 최대의 강국이었다. 호레즘은 이제 멸망했지만 비잔틴의 뿌리는 아직도 굳건하다. 서방의 십자군도 비잔틴 제국의 요청을 받아 지금까지 아래쪽 예루살렘 공성전을 벌이고 있는 것이다. 바사트가 조심스레 말했다.

"각하. 비잔틴을 공략하시려면 대군이 필요합니다. 더구나 거리가 멀어서 기마군만으로는 한 달이 걸릴 것입니다."

"……."

"기마군 5만, 보군 10만이 1년분 군비를 준비하고 떠나야 될 것입니다."

"바사트."

정색한 김산이 폴란드의 타이라크성 수비병 출신인 바사트를 지그시 보았다. 바사트는 병사 출신이지만 수도원에서 10여 년 수도를 했던 수도사다. 전시에 차출이 되어서 임시 병사가 되었던 것이다. 언변이 뛰어난데다 지식이 해박했고, 통솔력이 있어서 이제 1천인장으로 승진을 했다. 10인장에서 반년 전에 1천인장이 된 것이다. 바사트의 시선을 받은 김산이 말을 이었다.

"콘스탄티노플에는 다섯이 간다."

"예엣?"

놀란 바사트가 외마디 외침을 뱉고는 숨을 죽였다. 김산이 목소리를 낮췄다.

"나하고 너, 그리고 나머지 셋은 내가 이미 골라 놓았다."

"각하, 그러시면……."

"이번에는 콘스탄티노플 정찰이다. 시간 여유가 있으면 십자군하고 싸운다는 예루살렘까지 다녀오겠다."

"예, 예루살렘까지……."

"그렇다."

그때 김산이 문쪽에 서 있는 위사에게 손짓을 했다. 위사가 소리 없이 방을 나가자 김산이 정색했다.

"기간은 반년, 그동안 폴란드를 위협할 세력은 없다. 그러나 나는 내가 콘스탄티노플 정찰을 갔다는 사실을 몇 명한테만 알려주고 비밀리에 떠날 것이다."

"예, 각하."

그때 방 안으로 세 사내가 들어섰다. 모두 거구의 서양인이다. 하나는 호레즘인이며 둘은 피부색이 바사트와 같은 백인이다. 세 명 모두 백인장 띠를 둘렀다. 셋이 허리를 굽혀 인사를 했을 때 김산이 말했다.

"내 위사대에서 뽑은 심복들이다."

1247년, 이때는 고려 23대 고종 35년이니 몽고는 또다시 고려 땅을 침략했다. 강화도로 옮겨간 고려 왕과 무신정권의 개경환도를 요구한 것이다. 고려 땅은 이미 몽골군의 말발굽에 짓밟힌 지 오래다. 1231년 8월, 몽골원수 살리타이의 첫 침공 이래 네 번째 침략으로 전 국토를 유린한 것이다. 이때는 무신정권의 집정이 최충헌의 맏아들 최이였는데 아비 최충헌이 1219년 71세로 죽은 후에 29년째 집권하는 중이었다. 최이는 1231년 6월 고종을 강제로 이끌고 강화천도를 감행한 인물이다. 그리고 17년째 강화도에서 몽골과 항전하는 중이다. 그러나 명분은 항전이지만 제 목숨만 지키려는 것이나 같다. 그동안 몽골군이 강화도를 제외하고 전 국토를 유린해왔기 때문이다.

"몽골군은 움직이지 않습니다."

상장군 기백이 말하자 최이가 주름진 눈을 치켜떴다.

"아직도 개경에 주둔하고 있단 말이냐?"

"예, 기마군 5천에 보군이 2만으로 늘어났습니다."

"아니 어떻게?"

최이가 묻자 기백이 외면하고 대답했다.

"서북면 방어사 윤청이 보군 3천 5백을 이끌고 항복했습니다."

"……."

"이대로 두면 남쪽의 충의군(忠義軍)도 몽골군에 항복할 것 같습니다."

"그놈, 윤청의 식솔이 이곳에 있지?"

최이가 흰 수염을 손끝으로 당기며 물었다. 그러자 도방 안에 있던 장군들의 시선이 일제히 모아졌다.

"예, 대감."

외면한 기백이 대답했다. 도방에 모인 모든 장군, 그리고 대신들의 가족은 강화도에 있는 것이다. 내륙의 관찰사, 지방 수령의 가족도 마찬가지다. 최이는 인질을 잡고 있는 것이나 같다. 이윽고 최이가 말했다.

"윤청의 식솔을 모두 죽여서 관문 앞에 목을 매달아 놓아라."

"……."

"어린애도 살려두지 말아라. 그래야 남쪽 충의군 장수들의 마음이 흔들리지 않을 것이다."

남쪽 충의군이란 고려군의 정예로 중과 하인들로 편성된 군사들이다.

기백이 도방을 나가자 최이가 보료에 몸을 기대고는 헛기침을 했다.
"기다리면 돼, 몽골군은 지구력이 약하다. 며칠 안 가서 돌아가게 될 것이다."
그동안 내륙의 백성은 사냥감이 될 것이다. 몽골군이 침입하면 백성들은 모두 산속, 바다 위로 피할 뿐이다. 그러다 잡히면 죽거나 끌려가는 것이다. 그것이 현실이다. 제대로 된 군사, 지휘자가 없으니 사냥꾼에 쫓기는 짐승 꼴이다.

6장
5인의 침투

김산이 앞에 선 넷을 차례로 보았다. 이곳은 리그니츠 성 안의 총독 집무실, 방 안에는 정적이 덮여졌다. 김산 옆쪽에 선 위사장 홍복도 넷을 둘러보고 있다. 맨 오른쪽 사내는 1천인장 바사트, 김산의 측근 통역이며 이번에 3천인장으로 승급한 위사장 홍복의 부하다. 그 옆의 장신은 카잘, 폴란드군 병사 출신으로 천하장사다. 말을 메고 달릴 만한 힘과 칼을 잘 쓴다. 그러나 대장장이 출신이어서 성문을 지키는 병사로 군 생활을 보냈다. 34세, 김산은 투항한 카잘을 1백인장에 임명했다. 그 옆의 사내는 우르스, 역시 폴란드군 병사 출신으로 팔이 길고 상체가 커서 마치 거대한 원숭이 같다. 우르스는 강궁(強弓)을 잘 쏘아서 이번에 킵차크군을 10여 명이나 살상했는데 사로잡혀 죽임을 당하기 직전에 김산이 구해내었다. 능력을 인정받아 오히려 위사대로 편입시킨 것이다. 우르스는 활을 잘 쏠 뿐만 아니라 검술의 달인이었다. 또한 몸이 빨라서 척후에 적당했다. 왼쪽의 사내는 소브리크, 호레즘인으로 위사대 1백인장이다. 검술과 마술에 능하고 호레즘 상인의 호위대장으로 콘스탄티노플을 다녀온 경험이 있다.

김산이 입을 열었다.

"너희들 넷이 이번에 나하고 여러 곳을 잠행하게 될 것이다. 기간은 넉 달, 나는 콘스탄티노플과 예루살렘, 이집트라는 나라까지 둘러볼 작정이다. 그곳에서 서역 끝에서 온 십자군이란 군단도 내 눈으로 확인할 작정이다."

모두 긴장한 채 시선만 주었고 김산의 말이 이어졌다.

"너희들 넷은 수만 명 병사 중에서 골라 뽑은 정예다. 제각기 천하장사에 특기가 있으니 일당백이 될 것이지만 긴장을 풀면 칼 한 자루 몫밖에 안 된다."

김산의 시선이 부드러워졌다.

"살아 돌아오면 포상이 있을 테니 분발하라. 난 너희들의 보호를 받지는 않을 것이다."

넷이 일제히 허리를 굽혀 절을 하더니 홍복의 눈짓을 받고는 집무실을 나갔다. 방에 둘이 남았을 때 홍복이 어두운 표정으로 김산을 보았다.

"각하, 넉 달 동안 무슨 일이 일어나면 어떻게 합니까?"

"엘렌이 잘해낼 것이다."

김산이 말하자 홍복은 소리죽여 숨을 뱉는다. 폴란드는 왕비 엘렌과 군사령관이 된 1만인장 타르곤, 그리고 홍복에게 맡기고 떠나는 것이다. 엘렌은 이제 명실상부한 김산의 왕비 노릇을 하고 있다.

그날 밤 김산과 엘렌이 침대에 나란히 누워 있다. 둘 다 실오라기 한 올 걸치지 않은 알몸이었고 방안은 아직 뜨거운 열기가 식지 않았다. 방금 정사가 끝났기 때문이다. 김산이 팔에 안긴 엘렌의 어깨를 당겨 안으면서 물었다.

"그대의 꿈이 무엇인가?"

이제는 김산이 폴란드어를 정확하게 구사한다. 폴란드어뿐만이 아니다. 호레즘어, 몽골어에다 한어, 그리고 고려말까지 5개 언어를 말한다. 끊임없이 노력했기 때문이다. 그때 엘렌이 머리를 돌려 김산을 보았다. 따뜻한 숨결이 김산의 가슴을 스치고 지나갔다.

"없어요."

김산의 시선과 마주치자 엘렌의 얼굴에 웃음이 번졌다. 쓴웃음이다.

"마르코 대신으로 폴란드를 다스리고 싶었지만 제 능력의 한계를 깨달았지요."

엘렌이 손가락 끝으로 김산의 가슴을 문질렀다. 알몸을 딱 붙이고 있어서 따뜻한 체온과 함께 촉감이 전해져왔다. 기둥에 붙여진 등불에 엘렌의 눈처럼 흰 피부와 깊은 물 속 같은 눈동자가 드러났다. 엘렌이 말을 잇는다.

"비바람은 손으로 막을 수가 없지요. 돌로 지은 성벽 안에 들어가 피해야 합니다. 당신은 나의 성벽이 되었어요."

"엘렌."

김산이 다시 엘렌의 어깨를 당겨 안으면서 불렀다. 엘렌의 시선을 받은 김산이 한 마디씩 분명하게 말했다.

"난 언젠가는 떠나갈 사람이야."

엘렌은 숨을 죽였다. 몸도 굳히고 있다.

김산이 손을 뻗어 엘렌의 아랫배를, 그 밑의 숲을 부드럽게 쓸었다.

"내가 내일 콘스탄티노플, 예루살렘, 이집트로 가는 것은 제국이 폴란드에서 멈추지 않는다는 의미야. 난 폴란드에 머물지 않는다."

"각하."

그때 가슴에 붙였던 얼굴을 뗀 엘렌이 김산을 내려다보았다. 엘렌이 말을 이었다.

"그때가 되면 저도 당신을 따라가겠어요."

다음날 새벽, 리그니츠 성을 30여 필의 말이 빠져나왔다. 그러나 기수는 다섯뿐으로 10여 필에는 짐을 실었고 나머지 말은 빈 말이다. 갈아타려는 말이다. 따라서 한 명이 제각기 7, 8마리의 말을 끌고 달리는 셈이다. 앞장선 기수는 소브리크였고, 김산은 가운데 위치했는데 다섯 명 모두 폴란드 상인 차림이다. 김산도 폴란드인 복장을 한데다 모자를 눌러 썼기 때문에 코자크계 폴란드인으로 보였다. 말떼는 질풍처럼 남하했다. 하루에 3백 리씩 달린다고 해도 콘스탄티노플까지 15일 거리인 것이다. 서남쪽으로 엿새쯤 남진하면 비잔틴제국의 영지로 들어가게 된다. 초원을 달리면서 김산이 소리쳤다.

"몽골제국군으로 콘스탄티노플은 내가 처음 밟게 되었다."

콘스탄티노플뿐만 아니다. 예루살렘, 이집트까지 밟을 예정인 것이다.

엿새째가 되는 날 오후 20여 필의 말떼가 산맥을 넘어간다. 그동안 10여 필의 말이 지쳐서 마을과 성의 역사에 몇 마리씩 맡겨놓은 것이다.

"이곳이 비잔틴 영토입니다."

산 중턱의 소로길에 들어서면서 소브리크가 말했다. 짙은 숲이 우거져서 앞쪽에 선 소브리크의 말떼도 보이지 않고 목소리만 울렸다.

"이 산맥을 넘으면 비잔틴의 무르크성이 나옵니다, 각하."

그때 김산이 낮게 말했다.

"1리쯤 앞에 초소가 있다. 병사 10여 명이 있구나."

"예엣?"

놀란 목소리가 울리더니 곧 말들이 멈춰 섰다. 소브리크가 숲을 헤치며 돌아왔고 카잘과 우르스, 뒤쪽의 바사트까지 다가와 좁은 숲길에 모여 섰다.

"각하 1리쯤 앞이라니요?"

소브리크가 묻자 김산이 쓴웃음을 지었다. 1리(500m)라면 활 세 바탕, 즉 활을 세 번 쏘아야 닿는 거리다. 그런데도 이렇게 울창한 숲 속에서 김산은 1리 밖의 초소를 눈으로 본 것처럼 말한 것이다.

"그렇다, 초소병들이 지금 고기를 굽고 있구나."

김산이 정색하고 소브리크와 우르스를 둘러보았다.

"너희들 둘이 둘러보고 오너라."

비잔틴의 초소는 폴란드는 물론 호레즘, 몽골군과 전혀 다르다. 폴란드는 제법 통나무나 돌담으로 견고한 초소를 만들지만 비잔틴은 산속의 초소라고 해도 성벽과 망루, 봉화대까지 만들어 성(城) 흉내를 내었다. 풀숲을 기어 초소 앞 1백 보쯤의 거리로 다가간 소브리크가 눈을 둥그렇게 떴다.

"과연 초소군, 그리고 고기 굽는 냄새가 난다. 우리 각하께선 어떻게 아셨는가?"

"각하가 새처럼 날아서 성벽을 단숨에 뛰어넘었다는 소문이 사실인 모양이군."

우르스가 혼잣소리로 물었다.

"그런데 여기선 보이지도 않는데 수비군이 10여 명이라고 하셨지?"

"그렇지."

"그놈들을 피해 갈 수는 없겠는데."

우르스의 시선이 앞으로 뻗쳐진 산길로 옮겨졌다. 골짜기로 난 산길은 바로 초소 밑을 지난다. 말 한 마리가 겨우 다닐 수 있는 산길이다. 양쪽은 깎아 만든 것 같은 벼랑인 것이다. 그때 소브리크가 몸을 일으키며 말했다.

"각하께 보고부터 하자."

"말떼를 몰고 갈 텐데 놈들한테 들키지 않을 수가 없다."

소브리크의 보고를 들은 김산이 말했다.

"그렇다고 다 죽이고 돌파한다면 성에서 침입자를 찾을 것이다. 그러니."

말을 그친 김산이 둘러선 부하들을 하나씩 보았다.

"밤이 깊어질 때까지 기다렸다가 초소 앞을 지난다."

"예, 각하."

바사트가 대표로 대답했지만 다음 말을 기다렸다. 그때 김산이 말을 이었다.

"밤이 깊어졌을 때 나 혼자 초소 안에 침투했다가 신호를 할 테니까 앞을 지나도록."

"예엣?"

놀란 바사트가 외마디 외침으로 물었지만 김산은 외면했다. 더 이상 묻지 말라는 표시여서 넷은 잠자코 물러섰다.

자시(오전 0시) 무렵, 초소 앞 1백 보쯤 떨어진 숲에 납작 엎드린 바사트와 카잘이 초조한 표정으로 앞쪽을 본다. 밤이 깊어서 산새의 울음도 그쳐졌다. 달은 떠 있지 않지만 별빛만으로도 주위는 환하다. 이쪽은 고원지대여서 별 무리가 마치 등불이 매달려 있는 것처럼 크다.

"각하께서 들어가신 지 한 식경이 되었지?"

조바심이 난 카잘이 묻자 바사트가 이맛살을 찌푸렸다.

"세 번째 묻는구나. 그만 입 닥치고 기다려."

"넌 걱정도 안 된단 말이냐?"

"난 각하하고 같이 작전을 했던 몸이다. 이놈아, 내가……."

바사트가 말을 잇지 못하고 벌떡 상반을 일으켰다. 앞쪽 초소의 망루에서 횃불이 흔들리고 있었기 때문이다. 각하다.

초소 안으로 들어간 네 사내는 눈을 둥그렇게 떴다. 곳곳에 비잔틴군이 쓰러져 있었는데 죽지 않았다. 어떤 군사는 코까지 골면서 자는 것이다. 술을 먹은 것 같지도 않은데 그런다. 그때 김산이 말했다.

"모두 한 시진(2시간)쯤이 지나면 깨어날 것이다. 내가 급소를 눌러서 기절한 상태야."

놀란 넷이 서로의 얼굴만 보았을 때 김산이 말을 이었다.

"모르는 사이에 눌렀으니 놈들은 나를 보지도 못했다. 깨어나면 잠깐 잠에서 깨어난 것으로 느낄 것이다."

김산이 초소를 둘러보며 지시했다.

"물건을 건드리지 말고 그대로 빠져나간다. 자, 가자."

초소 복판을 통과하면서 카잘과 우르스는 자꾸 뒷머리가 땅기는 느낌이 들었다. 차라리 귀신이 뒤에 있다면 나을 것이었다. 기절한 채 코를 골고 있는 적군은 처음 만났다. 오히려 살아 노리고 있는 놈들보다 더 으스스했다.

콘스탄티노플은 서역과 동방을 잇는 최대 도시로 모든 동서양 문화가 집중된 곳이다. 비잔틴제국의 수도도 한때 거대한 군사력을 지닌 최강국이었지만 이제 전성기를 지나 무슬림과 십자군의 전쟁을 지켜보는 중이다. 이 십자군 전쟁은 1095년, 김산이 콘스탄티노플로 남행하던 150여 년 전에 비잔틴제국의 황제 알렉시우스가 교황 우르바누스 2세에게 무슬림들로부터 성지 예루살렘을 보호하도록 원군을 보내달라는 청원을 함으로써 시작되었다. 비잔틴제국은 제외된 채 이제 잉글랜드, 프랑스, 독일의 제후가 주동이 되어 무슬림군과 계속해서 전쟁을 벌이고 있다. 이제 무슬림의 주력도 이집트의 위대한 왕 아이유브다. 무슬림 파벌 사이의 투쟁으로 전력이 분열되었지만 아이유브 왕조의 맘루크 군단은 천하무적이었다. 김산과 네 부하는 이제 비잔틴 영토를 남하하기 시작했다.

콘스탄티노플에서 3백여 리 북쪽의 평원에 위치한 도시에 닿았다. 성

곽도 없고 도로가에 초소도 없는 터라 다섯 기마인은 검문도 받지 않고 도시 제로그에 입성했다. 제로그는 인구 10여 만이 밀집해 살고 있는데다 시장이 컸고 여관과 주막, 식당이 즐비했다. 거대한 성당이 처음에는 성주(城主)의 거처인 줄만 알았는데 신(神)을 모신 건물이라는 것이다. 첨탑에 십자가가 꽂혀져 있는 것을 보면 기독교다. 무슬림의 모스크와는 다르다. 기마인 다섯이 10여 필의 짐말을 끌고 시내로 들어왔지만 주민들은 무관심했다. 장사꾼들이 수도 없이 오가는 터라 도로는 북적였고 소란해서 소리를 쳐야 이야기를 주고받을 정도였기 때문이다.

"이곳은 한족의 성보다 더 혼잡하구나."

주위를 둘러보면서 김산이 감탄했다. 물자는 더 풍부했고 옷차림과 인종은 달랐지만 이쪽이 더 윤택했다. 옆을 따르던 소브리크가 소리쳐 대답했다.

"콘스탄티노플은 더 혼잡합니다. 각하."

"이곳에 전쟁이 없었기 때문입니다."

바사트가 거들었다. 그들은 시장 근처의 여관에 투숙했는데 말 18마리에 사람 다섯이 방 세 개를 얻는데 금화 두 닢을 요구했다. 폴란드는 물론 킵차크 지역보다 두 배나 비싼 가격이다. 방으로 들어서면서 김산이 혼잣소리처럼 말했다.

"사람이 많으니 도둑도 많은 것 같다."

"북방의 장사꾼이야."

하시바르가 옆에 선 조키에게 말했다.

"내가 척 보면 안다. 저놈들은 헝가리나 코사크에서 은을 팔려고 왔다."

"그렇습니까?"

조키가 눈을 가늘게 뜨고 여관 2층을 올려다보았다. 둘은 여관 옆쪽의 시장 입구에 서 있었는데 방금 북방상인 다섯의 방까지 확인하고 온 참이다. 하시바르는 30대 후반이지만 도둑과 강도질을 한 지 20년이 넘는다. 콘스탄티노플을 중심으로 사방 3백여 리 반경 안에서 활동했는데 돈이 되는 일은 다 했다. 지난달에는 여자 셋을 납치해서 무슬림 부족에게 팔았다. 제법 미인인 여자가 있어서 금화 10개를 받았던 것이다.

"오늘 밤에 털기로 하자."

하시바르가 결정했다.

"가서 아이작한테 열 명만 데려오라고 해라. 술시(8시)까지 저기 주막으로 오라고 해."

열 명이면 충분하다. 놈들의 짐은 물론 말까지 다 끌고 가는 것이다.

지도를 펴놓은 김산이 꼼꼼하게 지나온 길과 주변의 산과 강, 그리고 제로그를 표시했다. 지금까지 리그니츠 성에서부터 이곳까지 상세하게 그려온 것이다.

얇은 양가죽 지도는 넓어서 사방 한 길이나 되었지만 접으면 손바닥 크기만 했다. 이윽고 지도를 접은 김산이 상반신을 세웠다. 조금 전부터 복도에서 인기척이 들리고 있었지만 놔두었다. 발자국 소리는 여섯 명, 모두 손에 무기를 쥐었다. 이제 거리의 소음은 훨씬 줄어들었고 여관 안은 조용하다. 자시(0시) 무렵이 되어서 여관 손님들은 대부분 잠이 든 것이다.

옆방의 바사트와 세 부하도 잠이 든 듯 코 고는 소리만 들린다. 몸을 일으킨 김산이 방문을 열었을 때 복도에 몰려 서 있던 도둑떼는 대경실색을 했다. 아무리 간덩이가 큰 도둑이라고 해도 갑자기 옆쪽 방문이 열리면 주인보다도 더 놀라는 법이다.

"이, 이런."

맨 앞에 섰던 하시바르가 놀란 것에 화가 치밀어 올랐으므로 쥐고 있던 칼을 치켜들었다. 눈앞에 거구의 코자크 놈이 서 있었는데 전혀 놀란 기색이 아니다.

"이놈!"

하시바르가 장검을 내려쳤다. 무서운 기세였고 엄청난 힘이다. 하시바르는 장검으로 양의 머리를 떼어낸 적도 있다.

두 식경(한 시간)쯤이 지난 후에 제로그를 빠져나와 남하하는 기마대가 있다. 어둠 속을 속보로 걷는 말떼는 여행에 익숙한 듯 일렬로 서서 따랐으며 기마인은 여섯이다. 뒤쪽을 따르던 기마인 하나가 앞쪽으로 다가갔는데 바사트다.

"각하, 이놈은 비잔틴 토박이로 부하가 수백 명이라고 합니다. 살려주면 금화 2천 냥을 내놓겠다고 합니다."

바사트가 말하자 앞쪽의 소브리크가 놀란 표정으로 뒤를 보았다. 김산은 복도에 올라와 있던 하시바르의 부하 다섯을 모두 죽였고, 아래층과 마당의 부하들까지 몰살시킨 것이다. 실로 눈 몇 번 깜박이는 사이의 일이다. 코자크 사내가 이리 번쩍 저리 번쩍 움직이면서 손바닥으로 부하들을 두드린 결과다. 지금도 딱 혼자 살아남아 끌려가면서도 하시바르는 꿈을 꾸는 것만 같다. 실감이 나지 않는 것이다. 사내한테 뒷머리를 손바닥으로 가볍게 맞았을 뿐인데 사지가 늘어져서 어깨를 치켜들 기운도 없다.

그때 바사트의 말이 이어졌다.

"여기서 50리쯤 내려가면 호르간이란 마을이 나온다고 합니다. 그곳에 재물을 숨겨 두었다는데요."

"가보도록 하자."

마침내 김산이 승낙했다. 콘스탄티노플로 내려가는 길이니 돌아갈 필요도 없는 것이다. 김산이 하시바르를 생포한 이유는 도둑이니 지리에 익숙할 것이기 때문이다. 도둑의 재물은 생각도 안 했지만 내놓는다니 사양할 필요는 없다.

그때 뒤를 따르던 카잘이 말했다.

"강물에 던진 시체가 제각기 떠오르면 도시가 떠들썩해지겠군."

하시바르의 부하 10명의 시체는 말에 싣고 오다가 강물에 던진 것이다. 여관에 남겨 놓았다면 밤중에 사라진 다섯이 당장 의심을 받게 될 것이었다.

비잔틴제국의 레오니소스 7세는 50대 중반으로 6년 전에 형인 그레고리 3세가 갑자기 병사하는 바람에 황제가 된 인물이다. 황제가 되기 전까지 키프로스섬 구석의 손바닥만 한 영지에서 영주 노릇을 하던 레오니소스는 황제가 되었다는 사신들의 말을 듣고 어디 황제냐고 물었다고 했다. 그만큼 무심하다는 증거도 될 것이다. 레오니소스는 비만한 몸에 대식가다. 하루에 식사를 여섯 번 하는 것 외에는 잠을 자거나 뜨거운 물속에 들어가 목욕을 했다. 정무는 일체 재상 시로드에게 맡겨놓아서 비잔틴인들은 그를 '잠자는 돼지'라고 불렀다. 비잔틴은 이미 꺼져 가는 촛불이나 같았다. 옛날 영화의 잔재가 콘스탄티노플에 남아 있었 지만 노인이 화장한 모습처럼 보였다. 왕궁을 지키는 병사도 각국에서 사들인 용병 집단이었는데 동쪽의 투르크인도 있다. 투르크인 장교 무 바락은 10년 전에 노예로 팔려온 후에 왕궁의 경비장교가 되었다. 전 (前)황제의 시녀가 무바락을 장교로 추천해주었기 때문이다. 물론 무바 락이 시녀 에센의 정부가 아니었다면 불가능한 일이다.

"무바락, 서문으로 왕비 행차가 나가신다. 그대가 병사 셋을 데리고 호위해 드려라."

경비대 부대장 크리샨이 말하자 무바락이 대놓고 투덜거렸다.

"왜 또 나요? 나흘 전에도 따라 나가 고생했단 말이오. 동문으로 나가 라고 하시오, 부대장."

"동문은 비었어."

입맛을 다신 크리샨은 호레즘 출신이다. 그는 비잔틴에서 태어났기 때문에 비잔틴 시민이다.

"무바락, 다음에는 쉬게 해줄 테니까 오늘은 나가라."

40대의 크리샨이 달래자 무바락은 호흡을 조정했다. 무바락은 30대 후반으로 체격이 컸고 힘이 장사다. 지금도 40대 후반이 된 시녀 에센 을 닷새에 한 번쯤 안아주고도 단골로 삼은 무희, 시녀가 셋이나 될 만 큼 정력도 좋다.

"왕비가 저러다 성병이나 걸리면 큰일이오, 부대장."

무바락이 투덜거리자 크리샨이 풀썩 웃었다.

"돼지는 잠만 자는데 무슨 걱정이냐? 병은 옮겨지지 않는다."

"저 집입니다."

오전 신시(10시) 무렵, 하시바르가 눈으로 가리킨 앞쪽에 벽돌로 지은 붉은 저택이 드러났다. 담장 높이는 세 길(6m)이나 되었고, 담장에 망루까지 세워져서 작은 성 같다. 정문은 육중한 통나무로 만들어졌으며 꽉 닫쳐진 채 인적이 없다. 주변은 짙은 숲이었는데 마을과 2백 보쯤 떨어진 숲 속에 세워져서 영주의 저택 같다. 하시바르가 말을 이었다.

"부하는 서너 명뿐인데 집 안에 있을 것입니다. 같이 가시지요."

바사트가 150보쯤 앞에 세워진 저택을 유심히 보고 나서 김산에게 말했다.

"각하, 정탐을 보낼까요?"

"그럴 필요 없다."

김산의 말을 들은 하시바르가 커다랗게 머리를 끄덕였다.

"그렇습니다. 같이 가시지요. 제가 부르면 문을 열어줄 것입니다."

"내가 가서 문을 열 테니까 너희들은 이곳에서 기다리도록."

김산이 둘러보며 말하자 넷은 입을 다물었다.

지금까지 김산의 무공을 몰랐던 카잘, 우르스, 소브리크다. 그동안 진중에서 떠돌던 총독 쿠추의 무용(武勇)에 대한 소문을 웃어넘겼던 셋은 여관 복도와 마당에서 죽어 널브러진 도둑떼 시체를 보고 기가 질렸던 것이다. 도둑들은 모두 외상 흔적이 없이 죽어 널브러졌는데 모든 뼈가 부서져서 물주머니처럼 된 시체도 있었다.

"아니, 같이 가시는 것이……."

하시바르가 굳어진 얼굴로 그렇게 말했을 때 넷은 그때서야 분위기를 알아차렸다. 그래서 바사트가 먼저 말했다.

215

"각하, 저희들이 먼저……."
"기다려라."
엄격하게 말한 김산이 발을 떼었으므로 다시 말이 이어지지 않았다.

김산은 크게 발을 떼었다. 오랜만에 경공을 펼친 것이다. 껑충 뛰어오르자 단숨에 20자(6m) 거리를 뛰어 닿았고 두 번째 뛰었더니 30자(9m)를 날았다.
앞쪽 망루 두 곳에 사내 여섯 명이 몸을 숨기고 있다. 김산 일행이 모퉁이를 돌아 숲으로 들어섰을 때부터 놈들은 알아채고 기다렸던 것이다. 여섯 모두 철궁을 쥐고 있었는데 1백 보 거리에서는 틀림없이 맞추는 신형이다. 하시바르는 이곳으로 일행을 유인해온 것이다. 김산이 세 번 경공을 펼치자 거리가 금방 1백 보 안으로 좁혀졌다. 그 순간이다.
"쌕, 쌕, 쌕, 쌕!"
대기를 가르는 날카로운 소리가 들리더니 화살이 날아왔다. 두 자(60cm) 길이의 철시(쇠 화살)이다. 나무 살보다 속도가 두 배나 빠른데다 그만큼 위력이 세어서 이 거리에서는 절반 깊이로 박힌다. 김산은 뛰어오르면서 벌레를 쫓듯이 손으로 앞쪽을 저었다. 그러자 몸통이 건드려진 화살이 주변으로 흩어졌다. 김산이 다시 땅을 딛고는 이번에는 높게 솟아오르면서 손에 쥐고 있던 철환을 뿌렸다. 검정색 철환 다섯 개가 유성처럼 날아갔다.
"아악!"
다음 순간 망루 한 곳에서 처절한 비명소리가, 그것도 여러 명이 한꺼번에 외치는 소리가 대기를 울렸다. 김산은 그 순간 땅에 발을 디뎠고 그 자리에서 선 채로 다른 쪽 망루를 향해 철환을 뿌렸다. 거리는 30보 정도로 가까워져 있다.

"으아악!"

또 한 번의 비명이 터졌다. 철환은 말 그대로 강철로 만든 쇠 구슬이다. 그러나 강한 공력과 함께 뿌려지면 석벽은 물론 철판도 뚫는 것이다. 김산이 몸을 솟구쳐 석벽 위에 발을 딛고는 망루 안을 보았다. 네 사내가 어지럽게 쓰러져 있다. 모두 철환이 박혔는데 머리에 맞은 사내 하나는 머리 반쪽이 부서졌고 가슴을 맞은 사내는 가슴 전체가 무너져 있다.

모두 절명했다. 몸을 돌린 김산이 다른 망루도 조용해져 있는 것을 보았다. 생명체의 기척은 없다. 그때서야 김산이 뒤쪽을 향해 손을 흔들어 오라는 시늉을 했다. 모두 다 보았을 것이다.

석벽에서 내려온 김산이 곧장 건물로 달려갔다. 건물 안에서 인기척을 느꼈기 때문이다. 대문을 열기 전에 건물 안의 도적떼도 소탕할 작정이었다. 반쯤 열려진 현관문 안으로 뛰어들어선 김산은 곧 로비에서 달려드는 두 사내를 보았다. 두 명 모두 장검을 쥐고 있었는데 기세가 흉포했다. 멈춰선 김산이 머리를 돌려 옆에 세워진 대리석 반신 조각상을 보았다. 김산은 손을 뻗쳐 조각상의 양쪽 귀를 쳐서 떼어내었다. 사내들이 이제 세 걸음 앞으로 닥쳐왔다. 그 순간 김산이 던진 조각상의 귀 한 개가 앞장선 사내의 이마에 박혔다.

"악!"

훌떡 머리를 젖힌 사내가 뒤로 반듯이 넘어졌는데 이마에 대리석 귀가 깊숙이 박혀져 있다.

"으악!"

다음 사내는 더 기괴했다. 한쪽 눈에 귀가 들어간 것이다. 김산의 신호를 보고 달려온 일행은 우르스가 석벽을 뛰어넘어 대문을 열었기 때문에 지체하지 않고 현관 안으로 쏟아져 들어왔다. 그러나 그때는 김산이 저택 안에 있던 10여 명의 도적떼를 다 소탕한 후였다. 이제 새파랗게 질린 하시바르는 입을 다문 채 눈동자만 굴렸고 김산을 제외한 넷은 저택을 수색했다. 마치 보물찾기라도 하는 것처럼 모두 활기를 띠고 있다.

"여기다!"

외침소리가 울린 것은 그로부터 일각(15분)쯤이 지난 후였다. 소브리크의 목소리다.

2층 거실로 달려 올라간 일행은 벽에 붙여진 선반을 젖힌 안쪽을 볼 수 있었다. 철문을 열어젖힌 안에 쌓여진 금화와 온갖 보석이 보였다. 수레 서너 채에 가득 찰 물량이다. 2층에 올라간 김산의 얼굴에도 웃음이 떠올랐다. 폴란드의 어지간한 성 하나를 점령하고 쓸어 모은 보물보다 이곳이 더 많다.

"다 말에 싣고 가기로 하자."

김산이 지시했다.

"써먹을 용도가 있을 것이다."

도둑을 만나 오히려 도둑의 본거지를 턴 셈이니 웃음이 나올 만한 일이다. 그때 카잘이 생각난 듯 물었다.

"저놈은 어떻게 할까요?"

"길 안내를 시키려고 했더니 재물을 모두 뺏긴 놈이 제대로 하겠느냐?"

되물은 김산이 말을 이었다.
"내가 손을 썼다."
재물을 말에 실으려고 아래층으로 내려왔던 바사트는 의자에 앉아 있는 도둑 두목 하시바르를 보았다. 그런데 하시바르의 머리가 뒤로 돌아가 있다. 얼굴이 등 쪽에 붙어 있는 꼴이다. 눈을 크게 뜨고 있어서 놀란 표정이었는데 다가가 보니까 숨이 끊어져 있다. 그렇게 도적 두목 하시바르가 죽었다.

무바락의 몸이 떼어졌을 때 에센이 가쁜 숨을 뱉으며 말했다.
"무바락, 이젠 나하고 이곳에서 도망쳐 나가자."
"아직 돈을 다 모으지 못했어."
바지를 입으면서 무바락이 말했다.
"일년은 더 있어야 될 것 같아."
"무바락, 내가 가져가면 돼."
에센이 상반신을 일으켰는데 늘어진 젖가슴이 불빛에 드러났다. 에센은 40대 후반으로 무바락보다 10년이나 연상이다. 에센이 번들거리는 눈으로 무바락을 보았다.
"내가 황제의 침실에서 훔쳐갈 수 있는 것을 미리 머릿속에 넣어놓았어."
"……."
"보석이 박힌 금관, 호신용 단검, 금잔, 금스푼과 과일 깎는 금칼, 귀걸이와 목걸이만 가져가도 우리 둘이서 평생 먹고 살아도 남아."
"그랬다간 맘루크 용병이 끝까지 추적해서 잡힐 거야."

머리를 저은 무바락이 쓴웃음을 지었다.

"그리고 당신은 너무 티가 나, 금방 발각되고 말걸?"

에센은 나이가 들었지만 혼혈 미인이다. 멀리서도 눈이 번쩍 뜨이게 하는 미모인 것이다. 그러자 에센이 길게 숨을 뱉더니 무바락에게 바짝 다가앉았다.

자시(12시) 무렵이다. 궁성 안은 무거운 정적에 덮여져 있다. 이곳은 황제의 침실 뒤쪽 별궁이다. 둘의 밀회장소인 것이다. 에센은 황제의 시녀인데다 무바락은 황궁 경호대 장교라 출입이 자유롭다. 그러나 밀회가 발각되면 사형이다. 무바락의 시선을 받은 에센이 소리 죽여 말했다.

"곧 황실에서 일이 일어날 거야, 무바락."

"무슨 일이?"

이제는 긴장한 무바락이 묻자 에센이 먼저 주위부터 둘러보았다. 별궁의 대기실은 썰렁했다.

"전(前)황제의 양자 크로파트킨이 황후 마리온과 짜고 황제를 암살할 거야."

에센이 더욱 목소리를 낮췄다.

"황궁 경호대장 바셀도 그들에게 붙었어. 황제가 죽으면 크로파트킨이 황제로 추대될 거야."

"……"

"며칠 사이에 황제는 목욕탕 안에서 익사할 거야. 그 돼지는 그렇게 죽는 것이 당연하지만 우린 뭐야? 난 뭐냐구?"

눈을 크게 뜬 에센의 얼굴에 주름이 깊게 파여져 있다. 에센은 전(前)황제부터 20년이 넘도록 시녀로 지내왔던 것이다. 전(前)황제 그레고리

3세하고는 여덟 번이나 몸을 섞었다고 무바락에게 자랑도 했다. 에센이 번들거리는 눈으로 무바락을 보았다.

"바보야, 잘 들어. 새 황제가 오면 황궁 안에 피바람이 불게 되어 있어. 의심이 가는 연놈들은 시녀나 경비대 장교나 다 처형시키는 거야. 18년 전 그레고리 3세가 삼촌을 죽이고 황제가 될 때도 그랬다고. 그러니까 내 말대로 해."

그랬구나. 황후 마리온이 자주 밤에 변장을 하고 시내에 나가 사내들을 잡아 성욕을 푸는 것이 아니었다. 크로파트킨을 만나 암살모의를 한 것이다. 황후는 어두운 골목 안으로 사라졌다가 나오기도 했고 언젠가는 빈 극장 안으로 들어갔다가 한참 만에 나온 적도 있다. 무바락은 탈출하기로 마음을 굳혔다. 에센과 함께 도망치기로 한 것이다.

김산이 콘스탄티노플에 도착한 것은 그 다음날 저녁 무렵이다. 하시바르의 거처에서 빼앗은 재물을 싣고 오느라고 2백 리 길을 이틀에 걸쳐 온 것이다. 콘스탄티노플은 김산이 지금까지 본 어떤 성보다 더 컸고 웅장했으며 화려했다. 급조된 화려함, 웅장함이 아니다. 천년 동안 제국의 중심에서 동서양 문명을 흡수하고 번영했던 흔적이 보이는 것이다.

성문이 활짝 열려져 있는데다 경비병도 보이지 않았으므로 일행은 사람들 사이에 끼어 성안으로 들어섰다. 온갖 인종이 뒤섞인 콘스탄티노플 성 안을 둘러보면서 그들은 대성당 근처에 위치한 여관에 여장을 풀었다.

"제가 정세를 살펴보고 오겠습니다."

부하들 중에서 좌장격인 바사트는 수도원 수사 출신이어서 앞뒤를 구분하고 사려가 깊다. 바사트가 김산에게 말했다.

"소브리크를 데려가겠습니다."

머리를 끄덕인 김산이 방안에 쌓아놓은 10여 개의 자루를 눈으로 가리켰다. 하시바르의 소굴에서 가져온 재물이다.

"소문을 듣는데 저것이 요긴하게 쓰일 것이다. 필요한 만큼 가져가라."

"예, 각하."

바사트가 자루로 다가가더니 곧 한 움큼의 금화를 꺼냈다. 김산은 리그니츠에서 한 자루의 금화를 경비로 가져왔지만 이제는 열 배로 늘어났다. 바사트가 방을 나가자 김산은 보료에 기대앉아 길게 숨을 뱉는다. 이곳은 킵차크의 바투 황제도 발을 딛지 못한 곳이다.

동서양을 통틀어 가장 번영했던 도시, 지금은 무기력한 제국이 되어서 성문에 경비병도 보이지 않았지만 비잔틴제국의 수도에 와 있는 것이다.

"누구냐?"

뒤에서 들리는 소리에 에센이 소스라쳤다. 그러나 금방 냉정을 되찾고는 몸을 돌렸다. 이곳은 황제의 침실 옆쪽으로 뻗쳐진 복도의 끝, 평소에는 남자 출입이 금지된 장소다. 어둠 속에서 다가온 사내는 경호대장 바셀이었다. 바셀은 출입권한이 있었다.

"어디 가는 거냐?"

"예, 별궁에 향료를 가지러 갑니다."

에센이 똑바로 바셀을 응시하며 말했다. 바셀은 전(前)황제 그레고리

3세 시절에는 정문의 경비조장이었을 뿐이다. 무바락보다 경우 한 계단 높았던 놈이 새 황제 레오니소스 7세가 등극하자 대번에 두 계단을 뛰어 경호부대장이 되더니 3년 전부터는 경호대장이다. 그리스계 비잔틴인으로 눈치가 빠르고 잔인한 놈이다.

"그런데 네가 든 보따리는 뭐냐?"

어느덧 바셀의 뒤에 경호병 둘이 붙었으므로 에센은 어금니를 물었다. 바셀과는 안면을 익힌 지 10여 년, 그레고리 3세 시절에는 에센이 심부름을 시키기도 했던 존재다.

"바셀님, 이건 황제폐하의 심부름으로 별궁에 갖다 놓으려는 겁니다. 바쁘니까 비켜주시지요."

에센이 굳어진 표정으로 말했을 때 바셀이 부하들에게 지시했다.

"저 보따리를 풀어봐라."

무바락이 에센의 체포 소식을 들은 것은 잠시 후였다. 별궁 뒤쪽 문가에 서 있던 그에게 병사가 다가와 말했다.

"금방 황제의 시녀 하나가 경호대장한테 체포되었다는군요."

무바락의 시선을 받은 병사가 말을 이었다.

"황제의 보석관과 검까지 훔쳐 나오다가 대장한테 딱 걸린 겁니다. 그 시녀 재수가 없었지요. 대장이 요즘 순시를 강화하고 있었는데 말입니다."

"어디로 데려갔다더냐?"

무바락이 묻자 병사는 건성으로 대답했다.

"경호대 감옥으로 데려갔다고 합니다. 취조를 하고 곧 처형시키겠지요."

병사는 에센의 이름까지는 듣지 못한 것 같다. 하지만 에센이 잡힌 것이다. 어금니를 문 무바락이 발을 떼었다. 서너 걸음을 떼고 나서 문득 자신이 갈 곳을 정하고 발을 뗀 것이 아니라는 생각이 떠올랐다. 그렇다고 도망치려는 생각은 들지 않는다.

"뭐라구?"
눈을 부릅떴지만 부대장 크리샨이 목소리를 낮추고 물었다.
"그게 사실이냐?"
"들은 대로 말한 거요."
무바락이 크리샨의 시선을 맞받았다. 자시(0시)가 넘은 시간이다. 크리샨은 자다가 깨어서 상반신은 벗었는데 어깨에서 배까지 여러 개의 상처 자국이 드러났다. 전장에서 얻은 상처다. 곧 크리샨의 눈동자에 초점이 떨어졌다.
"그렇군, 마리온이 크로파트킨과 손을 잡았군. 창녀 같은 년."
"바셀을 끌어들인 거요, 부대장."
"역적 놈."
크리샨은 바셀보다 경륜도 많을 뿐만 아니라 역전의 용사다. 마리온의 배경으로 경호대장이 된 바셀을 보면서 이를 갈았던 크리샨이다. 그것을 무바락이 모를 리가 없다. 그때 무바락이 말했다.
"부대장, 어떻게 하실 거요?"
"바셀만 처치하면 된다."
"그건 내가 맡지요."
무바락이 어깨를 부풀리며 말했다. 에센을 구해내려다가 사태가 더 크게 번졌다.

이제는 제방이 터진 셈이니 물줄기가 흐르는 대로 맡기는 수밖에 없다. 그때 크리샨이 말했다.

"좋아, 내가 뒤를 맡겠다. 자, 계획을 세우자."

방 안에는 다섯 사내가 둘러앉았는데 기둥에 붙여진 등불이 흔들리면서 그림자도 흔들렸다. 창문을 조금 열어놓았기 때문이다. 방금 시내에서 돌아온 바사트와 소브리크가 김산에게 보고를 하는 중이다.

"콘스탄티노플은 지금부터 40여 년 전에 십자군의 침략을 받은 적이 있습니다."

모두 시선만 주었고 바사트가 말을 이었다.

"십자군은 콘스탄티노플을 약탈하고 돌아갔습니다. 이제 비잔틴제국은 십자군, 무슬림 양쪽에서도 아무 쓸모가 없는 귀찮고 무능력한 존재가 되어있는 것입니다."

본래 십자군전쟁은 비잔틴 황제 알렉시우스 콤네누스가 로마 교황 우르바누스 2세에게 '이교도들로부터 교회를 수호할 수 있게 원군을 보내달라'고 청원함으로써 시작되었다. 김산이 콘스탄티노플에 오기 150여 전인 1095년의 일이다. 그때 김산이 쓴웃음을 짓고 말했다.

"내가 황궁에 들어가 살펴보고 오겠다. 가져갈 재물이 아직도 남았는지 궁금하구나."

왕이나 황제가 거주하는 궁(宮)을 보통 내궁(內宮)이라고 한다. 김산은 시라이에 위치한 킵차크칸국의 내궁은 물론이고 카라코룸의 황궁, 폴란드의 왕궁까지 섭렵해왔지만 콘스탄티노플의 내궁 위용에 감탄했다. 화려한 것은 시라이의 킵차크칸국이 제일이었다. 금과 보석으로 장식한 황제의 청은 눈이 부실 지경이다.

크기는 카라코룸의 내궁이 가장 컸다. 그러나 콘스탄티노플의 내궁은 화려하면서도 육중했고 미로 같은 내부 구조는 방문객의 혼을 빼놓을 만했다. 벽은 수많은 그림과 장식물로 치장되었으며 방마다 독특한 자취가 묻어났다. 재물만 많다고 이렇게 조성되지 않는다. 잘 지었기 때문도 아니다. 수백 년의 역사와 정복 왕조의 흔적이 기둥마다, 방마다 배어 있었기 때문이다.

김산은 지금 내궁 중심의 기둥 끝에 붙어서 있다. 지붕과 맞닿은 부분이다. 아름드리 둥근 대리석 기둥은 50자(15m) 가깝게 되었기 때문에 아래가 다 내려다보인다. 축시(오전 2시)가 조금 넘은 시간이어서 궁성 안은 조용하다. 그러나 조금 전부터 살기(殺氣)가 떠오르고 있다. 이미 왼쪽 모서리 내궁 끝 방에서 경비병 둘이 기습을 받아 처참하게 죽었다. 김산이 서 있는 곳에서부터 직선거리로 2백여 보 거리였지만 피비린내는 위로 솟아 천장에 부딪히고 김산의 예민한 후각을 건드린 것이다.

그 살인자 넷이 우측 복도를 걷고 있다. 앞장선 사내의 걸음에 힘이 실려졌고 뒤의 셋은 따른다. 김산은 몸을 날려 20자(6m) 옆쪽의 기둥 끝으로 뛰었다. 이곳 내궁은 거대한 게르 같다. 수백 개의 기둥이 천장을 받친 사이로 벽과 복도, 수백 개의 방으로 구분되어 있는 것이다. 옮겨 간 기둥 아래쪽 방에서 남녀가 엉켜 있었는데 소리를 죽이고 있는 것을 보니 불륜이다. 시녀와 경비병 같다. 김산은 다시 옆쪽 기둥으로 뛰었다. 이제 발자국 소리가 바로 밑쪽으로 다가왔다. 아래쪽은 넓은 청이다. 대기실 같다.

"무슨 일이냐?"

경호대장 바셀이 눈썹을 찌푸리고 물었다. 이곳은 경호대장 대기실이다. 대기실 안쪽의 보료에 기대앉아 있던 바셀이 무바락을 보았다. 막 자려고 가죽갑옷을 벗어던지고 비단셔츠와 짧은 바지 차림이다. 무바락이 두 걸음 더 다가가 섰다.

"각하, 부대장 크리샨에 대해서 보고 드릴 일이 있습니다."

"크리샨?"

흐려져 있던 바셀의 눈이 또렷해졌다. 상반신을 세운 바셀이 무바락을 보았다.

"무슨 일이냐?"

"별채 제2창고에 대한 일입니다만."

무바락이 주위를 둘러보는 시늉을 했다. 대기실 안에는 경호병 둘이 서 있다. 그리고 뒤쪽에는 무바락이 데려온 부하가 셋이다. 그때 바셀이 말했다.

"가까이 오라."

무바락이 발을 떼었다. 바셀과의 거리가 여섯 걸음에서 세 걸음, 두 걸음으로 가까워졌다. 두 걸음 거리가 되었을 때 무바락이 왼쪽 허리에 찬 검의 손잡이를 쥐었으며 그것을 본 바셀이 눈을 치켜뜨면서 상반신을 일으켰지만 늦었다. 한 걸음 더 디디면서 무바락이 검을 빼내면서 바셀의 목을 쳤다.

"악!"

목이 절반이나 잘린 바셀이 쓰러지면서 외침을 뱉었을 때 뒤쪽에서도 신음과 비명이 들렸다. 무바락의 부하 셋이 일제히 경비병 둘을 덮친 것이다. 그중 하나가 칼까지 빼었지만 가까운 거리의 기습이다. 칼 부딪치는 소리가 한번 울렸고 곧 배를 깊숙이 찔린 병사가 주저앉았다. 몸을 돌린 무바락이 칼을 쥔 채 말했다. 두 눈이 번들거리고 있다.

"자, 끝났다. 이젠 우리 세상이다."

김산이 몸을 날려 뒤쪽 기둥으로 뛰었다. 심상치 않다. 내궁에서 반란이 일어난 것이다. 금방 살해당한 지휘관은 경비대장 같다. 김산은 다시 몸을 날려 금박을 입힌 기둥으로 뛰었다. 이 기둥은 다른 기둥보다 두 배나 더 크다. 곧 황제의 처소가 가까워진다는 표시다. 그러나 다음은 천장까지 막혀 있었으므로 김산은 앞쪽 방 밑으로 떨어져 내렸다.

'잠자는 돼지', 레오니소스 7세는 잠에서는 깨어났지만 일어나지 않았다.

"무슨 일이냐?"

누운 채로 묻자 경비대 부대장 크리샨이 침대 옆으로 바짝 다가와 섰다.

"폐하, 반란입니다."

황제는 눈만 조금 크게 떴을 뿐이다.

"경비대장 바셀이 황후마마의 지시를 받아 폐하를 암살하려고 했습니다."

"……."

"그리고 크로파트킨을 새 황제로 추대하려고 했습니다."

"……."

"하지만 폐하 염려하지 마십시오. 조금 전에 제가 경비대장 바셀을 처형하고 경비대를 장악했습니다."

"날 좀 일으켜라."

그때서야 황제가 말했으므로 크리샨이 주위의 부하에게 눈짓을 했다. 경비병 셋이 달려들어 반 벌거숭이의 황제를 일으켰다. 상반신은 살로 뒤덮여서 커다란 통을 보는 것 같다. 일어나 앉은 황제가 경비병의 도움을 받아 가운을 걸치면서 묻는다.

"바셀은 분명히 처치했나?"

"네, 폐하. 목을 베어놓았습니다."

"그놈 심복이 여러 명 있다."

"이미 다 죽였습니다."

"네가 부대장이라고?"

"제 얼굴을 잊으셨습니까?"

"안다. 그런데 이름을 잊었다."

"크리샨입니다. 폐하."

"넌 지금부터 경비대장이다."

"목숨을 바쳐 충성하겠습니다."

대화가 길었는지 황제가 가쁜 숨을 몰아쉬면서 호흡을 가누었다.

"크리샨, 다음에 할 일이 있지?"

"예, 폐하. 그전에 경비대 부대장을 임명해주십시오."

"누구냐?"

"역적 바셀의 목을 벤 지휘관 무바락입니다. 무바락을 부대장으로 임명해주십시오."

"어디 있느냐?"

그러자 뒤쪽에 서 있던 무바락이 황제 앞으로 다가가 섰다. 불빛에 비친 두 눈이 번들거리고 있다. 황제가 말했다.

"넌 지금부터 경비대 부대장이다."

"황공합니다. 폐하."

한쪽 무릎을 꿇은 무바락이 소리쳐 사례하자 황제가 가쁜 숨을 몰아쉬며 말했다.

"자, 어서 크로파트킨하고 황후 년을 산 채로 잡아오너라. 내가 두 연놈이 내 눈앞에서 죽는 것을 봐야겠다."

이번에는 천장의 조각상 앞에 붙어 있던 김산이 황제와 경비장교들을 내려다보고 있다. 말을 알아듣지 못했지만 상황을 짐작할 수 있었다. 상급자를 죽이고 황제에게 보고하고 있는 것이다. 황제의 내궁에서 경비지휘관끼리 죽이는 내란이 일어났다. 정상적인 왕실이 아니다. 아니, 망하기 직전의 제국이다.

다음날 오후, 성안으로 나갔던 바사트와 소브리크가 서둘러 들어왔다. 이곳은 내성(內城) 근처의 저택이다. 오전에 호레즘 상인 아샤의 저택으로 옮긴 것이다. 아샤는 인도까지 다녀온 거상(巨商)으로 지금은 도매상 주인인데 소브리크의 부족이라고 했다. 바사트가 굳어진 표정으로 김산에게 말했다.

"각하, 어젯밤 궁중에서 정변이 있었다고 합니다. 경비대장이 반란에 가담했다가 부대장한테 죽고 황후와 전(前)황제의 양자가 끌려가 참수를 당했다는군요."

어젯밤에 본 장면을 이야기해준 터라 바사트의 목소리에 열기가 띠어졌다.

"각하께서는 경비대장이 죽는 것을 보신 것입니다. 황제는 부대장 덕분에 살아난 것 같습니다."

"이곳은 왕국도 아니야."

쓴웃음을 지은 김산이 앞에선 부하들을 보았다.

"황제는 제 힘으로 일어날 수도 없는 돼지였어. 누가 황제가 되건 이미 국력은 다 소진되어 있는 터라 허수아비 노릇을 할 뿐이야."

그러고는 머리를 저었다.

"궁성 안은 웅장했고 고귀했지만 값진 재물은 거의 보이지 않았다. 폴란드의 작은 성 하나에서 걷은 재물만큼도 나오지 않을 것이다."

40년 전 십자군이 침공하여 약탈해갔을 뿐만 아니라 수시로 내부의 도둑떼한테도 강탈당한 것이다. 김산이 말을 이었다.

"오늘 저녁부터는 성안 귀족, 부호들의 저택을 구경하기로 하자."

카루자는 베네치아계 귀족 중 가장 고위직인 대공(大公)에 올랐지만 20여 년 전부터 정무는 사양한 채 왕궁에 나가지도 않았다. 그러나 카루자에게는 아무도 압력을 넣지 못한다. 황제 레오니소스 7세는 말할 것도 없고 전(前)황제 그레고리 3세도 카루자를 궁으로 부른 적이 없는 것이다.

왜냐하면 카루자는 무슬림 왕들은 물론이고 십자군에 참전한 잉글랜드, 프랑스, 독일 왕들과도 친교를 맺고 있었기 때문이다. 더구나 카루자의 콘스탄티노플 외곽의 바론성은 난공불락의 요새이며 상주군이 3

천이나 된다. 레오니소스 7세의 왕궁 경비대가 1천 2백 명이니 3배의 위력을 가진 실력자인 것이다. 그러나 카루자는 비잔틴 제국의 어떠한 관직도 맡지 않았다. 머지않아서 제국은 멸망할 것이었다. 그렇게 되면 관직을 가진 귀족은 점령자로부터 엄청난 불이익을 당할 것이기 때문이다. 그렇다고 정세에 무관심한 것은 아니다. 오히려 사방에 수백 명의 밀정을 풀어 정보를 모았다. 해운업과 도매업으로 거대한 재산을 모아 놓은 터라 콘스탄티노플의 실권은 카루자가 쥐고 있다고 해도 과언이 아니다.

"크로파트킨이 황제가 되었어도 달라질 게 없다. 허수아비로 내궁에서 궁녀들이나 건드리다가 멸망하는 것이지."

보료에 비스듬히 앉은 카루자가 둘러앉은 귀족, 가신들에게 말했다.

"황비 마리온에게는 젊은 남편이 생기겠지만 그것도 며칠 가지 못할 거다. 크로파트킨이 마리온만으로 만족할 놈이 아니거든."

"크리샨이 이제 실권자가 되었습니다."

귀족 하나가 말하자 카루자가 쓴웃음을 지었다.

"악킨, 오후에 크리샨이 나한테 편지를 보내왔다."

보료 밑에서 편지를 꺼낸 카루자가 앞으로 던졌다. 편지가 귀족 앞에 떨어졌다.

"나한테 충성을 맹세했다. 수시로 보고를 하겠다는구나."

둘러앉은 모두 긴장했고 서너 명은 머리를 맞대고 편지를 읽는다. 다시 보료에 등을 붙인 카루자가 흰 수염을 손으로 쓸어내렸다.

"나도 크리샨한테 금화 3백 개를 선물로 보냈다. 그놈 10년 녹봉을 보낸 셈이지."

처단된 전(前)경비대장 바셀도 마찬가지였다. 수시로 카루자에게 정세보고를 했고 사례금을 받아온 것이다.

성벽 위에 오른 김산이 아래를 내려다보았다. 부하 넷이 모여서 있었는데 이쪽을 올려다보고 있어서 어둠 속에서도 얼굴이 다 드러났다. 그러나 성벽의 높이는 50자(15m)나 된다. 밧줄을 내리지 않으면 오를 수가 없는 것이다. 김산이 허리에 찬 밧줄을 풀어 성벽 모서리에 끝을 감아 묶고는 반대쪽을 아래로 풀어 내렸다. 자신은 경공으로 뛰어올랐으니 부하들은 뒤에서 다 보았을 것이었다.

이윽고 바사트를 선두로 넷이 줄을 잡고 성벽 위로 올라왔다. 이곳은 바론성 남쪽 끝 부분, 옆이 깊은 골짜기인데다 길도 없어서 성벽 위는 비었다. 1백 보쯤 우측 초소에 경비병 셋이 모여 있을 뿐이다.

"비상시에 이곳으로 나갈 테니 잘 봐두어라."

김산이 밧줄을 성벽의 돌 틈에 숨기면서 말을 이었다.

"이곳이 황궁 경비보다 더 엄중하구나."

바론성은 폴란드의 작은 성(城)만 했다. 성벽 둘레는 2천 보쯤 되었고, 안에 돌로 쌓은 3층 건물이 세워져 있었는데 1층 창에서 불빛이 비칠 뿐 짙은 어둠에 덮여져 있다. 정원의 숲에 몸을 숨긴 채 김산이 1백 보쯤 앞의 건물을 응시하며 말했다. 자시(오전 10시)가 되어가고 있다.

"안에 깨어 있는 사람이 많아서 쉽게 발각될 수가 있겠다. 그러니 너희들은 내 뒤를 따라오너라."

발을 뗀 김산이 다시 주의를 주었다.

"오늘 밤은 재물만 들고 나가는 것이야. 대공이건 누구건 그냥 놔두어라."

도적 하시바르한테서도 막대한 재물을 탈취했지만 이곳은 콘스탄티노플의 가장 강력한 세력가이며 재력가인 카루자 대공의 거성(居城)이다. 겉만 웅장한 황궁보다 나을 것이었다.

바사트는 일찍이 김산과의 폴란드 성 공략을 함께한 적이 있다. 그래서 총독 김산의 신기(神技)를 여러 번 겪었다. 그래서 성 안으로 들어서자마자 김산이 몸을 날려 앞쪽 계단 위에 선 경비병 둘을 처치했을 때 크게 놀라지는 않았다.

그런데 뒤를 따르던 셋은 다르다. 김산의 신기가 볼수록 사람 같지가 않은 것이다. 50자가 넘는 성벽을 뛰어 올라가는 것도 그렇다. 이번에도 경비병을 향해 날아가면서 한 손을 휘둘렀을 뿐인데 둘이 나무토막처럼 쓰러졌다.

"자, 따르라."

짧게 말한 김산이 2층으로 뛰어올랐고 넷은 계단을 밟고 뛰어 따른다. 성 안은 불을 환하게 밝혀놓았다. 복도 어디에선가 웃음소리도 들린다. 복도 끝이 1백 보 정도나 되는 성안이다. 넷은 김산의 뒤를 놓치지 않으려고 전력질주를 했다. 뒤를 따르던 바사트의 머릿속에 잠깐 의문이 일어났다. 총독은 어디로 가는 것인가? 마치 이 성 안의 구조를 잘 아는 것처럼 곧장 내달리고 있다.

냄새다. 아무리 깊은 곳에 숨겨놓았어도 주변에 흘린 냄새는 숨기지 못한다. 아니, 숨길 생각도 못 했을 것이다. 식탁을 깨끗이 닦아놓았더라도 음식 냄새가 남는 것처럼 지금 김산은 금과 보석, 재물의 냄새를 행해 달려가고 있다. 이것은 쇠붙이 냄새가 아니다. 재물을 만지고 닦은 수많은 인간들의 냄새인 것이다. 귀금속에는 수천수만 명의 손때가 묻어 있다. 겉보기에는 만질수록 더 광택이 나고 손자국이 지워지지만 김산의 후각은 겹겹이 쌓인 인간의 체취가 더욱 짙게 맡아진다.

다시 김산이 복도에 서 있는 경비병 둘을 처치했다. 이번에도 손에 쥔 철환을 던져 경비병의 머리를 뚫었다. 엄지손톱만 한 크기의 둥근 철환이다. 지난번 폴란드의 대장간에서 구한 총포의 탄환을 비장의 무기로 쓰고 있는 것이다. 다시 3층 계단 위에 선 경비병 둘을 쓰러뜨렸을 때 1층 현관 쪽에서 외침 소리가 들렸다. 쓰러진 경비병이 발각된 것이다.

그때 김산이 머리를 돌려 부하들을 보았다.

"내가 서관에 다녀올 테니까 너희들은 잠시 이곳에서 기다려라."

그러더니 몸을 날려 옆쪽 복도로 사라졌다.

"마치 유령 같군."

이마의 땀을 손등으로 닦으면서 우르스가 말했다.

"도무지 사람 같지가 않아."

김산을 보고 한 말이다.

"잡아라!"

카루자가 들고 있던 술잔을 방바닥에 내동댕이쳤다. 두 눈을 치켜뜬 모습이다.

"잡아서 내 앞으로 끌고 와!"

"예엣!"

보고하러 온 경비대장이 서슬에 놀란 듯 머리를 숙여 보이고는 몸을 돌렸다.

"도대체 어떤 놈이."

분이 풀리지 않은 카루자가 경비대장 등에 대고 소리쳤다.

"한 놈이 아닐 거다. 반항하면 죽이되 한두 놈은 살려서 자백을 받아야 한다!"

이런 일은 처음인 것이다. 도둑이 침입하여 경비병을 죽이다니, 40년 전 십자군이 약탈을 했을 때도 바론성은 털끝 하나 건드리지 않았다. 왜냐하면 카루자의 아버지 사이몬이 십자군과 내통하여 콘스탄티노플의 허점을 알려주었기 때문이다.

그때 비잔틴제국의 명운은 끝났다고 봐야 될 것이다. 지금도 남쪽 지중해 해변가에는 십자군의 요새가 있고 수시로 카루자와 연락을 주고받는다.

그때 그리스계 귀족 아르마가 말했다. 아르마는 콘스탄티노플 근처의 영주다.

"대공 전하, 성에 도둑이 몇 명 들었다고 해서 별 일 있겠습니까? 진정하시고 술을 드시지요."

아르마는 60대 중반으로 카루자와 비슷한 연배였지만 측근 노릇을 한다. 카루자는 시녀가 건네준 새 술잔을 받아 쥐면서 웃었다.

"하긴 도둑이 뭘 가져가겠어? 금고에 닿지도 못할 거야."

금고 앞에선 김산이 호흡을 가누었다. 뒤에 선 셋은 숨을 죽이고 있다.

카잘만 방문 밖 계단에서 경계를 하고 있다. 금고는 컸다. 높이가 김산의 키만 했고 넓이도 비슷했다. 강철 문에 강철 빗장이 걸렸고 주먹만한 자물통이 두 개가 붙여졌는데 자물통 두 개를 다 부수고 빗장을 떼어내야만 한다. 10여 명이 쇠 지렛대를 사용해야 될 것 같았다. 그때 김산이 두 손으로 하나씩 자물통을 쥐더니 어깨를 부풀렸다가 내렸다.

"아앗!"

뒤에 서 있던 우르스가 짧게 외쳤는데 그 순간 김산의 손에서 자물통이 방바닥으로 떨어졌다. 두 개가 모두 부서져 있다. 다시 잠깐 정적이 덮여졌고 김산이 쇠빗장의 양 끝을 두 손으로 쥐었다. 어린애 팔뚝만 한 굵기의 쇠 빗장이다.

"야앗!"

이제는 김산의 입에서 짧은 기합소리가 울렸다. 다음 순간 뒤쪽의 셋은 숨을 들이켰다. 쇠 빗장이 김산의 두 손에 쥐어져 있는 것이다. 철문에서 떼어져버렸다. 초인이다. 셋이 입만 쩍 벌렸을 때 김산이 말했다.

"문을 열어라."

"불이야!"

이제는 희미했던 외침 소리가 선명하게 들렸다.

"서관(西館)에 불이다!"

그때 문이 열리면서 경비대장이 다시 뛰어 들어왔다. 숨을 헐떡였고 머리칼도 흐트러졌다. 열린 문으로 매캐한 연기가 냄새가 맡아졌다.

"대공 전하! 불입니다! 동관으로 피하셔야 됩니다!"

경비대장의 말이 끝나기도 전에 둘러앉은 귀족, 장군들은 대부분 일어섰지만 카루자가 눈을 치켜뜨고 물었다. 카루자는 아직 일어서지 않았다.

"방화냐?"

"그, 그런 것 같습니다. 서관 청에서부터 불길이 솟았습니다."

"이런 병신들."

이를 악문 카루자가 일어서며 말했다.

"금고 경비를 강화해라!"

엄청난 재물이다. 김산도 그동안 숱한 재물 더미를 보았지만 이렇게 휘황찬란한 재화더미는 처음이다. 눈이 부셨으므로 김산은 이맛살을 찌푸렸고 부하들은 입을 딱 벌린 채 말을 잃었다. 금고 안은 큰 방이었다. 사방 30자(9m) 면적의 방 안에 금더미, 보석더미가 산처럼 쌓여 있는 것이다. 너무 많아서 돌덩이가 쌓여 있는 것처럼 보였다. 마차로 수십 대 분량이다.

이윽고 김산이 말했다.

"욕심내지 말고 한 짐씩만 떼어가자."

그러고는 혼잣말처럼 말을 잇는다.

"이 재물을 없애지도 못할 테니 다음에 가져가기로 하지."

그때 문밖 경비를 섰던 카잘이 뛰어 들어왔다.

"경비병들이 옵니다! 이십 명 정도 되었습니다."

"너희들은 짐을 꾸려라. 내가 놈들을 맡을 테니까."

김산이 머리를 돌려 부하들을 보았다.

"내가 부르면 나오너라."

3층 입구에는 항상 경비병 둘이 세워져 있다. 그런데 비었다. 그리고 안쪽 별실 입구도 비었다. 가슴이 덜컥 내려앉은 료바가 손에 쥔 칼로 앞을 가리켰다. 이곳은 동관의 심장부다.

"별실로!"

별실이 곧 카루자의 금고인 것이다. 금고 경비를 서본 터라 금고가 얼마나 단단한지 알고 있는 료바다. 상황이 심상치 않다. 앞장선 료바가 달리면서 눈을 치켜떴고 뒤를 20여 명의 부하가 따른다. 대리석 복도 바닥이 진동으로 흔들렸다. 이제 입구가 20보 앞으로 다가왔다. 그때였다.

"꽝!"

폭음이 터지더니 주위가 순식간에 검은 연기로 뒤덮였다. 눈앞이 캄캄해진 료바가 허둥대면서 그대로 두어 걸음을 앞으로 나아갔다.

"아악!"

다음 순간 료바는 머리에 강한 충격을 받고 엎어지면서 옆에서 울리는 비명을 듣는다. 이어서 뒤쪽이 난장판으로 변했다.

"으아악, 아아악! 악! 습격이다!"

대리석 바닥에 얼굴을 부딪치며 쓰러진 료바가 그 소리를 다 들었다. 그러고는 곧 의식이 끊겼다.

자시 끝 무렵(오전 1시), 동관의 별실 옆방에서 카루자가 경비대장으로부터 보고를 받는다. 창밖으로는 화광이 충천했는데 아직 서관의 불이 꺼지지 않았기 때문이다. 불길은 서관의 절반쯤 태우고 지금 진화되는 중이다.

"예, 놈들은 다섯이었습니다. 확실합니다."

경비대장 샤가드는 역전의 용사였으나 이마에서 진땀이 배어 나왔다. 샤가드가 말을 이었다.

"그중 앞장선 놈이 신기(神技)를 지닌 놈이었습니다. 코자크족 같았는데 가로막는 경비병을 한 칼로 베었습니다."

"……."

"손에 쥔 철환을 던져 머리를 뚫었습니다. 한꺼번에 대여섯 명을 죽입니다."

샤가드는 방바닥에 철환 세 개를 놓았다. 철환 한 개가 굴러가 카루자의 앞쪽 양탄자에 닿더니 멈췄다.

"경비병 42명이 죽고 27명이 중상, 그리고 시종과 노예 12명이 죽었습니다."

"……."

"성 안 경비대에 연락을 했습니다. 대공 전하."

"금고가 털렸다는 소문이 안 나도록 철저히 입단속을 시켜라."

마침내 카루자의 입이 떼어졌다. 긴장한 샤가드의 시선을 받은 카루자가 눈을 치켜떴다. 마른 얼굴에서 눈빛이 강해졌다.

"경비병, 시종, 노예들이 소문을 내지 않도록 하란 말이다. 만일 손문의 근원지로 밝혀진다면 본인은 물론 그 주변 친인척까지 다 죽인다고 전해라."

"예, 전하."

머리를 숙여 보인 샤가드가 방을 나갔을 때 시종장 베르나드가 바짝 다가와 섰다. 이제 방 안에는 둘 뿐이다.

"전하, 네 놈이 등에 짐을 지고 있었다니 금고 안에서 재물을 털어간 것입니다."

카루자는 앞쪽 벽만 보았고 베르나드의 말이 이어졌다.

"그놈들이 소문을 낼 것 같습니다. 전하."

"자크에게 전령을 보내."

불쑥 카루자가 말하자 베르나드는 숨을 죽인 듯 몸이 굳어졌다. 카루자의 억양 없는 말이 이어졌다.

"십자군 전사들로 1백 명만 보내달라고 말야."

"알겠습니다. 대공 전하."

어깨를 늘어뜨린 베르나드가 머리를 끄덕였다. 자크는 아래쪽 지중해변의 십자군 성주다.

"과연 탁월하신 방책입니다. 전하."

"그놈들이 어떤 놈이건 십자군을 상대로 나서지는 못할 것이다."

"당연한 말씀입니다."

"단, 자크에게 금고 이야기는 하면 안 된다. 그렇게 되면 호랑이를 집안으로 끌어들인 셈이 돼."

카루자가 말하자 베르나드가 웃었다.

"당연하지요. 십자군을 철저히 감시하겠습니다."

7장
십자군 전쟁

"예루살렘은 이미 3년 전에 아이유브 왕조에게 빼앗겼습니다."

저택 주인 아샤가 둘러앉은 김산과 그 일행에게 말했다. 오후다. 점심을 마친 그들은 별장의 청에 깔린 양탄자에 앉아 아샤의 이야기를 듣는 중이다. 김산이 아샤에게 콘스탄티노플과 아래쪽 예루살렘의 정세를 물었기 때문이다. 아샤가 말을 이었다.

"지금부터 150년 전, 1099년 십자군인 프랑크인들이 투르크인들로부터 예루살렘을 탈환한 후에 뺏고 빼앗기기를 되풀이했지요. 그러다가 다시 빼앗긴 것이지요."

그러고는 아샤가 쓴웃음을 지었다. 이집트 아이유브 왕조의 주력군은 맘루크, 즉 백인 노예 군단이다. 중앙아시아의 투르크, 몽고, 카프카즈의 체르케스인, 그리고 스페인, 도이치, 슬라브, 그리스인까지 노예상인에게 팔려 황제나 장군들에게 단련된 후에 해방노예의 신분으로 강력한 군단을 형성한 것이다.

맘루크 군단이 잉글랜드나 프랑스, 독일, 이태리 계열의 프랑크인 군단을 물리쳤다.

그때 김산이 입을 열었다.

"나는 킵차크제국의 폴란드 총독 쿠추요."

김산의 호레즘어는 정확했지만 소브리크가 다시 한 번 말했고 예의를 차리라고 주의까지 주었다. 놀란 아샤가 벌떡 일어서더니 양탄자에 이마를 붙이고 절을 했다. 온몸을 굳힌 아샤가 무릎을 꿇은 채로 말했고 소브리크가 통역했다.

"총독의 명성을 콘스탄티노플에서도 들었습니다. 특히 예루살렘과 이집트의 맘루크 군단에서 총독 각하의 명성이 높습니다."

"허 그런가?"

쓴웃음을 지은 김산이 아샤를 보았다.

십자군전쟁은 성지 예루살렘을 차지하려는 기독교와 이슬람의 전쟁이다. 그 기간에 동방에서 솟아난 몽골제국은 양측에게 거대한 위협이었다. 양측 모두 몽골제국의 공격을 받아 멸망당하거나 영토를 빼앗긴 것이다. 그러나 십자군전쟁에서 몽골은 이슬람과 우호적인 편이었다. 직접 돕지는 않았어도 맘루크 용병을 공급해준 것이다. 김산이 똑바로 아샤를 보았다.

"아샤, 콘스탄티노플은 프랑크인의 제국이 되었는가?"

"황제는 허수아비올시다. 무슬림이건 프랑크군이건 1천 명만 있으면 점령을 할 수 있지요."

바로 대답한 아샤가 김산의 시선을 맞받았다.

"그러나 지키기가 어렵습니다. 그래서 40여 년간 방치해놓은 것이지요. 베네치아계 상인들의 지원을 받은 카루자 대공이 실권자입니다. 이번에 누가 황제가 되더라도 비잔틴제국은 회생할 수 없습니다."

"카루자가 십자군과 제휴하고 있겠군."

"그렇습니다. 각하."

"그대는 이슬람이 배후인가?"

김산의 시선을 받은 아샤가 잠깐 망설이더니 대답했다.

"예, 각하. 그렇습니다."

"이집트의 아이유브 왕조겠군."

"예, 각하."

이것은 이미 소브리크로부터 들었기 때문에 김산은 확인한 것이다. 머리를 끄덕인 김산이 말했다.

"배와 선원이 필요하다. 아샤, 값은 치를 테니 준비해주겠는가?"

"어디를 가십니까?"

"예루살렘, 그리고 이집트."

놀란 아샤의 표정을 본 김산이 빙그레 웃었다.

"나는 킵차크제국의 폴란드 총독으로 서방의 동향을 알아야겠다. 준비되겠는가?"

"50인승, 1백인승, 3백인승이 있습니다. 3백인승은 대형전함입니다."

"3백인승으로 하지."

"선원은 50명은 있어야 됩니다. 각하."

김산이 머리를 끄덕이자 아샤가 말을 이었다.

"베네치아 상선단이 상권을 독점해서 배와 선원은 많이 남았습니다.

허나 배 값으로 금 8천 냥이 필요합니다. 각하."

그러자 김산이 머리를 돌려 바사트를 보았다. 바사트가 어깨를 펴고 대답했다.

"원하는 대로 다 낼 테니까 당장 준비해주시오."

하시바르의 금고에서 가져온 금화만 해도 10만 냥이 넘는다. 어제 카루자의 금고에서는 가치로 환산할 수 없는 보석을 네 자루나 담아온 것이다.

그날 저녁, 부둣가의 안나네 선술집에서 또 싸움이 일어났다. 베네치아 국적의 하물선 선원과 현지인이 말다툼 끝에 칼부림을 한 것인데 물론 베네치아가 이겼다. 도망치다가 칼로 엉덩이를 찔린 현지인은 자취를 감추었고 이긴 베네치아 선원은 동료들의 환호 속에서 술을 마셨다. 베네치아 선원이 먼저 시비를 건 싸움이었다.

"하몬 씨?"

앞자리에 앉은 사내가 부르는 바람에 하몬이 시선을 들었다. 호레즘인 하나가 응시하고 있다. 건장한 체격, 대상단의 경비대장 같다. 50대 중반의 하몬은 40년간 배를 탔다. 인도도 여섯 번이나 들렀고 더 서쪽의 대륙까지 간 적도 두 번이나 있다. 그러나 지금은 날마다 안나네 선술집에 앉아 술 얻어 마실 기회를 찾는 거지 신세다. 3년 전 베네치아의 전선(戰船)에 잡혀 화물을 몽땅 빼앗기고 배가 불에 타 침몰했기 때문이다. 구사일생으로 돌아온 하몬을 받아주는 곳은 없다. 사내가 종업원을 불러 럼주 두 잔을 시켰다.

"하몬 씨, 배를 타지 않겠소?"

주위가 시끄러웠으므로 사내가 소리쳐 물었다. 하몬은 시선만 주었고 사내가 말을 잇는다.

"콘스탄티노플에서 가장 빠르고 강한 배요, 쟈말호라고 아시오?"

하몬의 눈에 생기가 떠어졌다. 가게 종업원이 둘 앞에 럼주를 놓고 돌아갔다. 술잔을 움켜쥐었지만 하몬은 마시지 않았다. 눈을 치켜뜬 하몬이 물었다.

"왜 날 찾은 거요?"

"그 배로 예루살렘, 이집트까지 내려가는 것이지, 가다가 베네치아 선(船)이 있으면 잡아 격침시키면서 말이오."

"……."

"당신한테 6개월 수당으로 로마 금화 120개를 주겠소."

"목적은?"

하몬이 겨우 물었다. 두 손으로 럼주 잔을 움켜쥔 하몬의 눈이 번들거리고 있다.

그러자 소브리크가 헛기침을 했다.

"나는 킵차크칸국의 고귀한 분을 모시고 있는 장수요. 그분을 모시고 서방 정찰을 하려는 것이오."

"베네치아 선박을 불태워도 좋소?"

"물론이지."

"일행은?"

"고귀한 분까지 다섯"

"선원은 내가 모으도록 해주시오. 요즘 쓸 만한 선원이 많이 남았어."

"맡기겠소."

"6개월 수당으로 로마 금화 18개는 줘야 됩니다."
"그것도 맡기겠소."
"선원 50명, 금화는 1천 개를 대시오. 항해사, 선원장, 감독관, 부관은 두 배를 줘야 하니까."
"좋소."
"6개월분 식량, 자재, 무기를 구입하는데 금화 200개요."
"좋소."
그러자 하몬이 잔에 든 럼주를 땅바닥에 쏟더니 일어섰다. 이제는 얼굴까지 굳어져 있다.
"그럼 배를 보러 갑시다."

십자군 성주 자크가 보낸 기마군 1백 기가 도착한 것은 이틀 후였다. 기마군 대장은 잉글랜드인 우드록, 사자왕 리처드를 따라왔다가 콘스탄티노플 아래쪽 조그만 성에 머물게 된 사내, 본래 잉글랜드에서는 양치기였지만 수도사였다고 우긴다. 그러나 성주 자크 또한 잉글랜드인으로 대장장이 출신이니 우드록과 손발이 맞았다. 우드록은 30대 중반으로 거구다. 쇠갑옷을 입고도 맨옷 차림의 이슬람군을 발로 뛰어 잡아서 진중에서는 '나는 돼지'라는 별명이 있다.
"우드록, 그대의 기마군이 있으니 바룬성이 철벽이 되었소."
카루자가 말하자 우드록이 넓은 어깨를 펴고 웃었다.
"나는 '나는 돼지'라는 별명을 얻기 전에 체격이 커서 '깃발 우드록'이라고 불렸소이다."
"그게 무슨 말이오?"

지금 그들은 성 동관의 연회장에 앉아 주연을 벌이는 중이다. 주위에는 기마군 간부 7, 8명과 카루자의 측근 7, 8명, 그리고 비잔틴의 귀족, 영주 7, 8명이 둘러앉아서 떠들썩한 분위기다. 모두의 시선을 받은 우드록이 큰 목소리로 말했다.

"졸병 때부터 전투 시에 깃발 대신으로 맨 앞에 내세워졌소. 그러면 적이 겁이 나서 움츠러들었지. 그래서 '깃발 우드록'이 된 것이오."

"오호."

카루자의 얼굴에 오랜만에 환한 웃음이 떠올랐다. 주위의 사내들도 얼굴은 펴고 웃는다.

"깃발 우드록이 훨씬 낫소, 우드록."

"나는 돼지도 상관없습니다."

"지금도 그렇게 잘 뛰시오?"

"내가 어렸을 때부터 산을 잘 뛰어 돌아다녔습니다."

양치기 시절일 것이다. 잉글랜드는 산이 많아서 목동은 하루에도 10여 개의 산을 넘는다. 머리를 끄덕인 카루자가 술을 권했다. 불에 탄 서관은 수리 중이어서 기마군은 별채에서 숙식하고 있다. 그때 사내 하나가 연회장으로 들어오더니 시종장 베르나드의 귀에 입술을 붙이고는 수군대고 나갔다. 베르나드의 얼굴이 굳어졌다. 그것을 본 카루자가 묻는다.

"무슨 일이냐?"

"예, 전하."

자리에서 일어선 베르나드가 카루자 옆으로 다가가 귀에 입술을 붙였다.

"바그다드의 칼리프답게 돈 씀씀이가 큽니다."

항구에 떠 있는 쟈말호는 컸다. 주위에 수십 척의 하물선, 전함이 떠 있었지만 단연 돋보였다. 그러나 쟈말호는 2년이 넘도록 바다로 나가지 않아서 뱃머리에 이끼가 끼었고 돛대 끝의 깃발은 찢어져 너덜거렸. 그 쟈말호에 선원들이 들락이고 있는 것이다. 부두에 서 있는 베르나드에게 정보원 크레보가 말을 이었다.

"칼리프의 대리인이란 자는 지금도 안나네 선술집에 있습니다. 보시겠습니까?"

"다른 사람이 보러 갔어."

"자금을 많이 풀면 당연히 가장 쓸모 있는 선원을 뽑게 되지요."

"하몬이 신바람을 내겠군."

"그러믄요."

맞장구를 쳤던 크레보가 힐끗 베르나드의 눈치를 보았다. 하몬이 베네치아 일당에게 이를 갈고 있다는 것은 콘스탄티노플 토박이라면 다 안다. 베르나드가 잠자코 쟈말호를 노려보았다. 오전 신시(10시)쯤 되었다. 작은 나룻배 10여 척이 쟈말호의 옆에 붙여져서 뭔가를 싣고 있었는데 식량 같다. 그리고 갑판과 돛대를 손질하고 있는 10여 명의 선원도 보인다. 모두 활기 있게 움직이고 있다.

쟈말호는 콘스탄티노플에서 도자기를 싣고 그리스를 거쳐 프랑크까지 가서 교역을 한다는 것이다. 이것은 아무도 제재할 수가 없다. 더구나 바그다드의 칼리프는 막강한 세력을 쥐고 있는 군주다. 건드렸다가는 콘스탄티노플에 재앙이 닥칠 것이었다.

그 시간에 카루자의 위사장 료바가 안나 선술집에서 칼리프의 대리인을 만나고 있다. 대리인은 바로 소브리크다. 소브리크는 오늘 금박을 입힌 이슬람 고급관리 복장을 하고 있었는데 뒤에 경호장이 서 있다. 경호장 역시 금띠에 금손잡이가 달린 장검을 찼다. 우람한 체격이어서 위압감이 느껴진다. 바로 카잘이다.

"저희 대공 전하께서 대리인님을 성으로 초대하고 싶다고 하십니다."
료바가 정중하게 말했다.

"호의는 고마우나 내가 여유 시간이 없어서"
거드름을 피운 소브리크가 지그시 료바를 보았다.
"그대는 대공이 초대를 하면 내가 당연히 응하리라고 생각하고 계시오?"
"아, 아니, 저는"
당황한 료바의 눈동자가 흔들렸다.
"저는 다만 대공 전하의 전갈을 가져왔을 뿐이오."
"나는 칼리프의 대리인이지 대공의 수하가 아니오."
"알고 있습니다."
"그런데 왜 오라 가라 하시오?"
"오라 가라 하는 것이 아니고……."
"칼리프께 보고하겠다고 전하시오."
"예, 알겠습니다. 하지만……."
"그럼 됐습니까?"
소브리크가 자리에서 일어섰으므로 료바가 무안한 표정으로 따라 일어섰다. 대리인이 어떻게 보고하느냐에 따라 바그다드의 칼리프가 군사를 일으킬 수도 있는 것이다. 됴바의 머릿속이 복잡해졌다.

그날 저녁, 별관으로 찾아온 아샤가 김산에게 말했다.
"카루자가 제 수하에게 은밀히 부하를 보내 지금 이 별관에 묵고 있는 일행이 칼리프의 대리인인가를 물었습니다."
아샤의 얼굴에 웃음이 떠올라 있다.
"그래서 맞다고 했더니 오늘 낮에 대리인께 결례를 한 보상으로 로마 금화 1천 개를 여행 경비로 드린다고 합니다."
소브리크로부터 전말을 들었던 김산의 얼굴에도 웃음이 떠올랐다.
"이쪽저쪽에 다리를 걸치고 있는 카루자의 약점이 바로 이것이군. 어느 한 곳으로부터도 신뢰를 받지 못한다는 것이야."
"그렇습니다."
정색한 아샤가 김산을 보았다. 탄복한 표정이다.
"칼리프 전하께서도 카루자를 믿지 못하시는 터라 카루자는 바그다드로부터 고급 정보를 얻지 못하지요. 저희한테 대리인을 확인하는 수준이올시다."
"과연 콘스탄티노플은 정병 1천 명만 끌고 와도 점령할 수 있겠다."
"예, 유지가 어려울 뿐입니다."
그러나 그 말에는 김산이 대답하지 않았다. 김산이 침묵을 지키자 아샤가 머리를 들었다.
"각하, 그럼 금화를 받아오겠습니다."
김산이 머리만 끄덕이자 아샤가 방을 나갔다. 아샤의 뒷모습이 사라졌을 때 뒤에 서 있던 바사트가 말했다.

"각하, 콘스탄티노플에 떠돌이 용병들이 많다고 합니다. 선원 외에 용병을 50명만 데려가고 싶습니다."

바사트가 수하 넷 중 수장인 것이다. 김산의 시선을 받은 바사트가 말을 이었다.

"기독교, 무슬림 용병들인데 돈만 주면 무슨 짓이든 할 놈들입니다. 그놈들을 무장시키면 쓸모가 있을 것 같습니다."

"뽑아라."

김산이 머리를 끄덕였다.

"하몬을 시켜 선원으로 뽑아 무장을 완벽하게 갖추도록 해라."

앞으로 무슨 일이 일어날지도 모르는 것이다. 전력은 강할수록 좋다.

15일 후에 1백여 명의 선원을 태운 쟈말호는 콘스탄티노플항을 떠났다. 항구에는 환송인사들이 많았다. 호레즘 무역상 아샤와 카루자 대공의 시종장 베르나드, 그리고 비잔틴제국의 황제 레오니소스 7세가 보낸 사자도 나와 있었다. 뱃전에 서서 멀어져가는 콘스탄티노플을 바라보던 김산이 혼잣소리처럼 말했다.

"웅장한 천년 고도가 저렇게 무너져 가다니, 영원히 지속되는 제국은 없는가?"

쟈말호는 돛대가 두 개에 좌우로 노가 10개, 길이는 1백 보에 이르렀고 폭은 15보나 된다. 거선(巨船)이다. 선창에는 도자기를 잔뜩 실었지만 싸구려다. 선원 50명과 용병 50명을 무장시켜 전투단을 형성했으니 지중해에 뜬 선박 중 가장 강력한 전선(戰船)이 될 것이었다. 발을 뗀 김산이 선수(船首)에 장착된 투석기로 다가갔다. 김산의 지시로 몽골군이 공성용으로 사용하던 투석기를 두 대 설치해놓았는데 쏘는 것은 돌덩이 대신 기름이 든 둥근 가죽주머니다. 투석기에 넣고 쏘기 전에 칼로 조금 흠집을 내면 목표물에 부딪치면서 가죽주머니가 터져 기름이 쏟아지는 것이다. 그때 불화살을 쏘면 불바다가 된다. 투석기용 불화살은 셋이 당기는 대궁(大弓)으로 보통 활의 세 배 정도였고, 화살은 창처럼 길어서 앞에 불을 붙인 촉을 달고 5백 보 거리를 날아가는 것이다. 해전(海戰)용이다.

그때 선장 하몬이 다가와 김산의 옆에 섰다. 배는 어느덧 대해(大海)로 들어섰다.

"각하, 쟈말호가 뜬 것을 이미 베네치아 선단에 통보가 되었을 것입니다."

하몬의 폴란드어는 김산보다 나았다. 수십 년 바다를 돌아다니며 수십 개국을 거친 하몬은 인도어까지 구사한다는 것이다. 하몬이 말을 이었다.

"베네치아 선단은 쟈말호의 항로를 피해 돌아가고 있을 것입니다."

하몬이 손으로 좌우측을 가리키며 주름진 얼굴을 일그러뜨리고 웃었다.

"쟈말호에 선원을 포함한 전투력이 1백 명이라는 것까지 알려졌을 테니까요."

"그럼 그대가 베네치아 선단을 쫓아 잡도록 하라."

김산이 말하자 하몬이 숨을 멈췄다. 눈을 치켜뜬 채 하몬이 김산을 응시하더니 갈라진 목소리로 묻는다.

"공격을 허락해주시는 겁니까?"

"허락한다."

"서북방으로 방향을 틀면 사흘 후에는 선단을 만날 수 있을 것입니다."
하몬의 목소리에 활기가 띠어졌다.
"보통 화물선 5척에 전투선 2척을 딸려 선단을 형성하는데 전투선만 없애면 화물선은 다리 없는 돼지를 잡는 것과 같습니다."
그러고는 하몬이 서둘러 갑판 위로 오른다.

북풍이 강하게 부는 덕분에 쟈말호는 이틀 후에 베네치아 선단을 찾아내었다. 배를 처음 타보는 우르스와 카잘이 뱃멀미를 심하게 했지만 김산은 들뜬 내장을 기공으로 가라앉혔다.
"전선(戰船)이 세 척이다."
앞쪽 돛대 밑에 선 하몬의 목소리가 우렁차다.
"한 시진(2시간)이면 닿는다. 전속력!"
바람을 잔뜩 안은 돛이 거선(巨船) 쟈말호를 내쏘듯이 달리게 한다. 하몬은 직접 키를 잡았는데 조종이 노련했다. 집채만 한 파도를 타고 미끄러져 내려가는 바람에 속력이 더 붙는다.
"선장! 내가 신호를 하면 배를 요동치지 못하도록 해야 되네!"
투석기 앞에 선 바사트가 고래고래 소리쳤다. 투석기는 바사트와 카잘이 한 대씩 맡고 있는 것이다. 각각 다섯 명씩 보조원을 이끌고 분주하게 움직이고 있다.
"전투준비!"
용병을 맡은 우르스와 소브리크가 제각기 명령을 내렸다. 용병은 물론 선원들의 무장은 완벽했다. 갑옷에 칼과 단검, 석궁과 투척용 창, 가죽신에 투구까지 여벌용으로 준비되어서 사기는 충천했다.

잘 싸우는 용병은 좋은 무기, 넉넉한 군비를 보면 힘이 배로 솟는 법이다. 선창에 저장되어 있는 산 같은 무기가 곧 힘의 근원이나 같다. 선수에 서 있는 김산이 눈을 가늘게 뜨고 전방을 보았다. 같은 시간에 이쪽을 발견한 베네치아 선단은 전열을 정비하더니 그대로 항진하고 있다. 쟈말호의 앞을 가로질러 가는 것이다. 대신 전투선 세 척이 나란히 섰고 그 뒤로 화물선 세 척이 숨었다. 전투선은 돛대 하나짜리가 두 척, 두 개짜리가 한 척이었고, 화물선은 모두 돛대가 하나였는데 선체가 길다. 그래서 속력도 느렸고, 전투선은 속력을 맞추려고 돛을 반만 올렸다. 그래서 속력이 늦다. 이 상태라면 이제 반 시진(1시간)이면 2천 보 거리로 다가갈 것이었다.

"노를 저어라!"

하몬이 소리치자 북이 울렸다. 그 순간 선체 좌우로 긴 노가 뻗어져 나오더니 북소리에 맞춰 치켜세워졌다가 바다 속으로 떨어졌다.

"둥! 둥! 둥! 둥!"

북소리가 천천히, 그러나 규칙적으로 울리기 시작했다. 좌우로 10개씩의 노가 번쩍 들렸다가 물속으로 들어가면서 거대한 선체를 끌어 던지는 것처럼 앞으로 내몰았다. 쟈말호의 속력이 더 빨라졌다. 노련한 선장과 선원들이다. 손발이 맞는 것이다.

"삼각돛을 펴라!"

다시 하몬이 소리치자 갑판장이 복창을 하고 대여섯 명이 두 대의 돛대에 달려들었다. 이제 속력은 더 빨라질 것이다.

반 시진쯤이 지났을 때 베네치아 선단과의 거리는 2천 보 정도로 가까워졌다. 저쪽은 쟈말호의 정보를 들은 것 같다. 전투함이 세 척이나 되는데도 전속력으로 콘스탄티노플 방향으로 도주하고만 있는 것이다. 전투함의 규모는 쟈말호의 3분지 2 정도였고, 승선 인원은 선원 포함해서 50여 명, 화물선은 선원 30여 명 정도인 것이다. 그때였다. 돛대 위의 감시병이 소리쳤다.

"전투함 뒤쪽의 화물선이 붙습니다!"

김산은 하몬 옆에 서 있었는데 감시병이 다시 소리쳤다.

"화물선 세 척이 각각 전투함 뒤쪽으로 붙습니다!"

파도가 높은데다 전투함 뒤쪽 화물선은 갑판에서 보이지 않았다. 돛대 위에 올라간 감시병에게는 발견된 것이다.

"이놈들이 싸우려는 것입니다."

하몬이 김산에게 말했다. 얼굴에 쓴웃음이 떠올라 있다.

"배 두 척씩을 묶으면 안정이 되고 전투력이 강해지기 때문입니다. 파도가 높지 않으면 여섯 척이 다 묶여서 수백 명의 전투력이 되지요."

"바라던 바다."

김산이 웃음 띤 얼굴로 말을 받는다.

"투석기를 가져오기 잘했구나."

지금까지 비잔틴 전함이건 베네치아 전함이건 간에 선수에 투석기를 장착한 적도 없었던 것이다. 정확하게 말하면 본 적도 없다.

베네치아 선단의 지휘자는 전함 마르셀호 함장인 파비오 자작이다. 파비오는 베네치아의 유력 가문 중 하나인 파비오가(家)의 상속자로 화물선 세 척에 실린 화물이 모두 파비오의 소유였다. 동양의 비단, 후추,

기름, 수제품과 바꿀 금, 은 장식품, 양탄자, 보석류 등 온갖 귀물이 실려 있었는데 파비오는 직접 거래를 할 작정이었다. 40대 중반의 파비오는 이미 거부(巨富)였지만 재물 욕심은 한도 끝도 없는 법이다. 대리인에게 맡겨 중간 이득을 빼앗기는 것이 아까워 이렇게 직접 전함을 이끌고 다니는 것이다.

"묶어라!"

눈을 부릅뜬 파비오가 소리쳤다.

"옳지! 산타호만 묶으면 된다!"

이제 두 척씩 네 척, 두 쌍의 전함과 하물선이 연결되었다. 굵은 쇠사슬로 선미와 선수를 묶었더니 배의 요동이 줄어들었다. 이제 네 척의 전투력이 모여진 것이다. 조종 인원만 제하면 150명이 된다.

"다가옵니다!"

갑판장이 소리쳤으므로 파비오가 머리를 들었다. 왼쪽으로 산타호가 화물선 이자벨호를 끌고 다가오는 중이다. 이 두 척까지 붙이면 6척, 전투력도 200여 명으로 늘어나고 바닥은 평지처럼 될 것이었다. 쟈말호는 겨우 1백 명이다. 단숨에 요절을 낼 수가 있다.

"1천 보!"

돛대 위에 선 감시원이 소리쳤다. 칼리프의 대리인이란 놈이 탄 쟈말호가 1천 보 거리로 다가왔다는 말이다. 카루자 대공이 보낸 쾌선이 바다에 떠 있는 베네치아 선단은 물론이고 시칠리아 섬까지 통보를 해주었다. 쟈말호에는 선원과 용병 1백 명이 타고 있다는 것까지 알려준 것이다.

쟈말호가 5백 보 거리로 다가왔을 때 파비오의 얼굴에 웃음이 떠올랐다. 자신감이다. 쟈말호가 해적선이 될 가능성이 있다는 것은 모든 베네치아 선단에 통보되었다. 수십 년 전만 해도 콘스탄티노플에서 출항한 호레즘 선박들이 곧잘 해적질을 했지만 지금은 모조리 소탕되었다. 십자군의 콘스탄티노플 점령은 베네치아 상인들이 해상 주도권을 잡아 동서양의 상권을 장악하려는 의도에서 시작되었다. 그래서 베네치아 상인들이 십자군에게 무기와 양식, 그리고 선박까지 제공하여 콘스탄티노플로 실어간 것이다.

"전투준비!"

파비오가 허리에 찬 칼을 빼들면서 소리쳤다. 2백여 명의 전투병이 일제히 뱃전에 모였고 궁사는 활에 화살을 재었다. 옆에 선 부관 조르디가 쟈말호를 응시하며 말했다.

"곧장 다가오는데요, 전면전을 할 것 같습니다."

"무모한 무슬림 새끼들."

파비오가 이 사이로 말했다.

"칼리프의 대리인이건 뭐건 다 죽인다. 바다에 수장시키면 흔적도 남지 않아."

이제 거리가 4백 보로 다가와졌다. 파비오가 다시 소리쳤다.

"궁사 준비!"

그때였다. 조르디는 이쪽을 향해 날아오는 커다란 물체를 보았다. 바위가 날아온다. 다음 순간 바위는 뒤쪽 화물선의 돛대에 맞더니 깨졌다.

"철석!"

소리가 그렇게 들리면서 물이 사방으로 쏟아졌다. 그 순간 기름 냄새가 퍼졌으므로 조르디는 소스라쳤다. 기름이다! 그때 병사들이 소리쳤다.

"기름이다!"

"철석!"

또다시 기름주머니가 날아와 옆쪽 산타호 선수에 맞아 터졌고 그쪽에서도 놀란 외침이 울렸다.

"이런!"

당황한 파비오가 눈을 치켜뜨고 조르디를 보았다.

"저놈들이 저걸 어떻게 던지는가?"

"철석!"

또다시 날아온 기름 주머니가 이제는 파비오가 탄 전함 마르셀호의 선미에 맞아 터졌다. 거리가 3백 보 정도가 되었으므로 하나도 실수가 없다. 그때 병사들의 놀란 외침이 들렸다.

"불화살!"

그 순간 파비오는 이쪽으로 날아오는 커다란 창을 보았다. 창끝에 불덩이가 달려져 있다. 다음 순간 불화살이 산타호의 배판에 박히더니 불길이 일어났다. 불길은 순식간에 갑판 위로 번져 돛대까지 오른다.

"쿵!"

불화살 하나가 날아와 바로 옆에 박히는 바람에 파비오는 펄쩍 뛰어 물러났다. 이제 검은 기름 주머니와 불화살이 같이 날아오고 있다.

"불을 꺼라!"

조르디가 악을 썼다. 그때 파비오가 칼을 휘두르며 소리쳤다.

"연결된 쇠사슬을 풀어라!"

그러나 이미 불길이 번져가고 있는데다 여섯 척의 배는 소란에 휩싸여서 그의 외침은 묻혔다.

"기다려라!"

김산이 명령했다.

"고기는 익을 때까지 기다리는 법이다."

이제 6척의 베네치아 선단은 불덩이가 되어 타오르고 있다. 불길을 견디지 못한 병사와 선원들이 바다 속으로 뛰어들었고 가장 먼저 타올랐던 산타호는 돛대 끝까지 불기둥이 되어서 아무도 없다. 50보 거리로 다가간 쟈말호에까지 불기운이 전해졌고 선원들의 아우성이 들렸다. 이쪽 용병들은 뱃전에서 화살만을 날릴 뿐이다. 거리가 가까워서 겨누면 맞는다. 바다 속에 빠져 허우적대던 선원들이 하나씩 물속으로 사라졌다. 그때 옆에 선 하몬이 말했다.

"각하, 칼 한번 휘두르지 않고 이런 승리를 거두다니요, 꿈만 같습니다."

"앞으로는 화약이 터지는 투척기가 날아갈 것이다."

김산이 혼잣소리처럼 말했다. 킵차크를 떠난 원정길에서 화약으로 발사되는 발사체를 사냥 도구점에서 본 적이 있다. 그래서 기구를 사다가 발사체를 개발시키고 있는 중이다. 어느덧 불길이 스러지면서 쇠사슬로 엮은 여섯 척의 갑판에는 사람 흔적이 보이지 않았다. 모두 죽거나 바다로 뛰어들었을 것이었다. 하몬이 머리를 돌려 김산을 보았다.

"각하, 배 선창은 아직 불에 타지 않았습니다. 하물을 빼앗아올 기회입니다. 늦으면 침몰할지 모릅니다."

머리를 끄덕인 김산이 우르스와 소브리크에게 지시했다.

"너희들이 하몬과 함께 적선을 수색하도록."

파비오 선단은 궤멸되었다. 뒤쪽 화물선으로 피신했던 파비오는 부관 조르디와 함께 투항했지만 그 자리에서 하몬이 휘두른 칼에 맞아 죽었다. 베네치아인에 대한 하몬의 원한이 뼈에 사무쳐 있었던 것이다. 그러나 옆쪽 화물선 창고에서 의외의 투항자가 나타났다. 베네치아에서 콘스탄티노플 궁정으로 간다는 여자 둘이다. 불에 그슬린 치마를 입은 두 여자는 사색(死色)이 되어 있었지만 아름다웠다. 둘은 주종관계로 보였는데 주인 격인 여자는 기품이 풍겨 나왔다.

"신분을 밝히지 않습니다."

둘을 데려온 소브리크가 김산에게 말했다.

이곳저곳에서 환성이 올랐고 아직도 불에 타고 있는 베네치아 선단에서 하물을 옮겨 싣느라고 쟈말호 안은 소란했다.

김산이 옆에 선 두 여자를 보았다. 그때 주인 격인 여자가 입을 열었다. 폴란드어다.

"나는 콘스탄티노플 궁성의 재무관 비날디 백작의 딸 소피아다. 날 풀어주면 금화 1천 개를 내겠다."

목소리가 맑고 또렷했다. 김산을 응시한 눈동자는 흔들리지 않는다. 금으로 만든 장신구를 잔뜩 싸들고 다가왔던 하몬이 김산과 여자를 보더니 물러갔다. 김산은 여자의 말을 알아들었지만 머리를 돌려 소브리크에게 말했다.

"내 방에 가둬두어라. 묶을 필요는 없다."

그때 기울어져 있던 화물선 한 척이 가라앉기 시작했으므로 하몬이 소리쳤다.

"모두 철수다. 북을 울려라!"

바다 위로 북소리가 번져나갔다.

쟈말호는 베네치아 선단에서 떨어져 다시 서남방으로 진로를 잡았다. 저녁 무렵이 되었다. 하몬은 위장용으로 실었던 싸구려 도자기를 모두 버리고 약탈한 재물을 실었는데 온갖 보물이 가득했다. 파비오 가문이 모은 재산 중의 일부였다. 6척의 베네치아 선단에서 산 사람은 단 두 명, 주종관계인 두 여자, 비잔틴제국의 콘스탄티노플 궁성 재무관 비날디의 딸 소피아와 시녀 칼렌이다.

나머지는 모두 죽었다. 불에 타죽고 화살에 맞아 죽고 물에 빠져 죽고 나서 나중에는 칼과 창에 찔려 죽었다. 김산의 방은 선미의 2층이다. 방문을 열면 배 전면(全面)이 내려다보이는 선장실이었는데 하몬은 아래층으로 옮겨갔다. 선장실에서 저녁 식사가 차려졌을 때 바사트가 들어와 소피아에게 말했다.

"아가씨, 저녁 식사를 우리 각하와 함께 드시지요."

선원들이 식탁에 식사준비를 하는 동안 소피아와 칼렌은 구석 자리에 앉아 구경만 했다. 포로 신분인 것이다. 묶이지는 않았지만 섣불리 움직였다가는 무슨 일을 당할지도 모르기 때문이다. 숨을 삼킨 소피아를 바사트가 똑바로 보았다. 웃지는 않았지만 능글거리는 태도다.

"각하의 지시요."

"어떤 각하신가요?"

소피아가 겨우 묻자 바사트는 마침내 비웃음을 띠었다. 감히 묻느냐는 시늉이다.

"폴란드의 정복자, 총독 쿠추 각하의 명성을 들어보셨는지?"

소피아는 숨을 멈췄다. 들었다. 그러나 다르게 들었다. 노란 흡혈귀, 무자비한 살인마, 몽골의 개라고 들었던 것이다. 그래서 소피아의 머릿속에는 폴란드 총독 하면 흉측한 마귀의 영상이 떠올랐다. 소피아의 표정을 본 바사트가 눈을 가늘게 떴다.

"들으신 것 같군, 바로 그 총독 각하의 지시요. 당신은 오늘 밤에 각하를 모셔야 하오."

"모시다니요?"

뜻은 반쯤 짐작했지만 놀란 소피아가 갈라진 목소리로 묻자 바사트는 혀를 찼다.

"모시기 싫으면 저 시녀를 대신 시키기로 하지, 그럼 당신은 선원용으로 하룻밤에 30명씩을 상대하게 될 거야."

"……."

"아니, 모두 흥분되어 있으니 1백 명이 다 덤벼들지 모르겠다. 어때? 시녀하고 바꿀 의향이 있으신지?"

"……."

"당신이 수청을 들면 시녀도 편하게 돼, 각하와 당신의 시중을 들 수 있도록 저 조개가 안전할 테니까."

그러고는 바사트가 소피아를 노려보았다.

"어때? 지금 결정을 하시지."

어두워지면서 파도가 잔잔해졌기 때문에 쟈말호는 바람을 타고 미끄러지듯이 항해하고 있다. 식탁 위에 켜놓은 촛불 두 개도 불꽃이 흔들리지 않는다. 소피아가 슬며시 시선을 들어 앞에 앉은 총독을 보았다. 폴란드가 몽골 킵차크제국의 침략을 받아 멸망했다는 소문은 들었다. 갑작스러운 일이어서 콘스탄티노플 궁성도 한동안 술렁거렸다. 그러나 폴란드는 위쪽의 먼 나라다. 당장 몽골의 압박보다 내국(內國)의 분란, 십자군과 무슬림의 갈등이 코앞에 닥쳐 있었기 때문이다. 그런데 이 젊은 사내가 폴란드 총독이라니, 소피아는 믿기지 않았다.

동양인이지만 큰 키에 넓은 어깨, 콧날도 굵고 입술은 다부져서 코사크인 같다. 나이는 서른 정도나 되었을까? 이자가 수만 명의 남녀를 눈도 깜박이지 않고 살육한 도살자라니, 인육을 먹는다는 소문도 있었다. 새로 온 킵차크인 폴란드 총독의 식탁에는 어린애 눈알찜과 여자의 음부만 도려낸 고기가 산처럼 쌓여 있다는 것이다.

그런데 이자는 지금 생선 구운 것과 빵을 먹는다. 그때 도살자가 머리를 들고 시선을 주었으므로 소피아는 질색을 했다.

"너, 몇 살이냐?"

빵을 씹으면서 도살자가 표정 없는 얼굴로 물었다.

"스물셋입니다."

"늙었구나."

혼잣소리처럼 말했지만 소피아는 들었다. 맞다. 늙었다. 반발심이 일어났지만 아직 소피아의 위축감은 풀리지 않았다. 다시 도살자가 물었다.

"남자관계는 많겠군, 그렇지 않으냐?"

대답을 해야 될 것인가 말 것인가 망설였던 소피아가 숨을 뱉고 나서 말했다.

"많지는 않습니다."

"몇 놈이나 겪었느냐?"

"예, 세 놈, 아니, 세 명 겪었습니다."

"많지는 않군."

정색한 도살자가 물잔을 들어 한 모금을 삼켰다.

"그럼 남자 맛을 조금 알겠다. 그렇지 않느냐?"

금방 대답하지 못한 것은 김산의 표현력이 부족했기 때문이다. 소피아가 눈만 깜박였을 때 김산이 손바닥 두 개를 부딪쳐 보였다. 배끼리 부딪치는 시늉이다.

"이것 말이다. 이것."

그때서야 알아챈 소피아가 어금니를 물었다. 머리에 열이 오르더니 곧 볼이 뜨거워졌다. 이것이 무슨 꼴이란 말인가? 이런 대화를 그것도 정색하고, 손바닥까지 부딪치며 나눠본 적이 없는 것이다.

그러나 도살자 총독의 시선이 대답을 재촉하고 있었으므로 소피아는 대답을 해야만 했다.

"조금 압니다."

"아, 아, 아."

마침내 소피아의 입에서 탄성이 터졌다. 이를 악물고 참다가 터뜨린 탄성이다.

깊은 밤, 떠들썩했던 쟈말호의 소음은 줄어들었고 파도소리가 더 크게 울리고 있다. 김산은 소피아의 몸이 달아오르는 것을 알고 있었던 터라 놀라지 않았다. 소피아의 알몸이 이제는 맹렬하게 꿈틀거렸다. 두 팔로 김산의 목을 감싸 안았고 다리는 잔뜩 굽혀 하반신을 압박한다. 방안의 불은 꺼 놓았지만 창을 통해 달빛이 흘러들어왔다. 침상에서 꿈틀거리는 두 알몸을 빈틈없이 비추고 있다. 그 순간 김산은 거친 신음을 토해내던 소피아의 몸이 마침내 터지려는 것을 알았다. 반응이 더 거칠어지면서 동굴은 수축력이 강해졌다.
 "아아앗!"
 소피아의 입에서 비명 같은 탄성이 터진 것은 잠시 후였지만 곧 김산의 손바닥에 입이 막혔다. 소피아가 사지로 빈틈없이 김산의 몸을 감아 안더니 굳어졌다. 김산이 손바닥을 떼자 소피아의 입에서 쏟아지듯 숨결이 뿜어져 나왔다. 숨결 속에 탄성이 섞여졌다. 소피아의 절정이 이어지고 있는 동안 김산은 깊게 안은 채 움직이지 않았다. 방안은 뜨거운 열기로 뒤덮여졌고 정액의 비린내가 맡아졌다.
 이윽고 김산이 상반신을 일으켰다. 앓는 소리를 내던 소피아가 맥없이 사지를 늘어뜨렸으므로 김산은 몸을 떼어 옆으로 누웠다.
 안쪽 구석, 세 걸음도 떨어지지 않은 작은 침상에서는 시녀 칼렌이 이쪽으로 등을 보인 채 누워 있다. 숨을 죽이고 있었지만 호흡이 가쁘다. 처음부터 끝까지 둘의 관계를 듣고 있었던 터라 흥분하지 않을 수가 없었던 것이다.
 이것은 고역이다. 그렇다고 좁은 배 안에서 칼렌의 방을 따로 만들어줄 수도 없는 노릇이다. 그때 김산이 몸을 일으켰다. 그리고 알몸인 채로 칼렌에게로 다가갔다. 놀란 칼렌이 몸을 웅크리는 것이 보였다. 다가간 김산이 칼렌의 옷을 벗겼다. 칼렌이 김산의 손을 잡았지만 곧 저항을 멈추고는 몸을 맡겼다. 가쁜 숨을 몰아쉬면서 몸을 펴는 것이다. 김산이 곧 알몸이 된 칼렌의 몸 위로 오르면서 말했다.
 "너도 여자 아니냐? 이래야 맞다."
 칼렌은 알아듣지 못했다. 옆쪽에서 숨을 죽이고 있는 소피아도 마찬가지다. 왜냐하면 갑자기 김산의 입에서 고려말이 튀어나왔기 때문이다.

"아아아"

그 순간 칼렌의 입에서 신음이 터져 나왔으므로 방안의 열기가 다시 달아올랐다. 칼렌의 샘은 이미 흘러넘쳤던 터라 김산은 거침없이 유린했다. 칼렌은 두 팔로 김산의 어깨를 쥐었고 두 다리는 굽혀 발바닥으로 침상을 단단히 받쳤다.

김산의 몸을 빈틈없이 받으려는 것이다.

"아아아얏"

김산의 허리가 움직일 때마다 칼렌의 탄성도 더욱 높아졌다. 이젠 옆쪽의 주인, 소피아를 의식하지 않는 것 같다.

에게해(海)의 남쪽은 크레타섬이 방파제처럼 막았지만 그 좌측으로 빠져야 거대한 아라비아 반도가 나온다. 에게해는 동서양의 문명이 부딪치는 곳으로 수천 년 전부터 가장 교역이 번성했던 지역이다.

쟈말호는 남하하면서 하루에도 수십 척의 상선을 만났는데 대부분이 무슬림의 소형 무역선이었다. 돛대 하나짜리 1백 석 규모의 무역선으로 무슬림은 지중해 전역을 석권했던 것이다. 별을 보고 좌표를 정한 것도 무슬림 항해사였고 항해지도도 무슬림이 처음 제작했다.

베네치아 파비오 선단을 궤멸시킨 지 열흘 만에 쟈말호는 크레타섬을 오른쪽으로 두고 동진했다. 이제 키프로스를 목표로 항진하는 것이다.

"적함 출현!"

돛대 위에 망보기가 소리쳤을 때는 정오 무렵, 크레타섬을 지난 지 만하루가 되었을 때다. 망보기가 가리키는 뒤쪽에 두 개의 검은 점이 보였다. 크레타섬 옆에서 떨어져 나온 것 같다. 이마에 손을 붙이고 그쪽을 보던 하몬이 김산에게 말했다.

"베네치아 순시 전함입니다. 제 배도 저놈들한테 잡혔지요."

하몬의 두 눈이 번들거리고 있다.

"전함이지만 해적선 노릇도 합니다. 무슬림 화물선을 잡아 화물을 빼앗고 배와 사람은 흔적도 남기지 않고 바다 속에 수장시키지요, 저는 간신히 목숨만 건졌습니다."

"저놈들의 무장 상태는?"

김산이 묻자 하몬이 대답했다.

"강궁으로 제압한 다음 갈고리로 배를 걸어 넘어옵니다. 전함은 속력이 빠르고 저 정도의 전함이면 선원 20명, 전투원 50명 규모에 선수에 쇠기둥을 박아서 상대방 옆구리를 부서뜨릴 수도 있습니다."

머리를 끄덕인 김산이 옆에 선 바사트를 보았다.

"이번에도 기름불을 던져라."

"예, 각하."

바사트가 전함을 응시하더니 말을 이었다.

"전함이니 몽땅 태우기만 하겠습니다."

다가오는 전함 두 척은 베네치아 상인연합의 전투 순시선 알리드호와 주노호였는데 지휘선은 타드리스 남작이 탄 알리드호다.

"쟈말호 같습니다."

타드리스 옆에 선 보좌관 조반니가 말했다.

"저 정도 크기의 함선은 에게호에 서너 척밖에 없습니다. 남작 각하."

"과연 크구나."

타드리스가 머리를 돌려 전투장 루카를 보았다.

"루카, 주노호에 깃발 신호를 보내라. 알리드호가 공격하면 즉시 따르라고 전해라."

루카가 복창하고 다시 부하에게 지시했다. 행동에 절도가 있고 군기가 잡혀져서 일사불란하게 움직인다. 알리드호와 주노호는 각각 전투병 55명, 52명을 보유하고 있었으니 막강한 전력이다. 이쪽이 노까지 저어 다가갔으므로 거리는 금방 1천 보로 가까워졌다.

"어엇, 놈들이 선수를 이쪽으로 돌립니다."

놀란 조반니가 소리쳤지만 타드리스는 그보다 먼저 보았다.

"전투준비!"

타드리스가 소리치자 돛대에 전투 깃발이 올라갔다. 붉은색 삼각기다. 3백 보 옆을 항진하는 주노호는 보았을 것이다.

"거리 8백 보!"

쟈말호가 속력을 떨어뜨리면서 옆으로 도는 바람에 거리는 와락 가까워졌다.

"북을 울려라!"

다시 타드리스가 명령하자 전투준비를 알리는 북이 울렸다. 금방 주노호에서 따라 치는 북소리가 바다 위로 퍼져 나갔다. 오시(12시) 무렵, 태양은 푸른 하늘의 중천에 떠 있었고 바람은 약한 서북풍, 파도는 한 자밖에 되지 않는다. 전투에 안성맞춤의 조건이다.

"거리 6백 보!"

다시 루카가 소리치자 타드리스가 허리에 찬 칼을 빼들었다. 2백 보면 전투다. 금방이다.

"사격 준비!"

타드리스가 소리치자 북이 빠르게 울렸고 앞쪽 뱃전으로 와락 궁사들이 붙었다. 모두 활에 화살을 먹이고 있다.

"거리 5백 보!"

그때 루카의 외침을 들으면서 타드리스는 이쪽으로 날아오는 검은 바윗덩이를 보았다. 순간적으로 마스트 위에서 헝겊이 떨어져 내리는 것처럼 보였다.

"퍽석!"

마스트에 부딪친 그것이 요란한 충돌음을 내면서 물벼락을 쏟아 부었으므로 타드리스도 그대로 물을 뒤집어썼다.

"기름이다!"

역시 물을 뒤집어쓴 보좌관 조반니가 와락 외쳤다. 기름이다.

"퍽석!"

또 하나의 기름 바위가 이번에는 선수 갑판에 부딪혀 찢어지면서 갑판을 기름 바다로 만들었다.

"퍽석!"

이번에는 옆쪽 선창 입구에 떨어져 기름 폭포가 아래로 쏟아져 내렸다.

"아앗! 불화살!"

그 외침은 루카의 입에서 터졌다. 머리를 든 타드리스는 이쪽으로 날아오는 10여 개의 불덩이를 보았다. 거리는 아직 4백 보 정도, 이쪽은 활을 쏠 엄두도 내지 못하고 있다.

"으아악!"

불화살 하나가 꽂힌 순간 와락 불길이 솟으면서 불덩이가 된 병사 하나가 내지른 비명이다. 타드리스는 뛰어 자리를 피했지만 불화살 하나가 바로 앞쪽에 다시 꽂혔다.

"각하, 옷을! 옷을 벗으십시오!"

뒤에서 조반니가 악을 쓰듯 소리쳤는데 곧 아우성 소리에 묻혔다. 그 순간 타드리스는 자신의 온몸이 불길에 싸여 있는 것을 보았다. 온몸에서 불이 일어난다. 숨을 한번 들이켤 동안은 그것을 보기만 했는데 뱉어낼 때 온몸이 타는 고통으로 저절로 비명이 터졌다.

"으아아악!"

그러나 그 비명은 주변의 비명에 묻혀서 누구의 목소리인지도 구분이 안 되었다.

쟈말호 2층 난간을 잡고 선 소피아가 불덩이가 된 두 척의 베네치아 전함을 본다. 이제 두 척은 서로 1천 보쯤 떨어진 채 불에 타오르고 있었는데 갑판 위에는 사람이 보이지 않았다. 모두 바다로 뛰어내렸거나 불에 탄 것이다. 지난번 파비오 선단보다 더 참혹한 것은 쟈말호가 계속해서 기름통을 던졌기 때문에 빈틈없이 불덩이가 되어 있는 것이다. 쟈말호는 4백 보 거리에 정지한 채 이제는 불덩이를 구경하고만 있다. 갑판에 늘어선 선원, 용병, 그리고 아래쪽 지휘관들도 마찬가지다. 이제는 모두 입을 다물고 응시하고만 있다.

소피아의 시선이 앞쪽 돛대 밑에 선 총독 각하의 뒷모습에로 옮겨졌다. 그 순간 가슴이 뛰면서 몸에 열기가 느껴졌다. 밤마다 총독의 품에 안기는 터라 이젠 눈만 마주쳐도 온몸에 짜릿한 느낌이 들기도 한다. 그때 뒤에 선 칼렌이 말했다.

"아가씨, 미안합니다."

낮고 조심스런 목소리다. 소피아는 앞쪽만 보았고 칼렌의 말이 이어졌다.

"저도 어쩔 수 없습니다. 아가씨."

첫날, 총독이 칼렌에게 옮겨간 순간 소피아는 심장이 멎는 것 같은 충격을 받았다. 놀라서 눈물까지 흘러나왔던 것이다. 총독이 칼렌과 관계를 하는 동안 소피아는 계속해서 소리 없이 울었다. 칼렌이 내지르는 쾌락의 탄성이 비수처럼 온몸을 찌르는 느낌이었다. 그렇게 그날 밤이 지났다. 칼렌과 관계를 마친 총독은 소피아에게 돌아오더니 그대로 잠이 들었다. 그 다음날도 마찬가지였고, 또 그 다음날도 같았던 것이다. 그러나 그날 이후로 소피아는 칼렌에게 말을 걸지 않았고 칼렌도 마찬가지였다. 오늘 처음 칼렌이 입을 연 것이다.

앞쪽의 전함은 이제 가라앉기 시작했다. 옆쪽부터 기울기 시작한 것이다. 칼렌은 30세, 소피아가 어렸을 때부터 몸종으로 따랐다. 소피아보다 일곱 살이나 연상인 것이다. 그때 소피아가 몸을 돌려 칼렌을 보았다.

"괜찮아, 그것이 저 원숭이 놈의 생활방식인 모양인데 어떡하겠어?"
"아가씨"

칼렌의 눈에 눈물이 고였다.

"이해해주시는 거죠?"
"어쩔 수 없지 않겠어?"
"고맙습니다, 아가씨."
"어떻게든 저놈 손아귀에서 벗어나야 돼, 살아나가야 한단 말야."
"그래요, 아가씨."

다가선 칼렌이 눈물이 가득 고인 눈으로 소피아를 보았다.
"살아나가셔야 돼요. 저 원숭이 놈한테서요."
그때 아래쪽의 총독이 몸을 돌려 이쪽을 보았으므로 둘은 입을 다물었다. 원숭이가 들은 것 같은 표정을 짓고 있다.

1248년 2월, 쟈말호의 선수에 선 김산이 지중해 상에서 동쪽의 대륙을 주시하고 있다. 4년 전인 1244년 8월 23일, 그리스도교 군대는 패퇴했고 예루살렘은 이집트의 아이유브 왕이 지휘하는 호레즘 사인들에게 점령되었다. 처참한 패배여서 도저히 재기가 불가능할 정도였던 것이다.
그리스도교인들의 성지 예루살렘은 또다시 무슬림의 수중에 들어간 것이다. 김산의 옆에 선 하몬이 입을 열었다.
"지금 프랑스의 루이 9세가 예루살렘을 탈환하려고 대군을 모으고 있다고 합니다. 잉글랜드의 귀족들도 참여한다고 들었습니다."
김산에게 프랑스와 잉글랜드는 대륙의 서쪽 끝 왕국이라는 지식밖에 없다. 몽골 제국의 그 누구도 그 땅에 발을 딛지 못한 것이다. 김산이 대륙을 응시하며 물었다.
"지금 예루살렘의 지배자는 누군가?"
"이집트의 아이유브 왕이올시다."
하몬이 말을 이었다.
"아이유브 왕은 이집트, 예루살렘을 포함한 아라비아 대륙의 무슬림을 지배하는 술탄이시오."
그러고는 덧붙였다.
"베네치아인들은 루이 왕에게 비협조적이올시다. 루이 왕이 예루살렘을 빼앗고 주도권을 장악하면 상권이 위축당할지도 모르기 때문이오."

"베네치아인들도 그리스도교들 아닌가?"

"그렇습니다만 이득을 위해서는 무슬림과도 손을 잡지요."

하몬이 주름진 얼굴을 일그러뜨리며 웃었다.

"그래서 44년 전인 1204년에 베네치아인들이 프랑크 십자군을 시켜 그리스도 세계의 가장 부유한 도시였던 콘스탄티노플을 함락, 사흘 밤낮으로 약탈을 했소. 십자군 폭도들은 수도원에서 수녀들을 강간했고 여인들은 강간당한 후에 자식들과 함께 살해당했소. 교회들은 모조리 약탈당했고 비잔틴 제국의 유스티아누스 황제의 관은 파괴되어 유해는 부장품인 보석들과 함께 유실되었소. 세상이 시작된 후에 어떤 학살, 어떤 약탈도 이보다 심한 적이 없었다고 합니다."

하몬이 번들거리는 눈으로 김산을 보았다.

"누구는 몽골군보다 더 악랄한 약탈과 방화, 살인, 강간을 했다는 것이오, 몽골군은 질서가 있었지만 이 폭도들은 질서도 없는 약탈자였다고 합니다."

"몽골군의 학살은 더 심했다."

김산이 혼잣소리처럼 말했다. 하몬이 들었다. 숨을 들이켠 하몬이 묻는다.

"각하께선 몽골제국의 킵차크칸국 총독 각하가 아니십니까?"

"그렇다."

숨을 들이켠 김산이 말머리를 바꾼다.

"그리스도교도는 그렇다 치고 무슬림은 어떤가?"

"무슬림도 지금은 아이유브 왕이 장악하고 있지만 여러 종파로 나뉘어져 종파 이익을 위해서는 전쟁도 마다하지 않습니다."

머리를 끄덕인 김산이 하몬에게 말했다.

"배를 대륙으로 붙이도록, 상륙하겠다."

앞쪽 대륙에는 예루살렘이 있는 것이다.

아크레는 십자군의 도시로 남아 있다.

성 안으로 들어선 김산 일행은 먼저 여관 두 채에 숙소를 정했는데 인원이 48명이나 되었기 때문이다. 용병 중 7명이 몸이 약해져서 배에 남겨졌고 나머지는 모두 아크레에 상륙한 것이다. 저녁 무렵, 밖에 나갔던 소브리크와 우르스가 들어와 보고했다.

"말은 베드윈족으로부터 70필을 살 수 있었습니다만 안내인을 찾지 못했습니다, 각하."

예루살렘까지의 안내인이다. 예루살렘은 아크레에서 티베리아스를 거쳐 내륙으로 들어가야 된다. 3백여 리 길을 남하해야 되는 터라 도중에 수많은 무슬림 부족을 만나게 될 것이었다.

"각하, 위장을 하고 돌파하는 수밖에 없습니다."

소브리크가 말했다.

"예루살렘에는 아이유브 왕의 아들 투란샤가 와 있습니다. 투란샤는 호전적이고 잔인한 성격이라고 합니다."

"밤에 출발한다."

김산이 둘러선 네 명의 측근을 훑어보며 말을 이었다.

"아이유브의 아들 투란샤를 만나겠다."

이슬람은 안 나시르, 다마스쿠스의 이스마일 등 각 세력으로 분산되어 있었지만 이집트 왕 아이유브의 세력이 가장 강했으므로 프랑크인, 즉 그리스도교도들과의 전쟁에서는 아이유브의 지시에 따랐다.

그러나 조금만 이해관계에 얽히게 되면 연합은 깨졌다. 십자군의 교두보 역할을 하고 있는 아크레도 마찬가지였다. 성전기사단과 독일 황제 프리드리히의 영향력 하에 있는 구호기사단 간의 갈등이 심해서 거리에서는 양대 세력의 전투가 끊이지 않았다.

프랑스 왕 루이 9세가 가장 강력한 영향력을 행사하고 있었지만 이제 베네치아인들은 적대적이었다. 그래서 운송수단 제공을 거부하는 중이다.

"저기에 돈 많은 상인 놈들이 있어."

구호기사단 기사인 부르장이 동료기사 매스만에게 말했다. 둘은 사슬 갑옷 차림이었는데 가죽구두는 헤어졌고 머리는 헝클어졌다. 지저분한 수염에 파묻힌 얼굴에서는 땟국이 흐른 자국이 보인다.

허리에 장검을 찼지만 거지 몰골이다. 그러나 기사단의 기사이며 작위를 받은 귀족이다. 전시(戰時)에는 부대를 지휘하는 지휘관이 되는 것이다. 앞쪽을 턱으로 가리키며 부르장이 말을 이었다.

"놈들은 말 시장에서 말을 70여 필이나 샀어. 그것도 로마 금화로 말이야."

매스만이 눈을 둥그렇게 뜨자 부르장의 목소리에 열기가 띠어졌다.

"금화 150개를 한꺼번에 내놓았단 말이야. 주위가 환해지더구먼."

"돈이 많은 놈들이군."

매스만이 앞쪽 여관을 보았다. 오후 미시(2시) 무렵, 거리는 행인들로 들끓었고 소란했다. 시장통이었기 때문이다. 이쪽저쪽에서 장사꾼들의 외침이 울리는 사이로 여자들의 교태 어린 목소리가 들렸다. 창녀들이다. 그러나 창녀들은 거지 몰골의 둘에게는 시선도 주지 않는다.

"매스만, 그래서 자네를 부른 거야."

바짝 다가선 부르장이 흐린 눈으로 매스만을 보았다. 둘은 며칠 전에 말까지 팔아 술을 마시고 여자를 샀다. 이제 남은 것은 갑옷과 칼뿐이다.

"어때? 몇 명 더 데려와서 저놈들을 치지 않겠나? 적어도 금화는 몇백 개 건지게 될 거야."

"어디 상인인가?"

"키프로스의 상인이라네."

"키프로스?"

매스만의 입가에 희미한 웃음이 떠올랐다. 키프로스는 알리스 여왕이 통치하고 있는 것이다. 50대 후반의 알리스는 몇 년 전 나이가 절반이나 어린 수아농의 랄프와 결혼했는데 여왕은 십자군의 영지 우트르메르의 섭정을 맡고 있다.

"해볼 만하군."

혼잣소리로 말한 매스만이 어깨를 부풀렸다가 내렸다. 매스만은 작전의 명수다. 그래서 부르장이 데려온 것이다.

"부르장, 상인들이 몇 명이라고 했지?"

"4, 50명쯤이야. 말을 70여 필 사갔는데 곧 출발한다고 했어."

"어디로?"

"예루살렘에 밀을 싣고 간다는군, 밀은 티베리아스에서 산다는 거야."

"그렇다면 오늘 밤 저 여관을 치는 것이 낫다."

"매스만, 숙소가 두 개야."

"그럼 두 곳을 동시에 치는 거야. 내가 20명은 모을 수 있어."
"그래주겠나?"
얼굴을 편 부르장이 입안에 고인 침을 삼켰다.
"말만 빼앗아도 몫은 충분히 나눌 수 있어."
"무슬림 강도단의 소행으로 만들도록 하지, 투란샤의 사주를 받은 맘루크 강도단 소행으로 만들자구."
이것으로 거사 계획은 끝났다.

자시(12시)쯤 되었을 때다. 침상에 누워 있던 김산이 몸을 일으켰다. 아래쪽 마구간에서 말들이 푸르럭거리고 있다. 짐승들은 예민하다. 인간보다 후각, 청각, 시각이 특히 발달되었다. 말은 덩치는 크지만 침입자에 특히 민감한 반응을 한다. 말들이 코를 불고 발굽으로 바닥을 긁었는데 김산은 그것이 침입자의 출현임을 알았다. 하나둘이 아니다. 자리에서 일어선 김산이 차분하게 옷을 챙겨 입었다. 침입자는 10여 명, 벌써 집 안에 넷이 들어와 있다. 2층 계단을 오르는 기척도 들렸다. 쇠 냄새도 맡아졌다. 피 냄새가 배어 있는 장검이다.

아직 이쪽은 아무도 눈치 채지 못했다. 방심하고 있었던 것이다. 여관 마구간에 말떼를 넣었으면 최소한 말 감시는 세워두었어야 했다. 김산이 허리에 칼을 찼을 때 침입자들은 여관 2층 복도로 들어섰다. 모두 여섯, 2층 첫 방부터 용병 부하들의 숙소인 것이다. 방 하나에 서너 명씩 들어가 있다.

첫 번째 방을 맡은 것이 빈의 기사 루돌프와 그 단짝인 요르테였다.

장검을 치켜든 루돌프가 앞장을 서 문을 연 순간이다.

"앗!"

뒤에서 요르테가 놀란 외침을 뱉었으므로 루돌프가 머리를 들었다. 그 순간이다. 앞에 코사크인이 나타났다. 사내의 얼굴만 뇌에 찍혔을 때 목에 차가운 얼음이 닿는 느낌이 들었다. 루돌프가 외침을 뱉으려고 했지만 말이 터지지 않았다.

목이 잘려진 루돌프의 몸이 균형을 잃고 쓰러진 순간 요르테는 어깨에서 허리까지가 비스듬히 잘려 몸 전체가 두 동강이 났다.

"으아악!"

성대와 목이 살아 있었으므로 요르테가 내지른 비명이 여관을 울렸다. 그때부터 살육이 시작되었다.

김산은 다시 뛰어올라 뒤를 따르던 기사의 목을 쳤다. 사슬갑옷을 입고 있었기 때문이다. 머리가 떨어진 기사가 아직도 서 있었지만 김산의 칼이 옆쪽 기사의 심장을 찔렀다.

"으아악!"

비명이 다시 터졌을 때 뒤쪽에서 용병 부하들이 쏟아져 나왔다.

"습격이다!"

바사트의 목소리가 울렸다. 그때 김산은 또 한 명의 기사 팔목을 자른 다음에 목을 쳤고 그 뒤쪽 또 하나의 머리를 두 쪽으로 갈랐다. 벌써 여섯이다. 그때 뒤쪽에서 날아온 단창이 앞쪽 계단 위에 서 있던 기사의 얼굴에 박혔다. 용병 누군가가 던진 것이다. 김산은 계단 앞으로 뛰어내려가 다시 두 명을 순식간에 베었다.

전멸시켰다. 옆쪽 여관으로 들어간 기사 무리까지 모조리 베어 죽였을 때 여관은 물론 근처 주민까지 모여 있었다.

"모두 기사들인 것 같습니다."

소브리크가 피로 범벅이 된 칼을 든 채로 말했을 때다.

"어, 이 사람은 구호기사단 기사야!"

여관 종업원 하나가 시체를 내려다보면서 소리쳤다.

"맞아, 이 사람은 요제프! 내가 알아!"

또 하나의 시체를 가리키며 사내 하나가 소리쳤다.

"여기 이 사람도 구호기사단이야!"

누군가 다시 소리쳤을 때 바사트가 다가왔다.

"각하, 피하셔야겠습니다. 시끄럽게 될 것 같습니다."

김산이 머리를 끄덕였다.

"철수다."

둘러선 바사트와 소브리크 등을 훑어보면서 김산이 쓴웃음을 지었다.

"모두 출발한다."

"어디로 갑니까?"

바사트가 묻자 김산의 눈이 가늘어졌다.

어둠 속을 응시하던 김산이 다시 입을 열었다.

"바다로."

쟈말호로 돌아간다는 뜻이다.

8장
귀환

"키프로스 상인이라구?"

구호기사단장 바쉬가 소리치듯 물었다.

"알리스 여왕의 함선이더냐?"

"아니오, 그냥 상선이었소."

항구 감독관이 우물거리며 대답했다.

"배는 크고 빨랐습니다. 기사 2백 명을 실을 수 있는 배올시다."

"언제 떠났어?"

"새벽이오."

이른 아침이다. 바다에는 안개가 끼어서 항구에 정박한 배도 잘 보이지 않았다. 바쉬의 옆에 선 기사 줄리앙이 말했다.

"단장, 이제 쫓기는 틀렸소. 돌아갑시다."

"아니, 이대로 둘 수는 없어."

이를 악문 바쉬가 뒤를 돌아보았다. 구호기사단 기사 50여 명이 모여서 있다. 급하게 소집시켜서 갑옷도 제대로 챙겨 입지 못한 기사가 있는가 하면 이제야 항구로 달려오는 기사도 있다. 군기가 빠진 것이 한눈에 드러난다. 바쉬는 길게 숨을 뱉었다.

85명의 구호기사단 기사 중에서 어젯밤 13명이 참살당한 것이다. 무슬림과의 전투에서도 이런 피해를 입지 않았다. 그런데 여관 안에서 죽임을 당하다니, 시신을 눈으로 확인한 바쉬는 전율했다. 전장에서 수없이 시체를 보아 왔지만 이렇게 끔찍하게 토막이 난 시체는 처음 보았다. 일도양단, 단칼에 도륙이 난 것이다. 흡사 도마 위에 고기를 올려놓고 내려친 것 같아서 몸서리가 쳐졌다.

"단장, 배도 준비되지 않았소."

프랑스 기사 줄리앙이 다시 말했다. 줄리앙은 루이 9세의 먼 친척으로 구호기사단에서 영향력을 발휘하는 인물이다.

"경황을 보니 부르장과 매스만, 요르테 등이 상인들의 재물을 약탈하려고 여관에 침입했다가 당한 것 같소, 이만 회군합시다."

다시 줄리앙이 말했다. 항구에 모여든 상인, 선원들이 수군대고 있는 것이 보였다. 이제 곧 소문은 금방 아크레는 물론 밖의 무슬림 진영으로까지 퍼져 나갈 것이다.

"회군한다."

마침내 바쉬가 쥐어짜내는 것 같은 목소리로 말했다.

"나중에 알리스 여왕에게 책임을 묻겠다. 내 결코 가만두지 않겠다."

그러나 이것으로 구호기사단의 전력은 급속하게 감소되었다. 곧 루이 9세가 오게 되면 십자군 진영에서 고위직을 맡기가 어려울지도 모른다.

"키프로스의 깃발입니다."

돛대 위에 선 감시원이 소리쳤을 때는 오시(12시) 무렵이다.

"전함인데 정선하라는 신호를 보내고 있습니다."

선수에서 김산도 보았으므로 머리를 돌려 선장 하몬에게 물었다.

"검문인가?"

"이 근처는 키프로스 영역이니까요."

머리를 기울였던 하몬이 쓴웃음을 지었다.

"흘수가 높은 것을 보면 병력만 싣고 근처를 순시하는 순시선입니다."

"멈춰라."

마침내 김산이 지시했다.

"그리고 병력은 모두 갑판 밑에 숨어 있도록 하라."

"예, 각하."

금방 의도를 알아챈 하몬이 키잡이에게 소리쳐 지시했다. 갑판 밑으로 내려가는 김산에게 카잘이 물었다.

"각하, 나포하시렵니까?"

"그렇다."

김산이 웃음 띤 얼굴로 카잘을 보았다.

"저 전함을 자매선으로 끌고 간다."

머리를 든 카잘이 수평선 위에서 다가오는 키프로스 전함을 보았다. 이제는 두 대의 돛대 끝에 매달린 알리스 여왕의 휘장이 선명하게 드러났다.

갈퀴로 뱃전을 끌어당겨 양측 배의 측면을 딱 붙였지만 쟈말호가 훨씬 더 크다. 그래서 키프로스 전함에서는 널빤지를 걸쳐서 올라가야 했다. 그러나 쟈말호에서는 뛰어내리면 된다. 널빤지가 걸쳐졌을 때 키프로스 전함의 함장 앙드레는 쟈말호 갑판에 나타난 수십 명의 상반신을 보았다. 다음 순간,

"와앗!"

요란한 함성이 울리면서 사내들이 뛰어 내려왔다. 그것을 본 앙드레는 가슴이 무너지는 것 같은 충격을 받았다.

"아뿔싸!"

뒤늦게 후회했지만 이미 늦었다. 괴한들이 뛰어내리고 있다. 모두 손에 무기를 들었다.

"받아쳐라!"

칼을 빼든 앙드레가 앞으로 나서면서 소리쳤다. 키프로스의 전함 마리호에는 전투병 50명이 타고 있다.

"으아악!"

옆쪽에서 신음이 들렸으므로 앙드레가 머리를 돌린 사이에 칼날이 날아왔다.

"쨍강!"

칼로 받아쳤지만 다음 순간 어깨를 잘린 앙드레가 털썩 갑판에 무릎을 꿇었다. 그때 칼날이 가슴 깊숙이 들어가 등판으로 빠져나왔다.

"병사들은 전멸시켰습니다."

마리호에 뛰어 내려간 공격군의 주장(主張) 우르스가 보고했다. 철저히 죽이고 부상자까지 모두 바다에 던져 씨를 말린 것이다. 마리호에는

선원 10여 명만 남았다.

머리를 끄덕인 김산이 지시했다.

"배를 끌고 가자."

줄을 매어 끌고 가는 것은 아니다. 하몬이 나이 든 선원 하나를 마리호의 선장으로 보냈고 카잘이 경비원 10명을 파견한 것으로 수습이 끝났다. 마리호는 1백 보 거리를 두고 따라오게 된 것이다.

두 척의 배가 다시 항해를 시작했을 때 김산이 서쪽 수평선을 보면서 말했다.

"아이유브 왕이 통치한다는 이집트라는 왕국과 그 위쪽의 프랑스, 잉글랜드까지 가보고 싶었지만 다음 기회로 미뤄야겠다."

옆에 선 카잘이 물었다.

"각하, 곧장 콘스탄티노플로 가십니까?"

"그렇다."

머리를 돌린 김산이 뒤쪽 선실을 보았다.

2층 선실 안에는 소피아와 칼렌이 있다. 오래 머물지는 않았지만 아크레에서 예루살렘과 이집트 등 이슬람 세력의 실체를 확인할 수 있었다. 그리고 루이 9세를 중심으로 새로운 십자군 세력이 예루살렘을 탈환하려고 준비 중이라는 것도 알게 되었다. 곧 전장이 될 예루살렘에 들어가보려고 했던 시도는 여관에서 강도단을 만나 좌절되었으나 미련은 없다.

북동풍을 탄 두 척의 배는 빠른 속력으로 북상했다.

이제는 선실 안에서 셋이 생활하는 것에 익숙해져서 소피아와 칼렌은 자주 눈도 마주쳤다. 일상의 주종관계로 다시 돌아간 것이다.
"아가씨, 콘스탄티노플로 돌아간답니다."
선실로 들어선 칼렌이 말하자 소피아는 숨을 죽였다.
"누가 그래?"
"항해사한테 들었어요. 곧장 간답니다."
"그럼 저자가 우릴 풀어줄까?"
소피아가 묻자 칼렌이 시선을 내렸다.
"그건 모르겠습니다. 아가씨."
"콘스탄티노플에 내리면 저자는 무엇을 하려는 것이지? 황제 폐하나 카루자 대공이 저자를 그냥 내버려둘까?"
"……."
"파비오 선단을 궤멸시킨 것을 알면 내버려두지 않을 텐데, 그렇지?"
"아가씨."
입술을 혀로 축인 칼렌이 소피아를 보았다. 이제 칼렌의 얼굴이 어두워져 있다. 그것까지 생각을 못 한 것이다.
"어떻게 하죠?"
마침내 칼렌이 불안한 표정으로 물었지만 소피아는 대답하지 않았다. 그때 선실 안으로 김산이 들어섰다. 저녁 무렵이 되면서 바람과 함께 파도가 일어나 배가 흔들렸다. 의자에 앉은 김산이 소피아와 칼렌을 번갈아 보았다.
"닷새 후면 콘스탄티노플에 닿는다."
김산이 한마디씩 정확하게 말했으므로 둘은 놓치지 않고 들었다.
"너희들 둘은 풀어줄 테니까 궁성으로 돌아가도록."

둘이 동시에 어깨를 늘어뜨렸을 때 김산의 얼굴에 웃음이 떠올랐다.
"몽골족은 여자를 강간하고 죽였지만 고려인은 그렇지 않다."
"……."
"나는 고려인으로 킵차크국 폴란드 총독이 된 사람이다. 기억해둬라."
"각하."
혀로 입술을 축인 소피아가 똑바로 김산을 보았다.
"각하의 내력을 알고 싶습니다. 고려인이라면 고려인의 왕국이 있습니까?"
"그렇다. 동쪽 끝."
김산의 눈이 가늘어졌다. 벽을 뚫은 시선이 밖으로 뻗쳐나간 것 같다. 김산의 말이 이어졌다.
"이곳에서 수만 리 떨어진 곳이다. 걸어서 2년쯤의 거리겠지."
"……."
"기마로는 한 달쯤 걸릴까? 역참마다 말을 바꿔 탄다고 해도 곧장 간다면 기진해서 죽을 것이다."
"……."
"그곳에서 내 부모, 형제의 혼이 떠돌고 있다."
눈의 초점을 잡은 김산이 둘을 번갈아 보았다.
"그렇지, 내 이름은 김산이다. 만약 너희들이 내 아이를 낳는다면 성인 김을 붙이도록 해라."
칼렌은 순식간에 얼굴이 붉어졌지만 소피아는 시선만 주었다.

그로부터 사흘 후가 되던 날 오전 쟈말호 선장 하몬은 지나는 상선 한

척을 나포해주기를 청했다. 배에 식수가 다 떨어졌기 때문이다. 어렵지 않은 일이어서 빠르게 접근한 쟈말호는 투석기에 돌덩이를 넣고 두 번을 던져 상선의 돛대를 부러뜨렸다. 카잘의 지휘로 상선을 덮쳤던 용병대는 곧 김산에게 달려와 보고했다.

"각하, 킵차크 상선입니다."

선수에 서 있던 김산이 놀라 상선으로 뛰어 내려왔다. 처음에는 덮쳐온 용병을 피해 한쪽 구석에 몰려있던 선원들이 웅성거리고 있다. 김산에게 다가온 카잘이 말했다.

"각하의 지시대로 물만 빼앗으려고 살상은 안 한 것이 다행입니다. 어디 상선이냐고 물었더니 킵차크제국 상선이라고 해서……."

김산이 머리를 돌려 선장을 찾았다.

"선장이 어디 있느냐?"

오랜만에 쓰는 몽골어다. 그때 폴란드인, 헝가리인 사이에 끼어 서 있던 서너 명의 동양인 중에서 한 사내가 나섰다. 반가운 듯 얼굴이 환해져 있다.

"제가 선장 우가입니다."

"몽골족이냐?"

"몽골족이 배를 탈 리가 있습니까? 한족으로 산동성 태생인데 바투님의 측근 호리울님을 따라 킵차크까지 오게 되었습지요."

"네 인생도 기구하구나."

이제는 김산이 한어로 말하자 선장의 얼굴이 활짝 펴졌다. 그러더니 한어로 묻는다.

"한어를 하시다니요, 영웅께서는 누구시기에 이 먼 바다에서 해적 노릇을 하고 계십니까?"

"나는 킵차크제국의 폴란드 총독 쿠추다. 내 이름을 들어보았느냐?"

"듣다 뿐입니까?"

그 순간 갑판에 털썩 무릎을 꿇고 엎드린 선장이 김산을 보았다.

"킵차크제국인 중에서 총독 쿠추, 고려인 김산을 모르는 사람이 있습니까? 영웅을 만나 뵈어서 돛대가 부러진 것이 아깝지 않습니다."

"어디로 가는가?"

"베네치아로 비단을 팔러 가는 중이었습니다만 돛대가 부러졌으니 돌아갈 수밖에 없을 것 같습니다."

"그렇다면 내가 배 한 척이 더 있으니 그놈으로 바꿔주마. 이 배보다 더 크고 빠른 전함이다."

김산이 뒤쪽에 멈춰선 키프로스의 전함을 눈으로 가리켰다. 그러자 선장의 얼굴이 굳어졌다.

"은혜가 백골난망이오, 영웅께서는 어디로 가십니까? 혹시 킵차크로 가시는 중인지요?"

"내가 폴란드 총독이라고 하지 않았느냐?"

"본국의 황제 구유크님이 돌아가신 터라 시라이의 바투 황제 폐하께서 대군을 모으신다고 들었습니다. 그래서 말씀드린 것입니다."

김산이 숨을 삼켰다. 구유크가 죽었다니.

쟈말호가 콘스탄티노플에 도착했을 때는 사흘 후가 되는 날 밤이다. 항구 끝 쪽에 소리 없이 정박한 쟈말호에서 먼저 소피아와 칼렌 두 주종이 내렸다. 칼렌이 먼저 널빤지를 건너 부두에 발을 디뎠고 소피아가 다음 차례다. 그때 소피아가 머리를 돌려 김산을 보았다.

"총독, 당신을 잊지 않겠어요."

김산은 시선만 주었고 소피아가 다시 말했다.

"제가 리그니츠 성으로 찾아가도 됩니까?"

소피아의 눈이 어둠 속에서 반짝이고 있다. 김산의 얼굴에 희미한 웃음기가 떠어졌다.

"곧 폴란드 총독 쿠추에 대한 소문을 듣게 될 것이야."

그러고는 입을 닫았으므로 소피아는 널빤지 위에 발을 올려놓았다. 그러고는 선원의 부축을 받아 콘스탄티노플 땅을 밟는다. 두 주종에 이어 각각 노획품을 나눠 가진 용병들이 내렸다. 그러자 김산이 머리를 돌려 선장 하몬을 보았다.

"출발하라."

하몬이 곧 선원들에게 지시하면서 배 안이 분주해졌다. 닻이 올려졌고 배가 선창에서 떼어졌다. 김산의 옆으로 바사트가 다가와 섰다.

"각하, 흑해는 북동풍이 강해서 킵차크제국까지 닷새면 닿는다고 합니다."

김산은 대답하지 않았다. 이제 쟈말호는 흑해를 가로질러 킵차크제국으로 직접 들어가려는 것이다. 콘스탄티노플에서 다시 육로로 북상하여 폴란드에 닿으려던 계획이 변경되었다. 몽골제국의 구유크 황제가 죽었다는 사실 때문이다. 아마 킵차크제국의 바투 황제도 폴란드의 김산에게 사신을 보냈을 것이었다. 대사건이다. 천하의 주인이 사망한 것이다. 몽골제국의 제3대 황제였던 구유크는 2년 만에 병사(病死)하고 다시 천하의 주인은 공석이 되었다.

흑해 북동쪽 해안에 닿은 쟈말호에서 다섯 사내가 내렸다. 그때까지 배에 싣고 왔던 말떼 중 가장 원기가 남은 20여 필의 말도 함께 상륙했다.
"자, 쟈말호는 이제 네 것이다."
김산이 말하자 하몬이 땅바닥에 무릎을 꿇었다. 오전 진시(8시) 무렵, 햇살은 맑고 바람은 잔잔했다.
"각하, 항상 각하의 무운을 비는 붉은색 깃발을 배에 달아놓겠습니다."
하몬의 시선을 받은 김산이 머리만 끄덕이고 몸을 돌렸다. 이제 시라이는 또다시 동쪽으로 3천 리를 달려야만 한다.

오고데이가 죽고 나서 5년 동안이나 대칸을 옹립하지 못했던 몽골대제국은 결국 1246년, 쿠릴타이를 열어 오고데이의 장남 구유크를 대칸으로 옹립했다. 이에 불만을 품은 칭기즈칸의 맏아들 주치의 차남 바투는 킵차크칸국에서 즉위식에 참석하지도 않았다. 바투는 칭기즈칸의 4남 톨루이의 맏아들 몽케를 지지하고 있었기 때문이다. 이제 구유크가 집권 2년 만에 병사하자 권력의 상층부는 긴박하게 움직였다. 바투와 톨루이가(家)는 이번에야말로 몽케를 대칸에 즉위시키려고 할 것이다. 그러나 오고데이가(家)가 가만있을 리가 없다. 구유크의 황후 오굴 카이미쉬를 중심으로 다시 오고데이가(家)의 승계를 도모하고 있는 것이다. 김산이 킵차크칸국의 수도 시라이에 도착한 것은 쟈말호에서 하산한 지 엿새 만이었으니 하루에 5백 리를 달려온 셈이다. 바로 황궁으로 찾아간 김산이 위사에게 신분을 밝히자 대소동이 일어났다. 먼저 신원을 확인하려고 위사부장이 달려 나왔다가 놀라 달려 들어갔다. 곧 위사장과 시라이 경호대장인 1만인장이 대기실에서 기다리는 김산에게 찾아왔다.

그때서야 제대로 된 인사가 오갔고 김산에게 갈아입을 옷이 준비되었다. 그리고 한 식경(30분) 만에 김산이 황제 바투 앞으로 안내되었다. 연락을 받고 기다리던 바투가 김산을 보더니 얼굴을 펴고 웃었다.

"쿠추, 구유크가 이렇게 빨리 죽을지 몰랐다."

대뜸 말한 바투가 눈을 가늘게 뜨고 김산을 보았다.

"몽케님한테서 너를 보내달라는 전갈이 두 번이나 왔다. 나도 너한테 전갈을 보내놓고 기다리던 참이다."

"소신은 콘스탄티노플에서 십자군과 이슬람의 전선을 탐문하고 있었습니다."

"들었다."

머리를 끄덕인 바투가 말을 이었다.

"그까짓 망해가는 제국 따위와 십자군이니 무슬림 따위는 제국이 안정되면 기마군 1만으로 휩쓸어버릴 것이다. 쿠추,"

이름을 부른 바투가 지그시 김산을 보았다. 이곳은 '황제의 방'이라 부르는 황궁 깊숙한 청 안이다. 사방 20보 정도의 방이었는데 상석의 옥좌에 앉은 바투의 아래쪽 좌우로 재상 오르베와 위사장 자크바만 시립하고 있을 뿐이다. 바투가 말을 이었다.

"폴란드를 정벌한 네 공은 킵차크제국에서 제일이다. 너는 총독, 대장군직을 가졌으니 몽케님의 휘하로 돌아간다 해도 그만한 대우를 받아야 될 터."

바투의 눈짓을 받은 오르베가 붉은색 비단에 쌓인 작은 주머니를 김산에게 내밀었다.

"내가 몽케님에게 보내는 서신이다. 너에 대한 대우를 부탁했고 향후 몽케님과 내가 어떻게 대처해나가야 할 것인가를 적었으니 직접 전해라."

"예, 폐하."

두 손으로 비단주머니를 받은 김산이 저고리 안에 품었다.

"쿠추."

바투가 지그시 시선을 주면서 다시 부른다. 머리를 든 김산에게 바투가 말했다.

"동과 서의 제국은 하나다. 단, 서쪽 제국의 황제가 몽케님이 되어야 그것이 이루어진다."

"명심하겠습니다."

"너는 양쪽을 잇는 중요한 역할이다. 양대 제국에서 너 같은 인물이 없다."

"황공합니다."

머리를 숙여 이마를 청 바닥에 붙였던 김산이 상반신을 들고는 가슴 속에서 꽤 묵직한 주머니를 꺼내 앞에 놓았다.

"그동안 비잔틴 제국의 실정과 허점, 아래쪽 예루살렘 근처의 동향까지 조사한 자료입니다. 폐하의 서정(西征)에 써주시기 바랍니다."

"오오."

감탄한 바투가 커다랗게 머리를 끄덕였다.

"또 공을 세웠구나. 꼭 다시 돌아오너라, 나와 함께 서정을 하자."

다 놔두고 떠났다. 김산의 무공을 아는 터라 바투는 물론이고 재상 오르베도 위사 한 명 붙여주지 않았다. 오히려 김산이 위사를 보호해야 할 것이기 때문이다. 리그니츠 성에 있을 홍복에게만 바사트 편에 전갈을 보내 몽케칸 진중에서 만나자고 했을 뿐이다. 궁성에서 기다릴 여자들도 다 놔두었지만 후임 총독이 알맞은 대우를 해줄 것이었다. 김산은 몽골인 차림의 여행자가 되었다. 12필의 말을 끌고 떠났는데 세 필에는 짐을 실었고 9필은 승마용이다. 가다가 지친 말은 초원에 풀어주고 새 말을 살 작정이었다. 다 놔두고 떠나지만 김산의 가슴은 뛰었다. 2년 만이다. 중원(中原)이 고향은 아니었으나 기다리는 사람이 많다. 18년 전, 7살 나이에 고려 땅을 떠나던 때와는 다르지 않은가? 김산의 눈앞에 어머니의 얼굴이, 그리고 무참히 살해당한 아버지와 두 동생의 모습이 차례로 떠올랐다가 지워졌다. 몽케칸은 아직도 남송정벌군 총사령관으로 남송 전선에서 머무르고 있다. 이제 대륙의 동쪽 끝까지다.

몽케는 바투로부터 봉화 연락을 받았다. 봉화로 짧은 통신이 이루어지는 것이다. 그 내용은 다음과 같다.

"동방의 별이 떠났다."

봉화는 3만 리 거리를 이틀 반나절 만에 닿은 것이다. 봉화대로부터 신호를 받은 전령장이 글로 쓴 내용을 엎드려 바쳤을 때 몽케칸의 얼굴에 웃음이 떠올랐다. 몽케의 옆에는 쿠빌라이, 훌라구까지 세 형제가 모여 있다.

"김산이 떠났군."

몽케가 두 아우를 둘러보며 말을 이었다.

"앞으로 김산의 역할이 중요하다. 이제는 기회를 놓치지 말아야 한다."

"그렇습니다."

훌라구가 말을 이었다.

"몽골제국의 앞날을 위해서도, 위대한 대칸 칭기즈칸 조부님의 유업을 계승하려면 오고데이 가문으로는 안 됩니다."

훌라구의 두 눈이 이글거렸다.

"또다시 오고데이 가문의 계집들이 농간을 부리지 않도록 해야 됩니다."

지난번 구유크가 대칸으로 즉위한 것도 오고데이의 황후 토라가나가 감국(監國)으로 정무를 맡았기 때문에 가능했다. 그리고 지금도 구유크가 죽자 즉시 황후 오굴 카이미쉬가 전면에 나서서 설치고 있는 것이다. 그때 쿠빌라이가 말했다.

"김산은 바투님의 휘하에 들어 5천인장, 1만인장으로 승진했고 폴란드를 정복하는 대공을 세워 대장군 겸 폴란드 총독으로 임명되었습니다. 그것을 다 놔두고 이곳으로 온다니 가상합니다."

"상응하는 대접을 해야지요."

훌라구가 거들었다.

"충신은 대가를 줘야 합니다."

머리를 끄덕인 몽케가 대답했다.

"김산이 가져온 오대산의 보물을 이제 찾아야 될 것 같다."

둘의 시선을 받은 몽케가 말을 이었다.

"김산에게 대업을 맡겨야겠다."

끝없는 초원이다. 가도 가도 초원이 이어지고 있다. 사흘을 달렸는데도 같은 장소를 빙빙 돌고 있는 것 같다. 완만한 언덕, 무릎까지 닿는 잡초, 말들도 지쳤는지 묵묵히 달리기만 한다. 코 울음소리 한번 내지 않는다. 오늘로 13일째, 하루에 600리를 목표로 달렸더니 닷새 만에 말

네 마리가 쓰러졌다. 그래서 400리를 목표로 동진하는 중이다. 말 12마리는 모두 지쳐 늘어졌기 때문에 제각기 풀어주고 지금은 새 말 14마리가 달린다. 그러나 내일쯤이면 다시 세 마리는 풀어줘야 될 것 같다. 이곳은 이제 차가타이가(家)의 영토, 비스듬히 동남향으로 남진하는 터라 그동안 이름 없는 도시를 수십 개 지났지만 아직 기찰은 받지 않았다. 가끔 각 성(城)이나 도시의 검문소를 지나쳤지만 몽골인 복색의 김산을 제지하는 병사는 없었던 것이다. 언덕 밑의 물 냄새를 맡은 김산이 고삐를 그쪽으로 채었을 때 말 몇 마리가 코를 불었다. 말보다 냄새를 먼저 맡은 셈이다. 이윽고 언덕 위에 올라선 김산은 개울가에 한 떼의 기마군이 모여 있는 것을 보았다.

1리(500m) 거리, 기마군 다섯, 말도 다섯 필이니 근처에서 나온 것 같다. 그런데 옆쪽에 민간인 한 떼가 모여 앉아 있었는데 포로 같다. 그쪽도 능선 위에 10여 필의 말떼가 나타난 것을 보더니 긴장한 것 같다.

앉아 있던 기마군이 제각기 일어서더니 이쪽을 보았다. 곧 마음을 굳힌 김산이 말떼를 몰아 언덕을 내려갔다. 이미 다섯 기마군은 다 파악을 했다. 차가타이 가문의 군사다. 일찍이 몽골제국의 서쪽 국경을 중심으로 광대한 영지를 배정받은 차가타이 가문은 오고데이 가문과 밀접했다. 그래서 몽케의 톨루이 가문이나 바투의 주치 가문에 적대적이다. 김산이 천천히 말을 몰아 그들에게 다가가자 군사들 중 우두머리로 보이는 사내가 앞으로 나섰다. 몽골군 제복을 입었으나 한족 같다. 사내가 거친 목소리로 물었다.

"그대는 누구고 어디로 가는가?"

"난 동쪽으로 간다."

가볍게 말한 김산이 말에서 내려 힐끗 민간인들을 보았다. 모두 여덟 명, 여자 셋, 남자 둘, 아이가 셋이다. 남녀 모두 젊고 아이들은 7, 8세 정도, 모두 피부가 희고 건강하게 보였지만 겁에 질려 있다.

남녀 다섯은 모두 손이 묶인 데다 길게 끈으로 이어졌다. 끌고 가던 중인 것이다. 김산의 분위기에 위압감이 들었는지 잠깐 주춤했던 사내 가 힐끗 부하들을 보고 나서 목소리를 높였다.

"누구냐고 묻지 않았는가? 불응하면 수비대로 끌고 가겠다."

"네 영주가 누구인가?"

불쑥 김산이 묻자 사내는 당황했다.

"그건 왜 묻는가?"

"네 영주한테 이리 와서 내 앞에 무릎을 꿇으라고 해라."

목을 늘여 개울물을 벌컥이며 마신 김산이 손바닥으로 입을 씻으면서 일어날 때까지 사내들은 굳어진 채 움직이지 않았다. 어처구니가 없었 던 것 같다.

"누구시오?"

마침내 우두머리가 다시 물었는데 이번에는 경어를 썼다. 그때 김산 이 사내에게 한 발짝 다가섰다.

"네가 내 신분을 알게 된다면 죽는 수밖에 없다. 어떠냐? 끝까지 가겠 느냐?"

"뭐요?"

우두머리도 결심을 굳힌 것 같다. 숨을 들이마신 사내가 칼 손잡이를 쥐었을 때 부하 넷이 김산을 둘러쌌다. 이제 눈을 부릅뜬 우두머리가 소리쳤다.

"신분을 밝혀라! 그렇지 않다면 끌고 가겠다!"

그 순간이다. 김산이 와락 다가섰으므로 사내는 흠칫 놀랐다. 본래 김산과 다섯 걸음 간격이었는데 한 걸음 만에 바로 코앞에 닥쳐온 것이다.

"으아악!"

이어서 사내의 처절한 비명이 개울 위로 퍼졌다. 김산의 손바닥이 날아가 머리를 부쉈기 때문이다. 머리 위쪽 뼈가 바스러진 사내가 엎어지기도 전에 김산의 몸이 다시 앞쪽으로 전진했다. 옆쪽에 쪼그리고 앉아 있던 주민들은 김산의 몸이 땅 위에 떠 있는 물체처럼 움직이는 것을 보았다. 마치 바람 같다.

"으악."

"아악!"

연달아 비명이 터지면서 기마군 넷이 칼 한번 휘두르지 못하고 쓰러졌다. 모두 손바닥과 주먹에 당한 것이다. 김산의 몸이 주민들에게 돌려졌다. 묶여 있던 여덟은 숨을 죽였다. 아이들도 돌덩이가 된 것처럼 몸을 굳히고 있다.

"너희들은 왜 잡혀가는가?"

몽골어로 물었더니 그중 사내가 하나가 엉거주춤 일어섰다.

"예, 시장으로 팔려갑니다."

노예시장이다. 사내가 더듬거리는 몽골어로 말을 이었다.

"저희는 이곳에서 50여 리 아래쪽 주민입니다. 어젯밤 저자들이 마을로 들어와 주민을 죽이고 우리들을 끌고 가던 중입니다."

"저놈들은 누군가?"

다가간 김산이 허리에 찬 칼을 빼내 주민들을 동여맨 밧줄을 잘랐다. 사내가 묶였던 팔을 주무르며 대답했다.

"예, 서쪽으로 70리쯤 거리에 있는 차가타이칸국의 지온성 군사들이오. 요즘은 군자금을 모은다고 군사들이 주민들을 끌고 가 서역 노예상인들에게 팝니다."

사내의 얼굴이 상기되었고 눈에 눈물이 맺혔다.

"그래서 차가타이 부족의 성 주위에는 주민들이 모이지 않습니다. 저놈들은 주민을 오직 사냥용 짐승 취급을 합니다."

쓴웃음을 지은 김산이 주위에 널브러진 군사들의 시체를 보았다. 그러고는 주민들에게 말했다.

"군사들의 말을 끌고 돌아가라."

"고맙습니다."

사내가 엎드려 사례하자 모두 따른다. 아이들도 엎드려 김산을 우러러보고 있다. 김산이 다시 말에 오르면서 말했다.

"차가타이칸국은 곧 멸망할 테니 당분간 숨어 지내라고 주민들에게 일러라."

백성을 팔아 군자금을 마련하는 왕국이 건재할 리가 없다. 다시 동진(東進)하면서 김산은 차가타이칸국이 곧 멸망하리라는 것을 확신했다. 오고데이, 구유크 황제 치하에서는 명맥을 이었겠지만 톨루이 가문의 몽케가 천하를 장악하면 순식간에 궤멸될 가문이다. 따라서 차가타이 가문은 필사적으로 오고데이 가문의 정권 승계를 도울 것이었다. 김산이 사천성 땅으로 들어선 것은 사라이를 떠난 지 20일 후였다. 지친 말을 초원에 풀어주고 이제 김산은 말 네 필을 끌고 작은 마을로 들어섰다. 유시(오후 6시) 무렵, 한족 땅이어서 한어가 들렸지만 서역인들도 절반은 된다. 이곳은 몽골제국의 직할령 국경 지역인 것이다. 황제 구유크가 죽었지만 아직 오고데이 가문의 통치는 계속되고 있는 상황이다.

"나리, 가장 좋은 여관에 드시지요."

한족으로 보이는 사내가 말머리 옆으로 다가와 김산에게 말했다.

"방이 깨끗하고 유곽이 옆에 있습니다. 객고를 푸시는데 그만입니다."

40대쯤의 건장한 체격에 인상이 좋은 사내다. 김산의 시선을 받은 사내가 이제 말 재갈을 손으로 잡았다.

"나리, 제가 안내하겠습니다. 1백 보밖에 떨어지지 않았습니다."

김산은 사내의 가슴에 감춰진 단검 냄새를 맡았다. 쇠 냄새보다 피 냄새가 더 진했다. 그리고 주머니에는 극독이 세 종류나 넣어졌다.

"좋아, 가자."

김산이 말하자 사내가 이를 드러내고 웃었다.

"방값이 하룻밤에 은 한 냥입니다. 나리, 유곽에서 술 드시고 여자를 데리고 나오시려면 금 두 냥이면 됩니다."

말 재갈을 끌고 가면서 사내가 말을 이었다.

"여자는 마음대로 고르시면 됩니다. 서역 여자가 많으니까요."

"네가 남방의 독까지 세 종류를 가슴에 품고 있구나."

김산이 말하자 사내가 머리를 들었다. 얼굴이 굳어졌고 눈동자가 흔들렸다.

"독 하나에는 아편까지 섞어놓았고, 그놈을 술에 타 먹이면 두 잔째에는 약에 취한 상태에서 죽겠다."

김산이 웃음 띤 얼굴로 사내를 보았다.

"살인을 많이 한 놈이야. 너는, 발 뻗는 것을 보니 발힘이 강하겠다. 담장을 뛰어넘고 빨리 달리기는 하겠지만 긴 거리는 못 뛰겠구나."

이제 사내는 발만 떼었고 김산의 말이 이어졌다.

"말 재갈을 놓고 뛰어오를 생각일랑 말아라. 그 즉시 네 두 다리가 잘릴 테니까."

"나리는 뉘시오?"

사내가 갈라진 목소리로 물었으므로 김산이 말채찍을 들어 사내의 머리통을 가볍게 두드렸다.

"반듯한 여관으로 안내해라. 그러지 않으면 네놈은 여관 앞에서 처참한 시체가 될 테니."

"나리……."

그 순간 김산이 허리를 앞으로 숙이면서 사내의 뒷머리를 손바닥으로 툭 쳤다.

"억!"

낮은 외침이 터지면서 사내가 비틀거렸다가 겨우 말 재갈에 의지해서 중심을 잡았다. 그러더니 다시 발을 떼었다.

"네가 지금부터 말을 한 마디만 뱉으면 살이 떼어지고 뼈를 깎는 고통이 따를 게다. 그러니 잠자코 여관으로 가."

김산이 주위를 둘러보며 말을 이었다.

"뛰어도 그렇다. 세 발짝만 뛰면 머릿속이 부서지면서 칠공으로 피를 쏟고 즉사를 할 거야. 그러니 천천히 걸어라."

잠시 후에 김산은 사천성 덕윤현의 천궁여관 별실에 들어와 있다. 김산의 앞에 선 사내는 아직 입도 열지 못하고 있는 안내인이다. 김산이 손을 뻗어 사내의 뒷머리를 가볍게 쳤다.

"자, 입을 열어도 좋다."

그 순간 어깨를 늘어뜨리면서 길게 숨을 뱉은 사내가 진저리를 쳤다. 그때 순식간에 얼굴에서 땀이 솟아나더니 물을 뒤집어쓴 것처럼 되었다. 사내가 숨을 헐떡이며 김산을 보았다.

"대인은 누구십니까?"

"도적이다."

김산이 정색한 채 말을 이었다.

"네놈보다는 큰 도적이지."

"이런 무공은 처음 겪었습니다."

"그건 무공은 아니다. 급소를 눌러 제압했을 뿐이야."

"소인을 살려주시는 것입니까?"

의자에 등을 붙인 김산이 말을 이었다.

"도둑놈들 상황까지 다 말해라."

그러고는 김산이 듣겠다는 듯 입을 다물었다.

"몽케는 20만 대군을 거느리고 있습니다. 그리고 장수들의 충성심이 강합니다. 대감."

승상 영천이 말하자 구타이가 쓴웃음을 지었다. 이제 구타이는 몽골제국군 총사령에 북방군 총사령까지 겸한데다 병부대신이다. 제국의 군권(軍權)은 모두 장악했지만, 단 몽케가 거느린 남부군은 제외다. 남부군은 남송정벌군의 주력으로 남부지역 전선(戰線)에 배치되었는데 몽골제국의 최정예군이다. 더구나 몽케의 동생 쿠빌라이, 훌라구 등이 거느린 군단(軍團)까지 주위에 포진하고 있는 것이다. 구타이가 입을 열었다.

"승상, 제국군의 병력은 1백만이 넘소. 우리가 전면전을 각오하고 남하하면 몽케는 무기를 내려놓을 것이오."

그때 앞에 앉은 구유크의 미망인 황후 오굴 카이미쉬가 말했다.

"서둘러야 하오. 지난번은 구유크님이 즉위하실 때까지 5년이나 걸렸단 말이오."

"지금은 다릅니다. 마마."

구타이가 정색하고 오굴을 보았다.

"마크다님을 황제로 추대하는데 지장이 없습니다."

마크다는 18세로 구유크의 차남이다. 오굴이 마크다를 지원하고 있는 것이다. 그때 오굴이 물었다.

"바투가 가만있지 않을 테니 조심해야 됩니다."

바투는 칭기즈칸의 장남 주치의 차남으로 가장 영향력이 강한 왕자일 뿐만 아니라 군사력 또한 막강한 것이다. 다만 서역 땅에 위치해서 이곳까지 오려면 두어 달이 걸린다는 약점이 있다.

"시레뷘님이 장수들을 자주 만나고 있습니다."

불쑥 영천이 말하자 구타이가 오굴의 시선이 부딪쳤다. 시레뷘은 오고데이 가문 내부에서 가장 강력한 후계자로 대두되고 있다. 시레뷘은 오고데이의 셋째아들 코추의 셋째아들이다. 본래 오고데이는 자신의 후계자로 시레뷘을 택했었는데 사후 감국이 된 황후 토라나가 큰아들 구유크로 황제를 세운 것이다. 이제 제국의 황제는 이 셋의 결정에 달려 있다.

그때 오굴이 눈을 치켜뜨고 말했다.

"시레뷘은 선제 폐하 시대의 인물이에요. 차기 황제는 내 아들이 되어야 합니다."

오굴은 독한 성격에 말도 직선적이다. 그래서 측근들은 오굴의 안색만 보면 심중을 읽을 수 있다고 했다.

"오굴이 몽골제국의 황제를 만들어낸다고 합니다."

마룻바닥에 주저앉은 사내가 긴 이야기를 마쳤을 때는 해시(오후 10시) 무렵이 되어 있었다. 사내의 이름은 부박, 호남성 출신이 이곳까지 흘러 들어왔으니 곡절 많은 인생을 살았을 것이었다. 제법 아는 것도 많았기 때문에 민심과 함께 조정의 동향까지 들었다. 머리를 든 부박이 김산을 보았다.

"나리께선 어디까지 가십니까?"

"그건 왜 묻느냐?"

"모시고 싶어서 그럽니다."

부박의 얼굴이 굳어졌다. 방바닥에 두 손을 짚은 부박이 말을 잇는다.

"천하를 떠돈 지 어언 25년, 그동안 살인, 강도, 도둑질, 인신매매에 대리역까지 안 한 일이 없습니다. 나이 40대 중반이 될 때까지 혈혈단신, 죽어도 향불을 피워줄 인연 하나 없습니다."

"길다."

뱉듯이 말한 김산이 의자에 등을 붙였다.

"살려줄 테니 이제 떠나라."

"대인은 범상한 인물이 아니시오."

"그렇겠지."

쓴웃음을 지은 김산이 눈을 가늘게 떴다.

"네놈이 민심을 늘어놓으면서 옷깃에 든 미약을 숨결과 함께 나한테 뿌렸다. 소 다섯 마리는 죽일 분량이었지."

부박의 얼굴이 마룻바닥처럼 굳어졌고 김산의 말이 이어졌다.

"네놈은 독에 면역이 되어서 그렇게 수많은 인명을 죽였을 터, 나한테 독이 통하지 않으니까 직접 독을 입에 물고 한숨과 함께 뿜더구나."

"나리."

"이야기 값으로 목숨을 살려준 게다."

그러고는 김산이 손을 저었다.

"가거라. 내 마음이 변하기 전에."

부박이 슬그머니 상반신을 펴더니 엎드린 채 뒤로 물러났다. 그러고는 문을 열자 바람처럼 사라졌다. 김산은 쓴웃음을 지었다. 이것이 중원(中原)이다. 앞으로 온갖 일들이 일어날 터였다. 쓴웃음을 지은 김산이 탁자 위에 놓인 세 뭉치의 독극물을 보았다. 부박한테서 빼앗은 독극물이다.

당시의 몽골제국은 칭기즈칸의 천하 통일 이후에 가장 불안정한 시기였다. 칭기즈칸이 죽고 3남 오고데이가 황제위에 올랐으나 제국 통치에 소홀했다.

1239년 쿠릴타이 이후로 오고데이는 카라코룸에만 머물렀는데 향락과 사치, 허세에 정신을 쏟았다. 오직 그의 관심은 카라코룸 도시의 치장과 사냥, 그리고 주연이었다. 특히 그의 음주는 너무 지나쳐서 형 차가타이가 감시자를 붙여놓고 하루에 12잔으로 제한할 정도였다.

그러나 오고데이는 절제력이 없었다. 또한 누구의 지시를 받을 신분이 아닌 것이다. 오고데이는 차가타이의 배려를 존중하긴 했다. 그래서 하루에 12잔은 지켰다. 그러나 그 잔이 술잔보다 20배나 큰 대접이었다. 오고데이가 죽은 이유도 연회에서 과음했기 때문이다. 오고데이 사망 이후에 5년간 황제를 결정짓지 못했던 공백기, 그리고 구유크가 황제위에 올랐지만 겨우 2년 만에 사망하자 또다시 제국은 흔들렸다. 부정부패가 만연했고 각 왕자(王子)는 자신의 세력을 키우느라 중앙 정부의 지시가 먹혀들지 않았다. 칭기즈칸 사후(死後) 20년 가깝게 제국이 흔들리고 있는 것이다. 제국이 붕괴되지 않은 것은 칭기즈칸 직계 네 아들의 가문, 즉 주치, 차가타이, 오고데이, 톨루이 가문이 제각기 막강한 군사력으로 각 지방을 장악하고 있기 때문인 것이다.

다음날 오전, 김산은 마을에서 새 말을 바꿔 타고 다시 동진(東進)한다. 마을을 빠져나와 다섯 필의 말이 황야를 들어선지 한 시진(2시간)쯤 지났을 때다. 뒤에서 말굽 울리는 진동음이 느껴졌다.

보통사람보다 열 배는 더 감각이 민감한 김산이다. 말굽소리는 기마인 열대여섯 명, 각기 경장 차림이고 여분의 말은 끌지 않는 것으로 추측되었다. 그것은 곧 단거리 목표로 향한다는 의미다. 말의 속도를 줄인 김산이 주위를 둘러보았다.

이곳은 잡초가 듬성듬성 돋아난 황무지다. 경사가 완만한 데다 끝없이 펼쳐져서 숨을 데도 없다. 강도단에게는 가장 적당한 장소였다. 기마인과의 거리는 이제 7, 8백 보로 좁혀졌다. 김산은 황무지 복판에 말을 세웠다. 오후 미시(2시) 무렵이다. 햇살이 중천에서 겨우 벗어났지만 고원지대여서 날씨는 서늘하다. 김산이 잡초를 뜯어 하늘에 뿌렸다.

"아니, 그놈은?"

놀란 하표전이 눈을 부릅떴다. 말떼가 일으킨 먼지가 가라앉으면서 황야 복판에 서 있는 다섯 필의 말이 선명하게 드러났다.

"어디 있는 거냐?"

하표전이 소리쳐 물었지만 대답이 나올 리가 없다. 뻔했기 때문이다. 사방이 탁 트인 황야에 다섯 필의 말만 서성대고 있다. 물론 이쪽은 '푸줏간 주인'이라 불리는 하표전과 열다섯 명 부하가 말을 탄 채 우왕좌왕하는 중이다. 왜냐하면 쫓던 '몽골괴인' 한 놈이 갑자기 말만 놔두고 실종되었기 때문이다.

"말을 잡아!"

마침내 하표전이 지시하자 부하 대여섯이 박차를 넣어 다섯 필의 말 쪽으로 달려가 곧 고삐를 쥐었다. 도대체 말 주인이 어디로 숨었단 말인가? 이곳은 잡초도 없는 맨땅이다. 사방 5리(2.5km) 정도는 탁 트여서 토끼가 엎드려 있다고 해도 보인다.

"대장, 찜찜합니다."

부두목격인 용우가 다가와 말했을 때 말을 수색하던 부하 하나가 소리쳤다.

"금화요!"

모두의 시선이 그쪽으로 모여졌고 다시 부하가 말 등에 실린 자루를 들여다보면서 아우성을 치듯이 소리쳤다.
"자루에 가득 담겼소! 수천 냥이오!"
"무엇이?"
놀란 하표전이 말을 몰아 그곳으로 다가갔고 용우도 뒤를 따른다.
"오오오."
다가간 하표전의 입에서 비명 같은 탄성이 터졌다. 50대 중반의 하표전은 강도다. '푸줏간 주인'이란 별명이 붙은 것은 잡은 상인이나 주민을 남녀노소 불문하고 고기로 만들어 제 푸줏간에서 지금도 팔고 있기 때문이다. 하표전은 젖혀진 자루 뚜껑 안에서 번쩍이는 금화더미를 보았다. 말 등에 양쪽으로 걸쳐진 두 개의 자루에 금화가 가득 담겨져 있는 것이다.
"이, 이런, 부박의 말이 맞았다."
머리끝이 솟아오를 만큼 놀란 하표전이 금화 자루에서 시선을 떼어 다시 주위를 둘러보았다. 어느덧 열다섯 부하는 모두 금화 주위에 몰려와 있다. 바람이 불어와 옷자락을 날렸다.
"그놈이 말만 놔두고 정신없이 달아난 모양이오."
소두목 추공이 말하자 용우가 주위를 둘러보며 말했다.
"대장, 어서 이곳을 떠납시다. 부박의 말이 지금도 마음에 걸리오."
부박은 이 무리의 부두목격으로 용우와 같은 서열이다. 여관을 빠져나온 부박이 아침에야 나타나 어젯밤 '몽골괴인'에게 당한 사연을 말한 것이 사단이었다. 길길이 뛴 하표전이 부하를 여관으로 보내 탐문했지만 '몽골괴인'은 이미 떠난 후였다. 그래서 부박의 만류를 뿌리치고 이렇게 뒤쫓아온 것이다.

"좋아, 말을 끌고 돌아가자."

말고삐를 챈 하표전이 소리쳤다.

"그놈이 있건 없건 재물만 빼앗았으니 되었다. 그놈 고기를 푸줏간에서 팔 수 없는 것이 유감이지만……."

입을 벌리고 소리 없이 웃었던 하표전의 눈이 둥그레졌다. 앞에 서 있던 부하 두 명이 제각기 목을 움켜쥐고 주저앉았기 때문이다.

"아니?"

몸을 돌린 하표전은 이미 뒤쪽의 부하 대여섯이 땅바닥에 쓰러져 있는 것을 보았다. 두어 명은 간질 발작을 하는 것처럼 온몸을 비틀고 있다.

"두, 두목!"

부두목 용우가 소리치더니 말에서 굴러 떨어졌다. 서너 명이 말을 타고 사방으로 뛰었지만 열 발짝도 나가지 못하고 말에서 굴러 떨어졌다.

"으윽!"

갑자기 목이 막히는 느낌이 들었으므로 하표전이 손으로 목을 움켜쥐었다.

"아악!"

이번에는 창자가 끊기는 것 같아서 하표전은 말 위에 엎드렸다가 말이 뛰는 바람에 굴러 떨어졌다. 그때 하표전은 이쪽으로 다가오는 사내를 보았다. 부박이 말했던 '몽골괴인' 같다. 다음 순간 온몸에서 경련이 일어났으므로 사지를 펄떡이던 하표전은 입을 딱 벌리고 힘껏 비명을 질렀지만 소리가 뱉어지지 않았다.

김산은 황야에 혼자 서서 사방을 둘러보았다. 시체는 열여섯 구, 그러나 말떼는 한 마리도 죽지 않았다. 말들은 독초 냄새를 맡으면 본능적으로 머리를 돌린다. 후각이 인간보다 서너 배 발달된 터라 냄새를 흡입하기 전에 돌리는 것이다. 그러나 인간은 다르다. 서너 번 호흡하고 나서도 독극물을 호흡했는지 자각하지 못한다. 김산이 바람결에 뿌린 이 극독은 어제 부박한테서 빼앗은 극독물을 배합한 것이다. 말에서 내려 근처의 땅바닥에 위장한 채 엎드려 있었지만 말떼들도 알아채지 못했다. 위장술은 사물과 일체가 되는 것을 말한다. 땅에 엎드려 있으면 땅이 되는 것이다. 그때 말굽소리가 울렸으므로 김산의 얼굴에 웃음이 떠올랐다. 말굽 소리는 이쪽을 향해 일직선으로 달려오고 있다. 김산이 머리를 돌렸을 때 다가오는 기마인이 보였다. 부박이다. 전속력으로 달려온 부박이 김산의 앞에서 뛰어내렸다. 온몸이 땀투성이가 되어 있었지만 부박은 사방에 흩어진 시체에 눈길 한번 주지 않는다.

"나리, 소인을 데려가시지요."

바로 앞에 김산이 서 있는데도 부박은 소리쳐 말했다.

"어제 소인을 내보내셨을 때부터 이렇게 될 줄 짐작하고 있었소이다."

김산의 시선을 받은 부박이 말을 잇는다.

"이 시체 중에 제법 소인하고 친밀하게 지냈던 인간도 있었소이다."

"너는 이놈들을 제물로 내놓았다는 것이냐?"

눈을 좁혀 뜬 김산이 묻자 부박이 손등으로 얼굴의 땀을 닦았다.

"소인을 살려 보내신 이유는 무리를 모아 다시 오라는 뜻으로 읽었소이다. 그래서 무리들에게 나리를 쫓지 않으면 안 될 만큼 충동질을 했습지요."

"……"

"나리의 짐에 금덩이가 가득 넣어져 있다고 했습니다."

"……."

"나리께서 무공이 높다고만 했기 때문에 승부욕이 강한 하표전은 참지 못한 것입니다. 다만 부두목 용우에게는 은근히 따르지 말라고 했지만 어쩔 수 없었지요. 용우는 소인의 친구입니다."

부박의 시선이 그때서야 땅바닥을 훑어 용우의 시체를 찾는다. 그러면서 부박이 말을 이었다.

"나리, 차라리 저를 이곳에서 같이 죽이시든지 모시고 가게 해주시지요. 결코 폐를 끼치지 않겠습니다. 나리."

부박의 목소리는 간절했다.

이틀이 지난 오후 유시(6시) 경에 말 9필을 뒤에 매단 기마인 두 명이 사천동 동쪽 한기현의 거리로 들어선다. 말떼는 물론 기마인도 먼지를 자욱하게 뒤집어서서 먼 길을 온 것이 드러났다. 기마인 둘은 한기현에서 가장 번화한 현청 거리로 들어가더니 옥보장 앞에서 멈춰 섰다. 옥보장은 현 제1의 여관으로 관리나 거상(巨商)이 묵는 곳이다. 그러나 시종으로 보이는 사내가 집사장에게 여관에 하나밖에 없는 특실을 요구했으므로 곧 주인까지 현관으로 나왔다. 주인 왕보는 50대 중반의 한인으로 산전수전 다 겪은 장사꾼이다. 옥보장과 유곽, 서역 물건을 받는 무역상에다 고리대금업, 화물운송업까지 하는 터라 사천성에서 열 손가락 안에 드는 거부다. 오늘은 왕보가 여관 다실에서 손님을 맞다가 특실을 요구하는 일행을 직접 만나보는 것이다. 왕보는 점잖은 표정을 짓고 서 있었지만 집사장이 바짝 긴장했다. 왕보는 현령쯤은 발 아래로 보는 거물이다. 왜냐하면 배후에 차가타이 가문의 유력자 옹기라드가 있기 때문이다. 옹기라드는 차가타이칸국의 5대 족장 중 하나였으며 구유크 황제를 옹립한 후원자인 것이다. 왕보는 지금도 공공연하게 옹기라드와의 친교를 과시했다. 집사장이 시종에게 말했다.

"이보시오, 댁의 주인이 누구 신지는 알 수 없으나 특실은 항상 비워 놓습니다. 왜냐하면 그 특실은……."

힐끗 왕보의 눈치를 살피고는 집사장이 말을 이었다.

"옹기라드님의 사신이 언제 오실지 알 수가 없기 때문이오."

"하지만 오늘 밤 당장 오실 것도 아니지 않소?"

먼지투성이의 시종이 끈질기게 나섰을 때 왕보가 헛기침을 했다. 시선이 모여졌고 왕보가 입을 열었다.

"좋소, 그럼 하룻밤 숙식비로 금화 스무 냥을 내시오. 그럼 방을 드리겠소."

시종은 물론 집사장도 숨을 들이켰다. 특실의 방값은 하룻밤 금화 두 냥인 것이다. 왕보는 열 배를 불렀다.

"아니, 주인장……."

눈을 치켜뜬 시종이 나섰을 때 그때까지 잠자코 뒤에 서 있던 주인이 말했다.

"금화를 드려라."

이번에는 집사장이 숨을 들이켰고 왕보는 눈만 크게 떴다. 그러자 시종이 두말 않고 주인에게 머리를 숙여 보이더니 왕보에게 말했다.

"드리겠소."

"먼저 선금을."

왕보가 외면한 채 말했을 때 시종의 눈이 치켜 올라갔다. 집사장은 이제 침을 삼켰고 주위에 둘러선 하인들은 돌덩이처럼 굳어졌다. 금화 스무 냥을 먼저 내라는 말이었다. 여관은 후불제다. 그때 다시 주인 사내가 말했다.

"드려라."

그때다. 시종이 옆에 놓인 자루 하나를 들더니 안에서 한주먹의 금화를 꺼내 땅바닥에 던졌다. 금화가 현관 바닥으로 흩어지면서 반짝였다.

"세어서 가져가!"

시종의 목소리가 현관을 울렸다. 뒤에 서 있던 주인의 얼굴에 희미한 웃음기가 떠올랐다. 바로 김산이다. 난폭한 시종은 며칠 전까지 강도였던 부박이다.

"수백 냥의 금화를 지니고 다니다니, 범상한 놈은 아닙니다."

집사장이 떨리는 목소리로 말하자 왕보가 쓴웃음을 지었다.

"서역 장사로 한밑천 잡은 놈이겠지. 옷차림을 보아하니 서역에서 온 놈이 분명하다."

"나리, 어떻게 아십니까?"

놀란 집사장이 묻자 왕보가 염소수염을 쓸어내렸다.

"허리띠를 보았느냐? 쇠줄에 소가죽을 덮었고 두 치 넓이다. 킵차크 지역의 몽골인들이 두르는 허리띠다."

"그, 그렇습니까?"

"멀리서 온 놈들이야. 특히 주인 놈이 심상치 않다."

왕보의 두 눈이 이글거렸다. 지금까지 온갖 풍상을 겪었고 갖가지 유형의 인간을 보아온 왕보다. 얼굴을 굳힌 왕보가 집사장에게 말했다.
"백추를 부르라."
"예, 나리."
숨을 들이켠 집사장이 서둘러 발을 떼었고 왕보는 다시 뒤쪽의 다실로 돌아갔다.

과연 특실은 넓고 호화스러웠다. 그러나 금화 스무 냥 값어치는 되지 않았다. 그래서 부박은 눈썹을 치켜 올린 채 방을 둘러보지도 않았다. 김산이 창가의 금박을 입힌 의장에 앉았을 때 부박이 허리를 굽히더니 작심하고 말했다.
"나리, 소인이 금화를 빼앗아 오겠소이다."
김산의 시선을 받은 부박이 말을 이었다.
"참을 수가 없습니다. 주인 놈이 우리를 조롱한 것입니다. 지금 웃고 있을 주인 놈을 생각하니 눈이 뒤집힐 것 같습니다."
"지금 주인 놈도 우리 이야기를 하고 있을 것이다."
숨을 죽인 부박을 향해 김산이 웃어 보였다.
"내가 왜 이곳을 숙소로 잡은지 아느냐?"
알 리가 없는 부박이 눈만 치켜떴다.
"주인 이름은 왕보, 차가타이 가문의 실력자인 옹기라드의 금고지기 역할을 하는 놈이다. 이놈 재산이 많다는 건 내가 서역 땅에 있을 때부터 들었다."
부박은 이제 눈동자만 굴리고 있다. 김산이 말을 이었다.
"왕보는 지금쯤 무사들을 모았을 것이다. 금화 스무 냥이나 주고 특실을 잡은 내가 불안했을 테니까."

"그렇다면 나리."

"오늘 밤 이 집안을 폐허로 만들고 왕보가 모은 재물을 싣고 떠난다. 이놈 재물이 많아서 다 가져가지는 못할 것 같다."

그러고는 김산이 입을 다물었으므로 부박은 어깨를 늘어뜨렸다. 금화를 스무 냥이나 주고 특실에 투숙한 이유가 있었던 것이다. 킵차크에서도 사천성 한기현의 거부 왕보의 소문을 들은 김산이다. 왕보는 차가타이 가문의 지원을 받아 무역을 독점하는데다 고리대금업으로 엄청난 재산을 모았다고 했다. 차가타이 가문으로 자금이 흘러가는 것은 당연했다.

그때 문밖에서 인기척이 들리더니 사내 목소리가 울렸다.

"나리, 저녁 식사는 어떻게 하실까요? 저녁상을 언제 받으시겠습니까?"

그 말을 들은 김산이 부박에게 일렀다.

"저녁 생각이 없다고 해라."

부박이 말을 전하자 문밖의 인기척이 사라졌다. 그때 김산이 빙그레 웃었다.

"왕보는 오늘 밤 일을 치르려는 모양이다. 잘 되었다."

김산은 무엇이 잘 되었다는 것인지는 말해주지 않았다.

백추는 6척 장신에 얼굴이 희었고 짙은 수염으로 덮여져서 서역인과의 혼혈로 보였지만 한인이다. 본래 사천성 용광현에서 장교 생활을 하다가 몽골 천하가 되자 재빠르게 태자당의 정보원이 된 인물이다. 성품이 잔혹하고 끈질긴데다 무공이 뛰어나 태자당의 교위에까지 올랐지만 여색(女色)이 탈이었다. 동료 교위의 아내를 겁탈한 죄로 태형을 맞고

쫓겨나 이제 현기현의 거부 왕보의 경호장이 되었다. 왕보가 앞에 선 백추에게 말했다.

"특실에 묵은 놈은 자루 네 개를 들고 들어갔다. 자루 하나의 무게가 5관은 되어 보였으니 모두 네 개면 20관이다."

말을 그친 왕보가 빙그레 웃었다.

"그 자루에 모두 금화가 든 것 같다."

그 순간 백추는 숨을 들이켰다.

"나리, 그럼 모두 몇 냥이나 됩니까?"

"2천 냥이 넘겠지, 거금이다."

"주종 두 놈이라고 들었는데 어디서 온 누구일까요?"

"킵차크에서 오는 바투의 측근 같다. 하지만 이곳에 나타난 이유가 궁금하다."

눈을 가늘게 뜬 왕보가 지그시 백추를 보았다.

"밀사라면 몸을 드러내지 않고 다른 여관에 묵는 것이 정상이야. 이곳 옥보장이 차가타이 가문과 밀착되어 있다는 것을 모를 리가 없을 터, 그런데도 찾아와 금화를 뿌리면서 특실에 들었다."

"그렇다면 그 두 놈이 일부러 정체를 드러내고 나리를 유인한다는 것입니까?"

"그래서 내가 너를 부른 것 아니냐?"

짜증을 낸 왕보가 보료에 기대앉은 채 다리를 뻗었다. 옆에서 대기하던 기녀 둘이 왕보의 다리 한 짝씩 주무른다. 백추의 시선이 기녀에게서 다시 왕보로 옮겨졌다.

"나리, 이곳은 몽골제국의 영토입니다. 구유크 황제께서 돌아가셨다고 해도 아직 오고데이 가문이 천하를 장악하고 있습니다."

왕보는 시선만 주었다. 40대 중반의 백추는 오고데이 황제 시절에 입신했다. 비록 동료 여편네를 건드려 삭탈관직을 당했지만 오고데이 가문에 신세를 진 셈이다. 백추가 말을 이었다.

"소인에게 맡겨주십시오."

"어떻게 말이냐?"

"사고사로 처리하지요."

"……."

"저녁상에 독약을 넣어 객사하도록 만들겠습니다. 그러면 후환이 있을 리가 없지요."

"……."

"상금으로 놈의 자루 한 개만 주시지요. 그럼 일 년분 경비는 받지 않겠습니다."

그러자 왕보는 쓴웃음만 지었다.

"말이 27필이 있사온데 22필이 쓸 만합니다. 나리."

마구간을 살피고 돌아온 부박이 말했다. 이마의 땀을 손등으로 닦은 부박이 얼굴을 펴고 웃었다.

"여관 소유의 말들 같은데 잘 먹여서 하루 5백 리는 달릴 수 있겠습니다."

"끌고 온 말 중 쓸 만한 놈만 추려서 20여 필을 이끌고 가자꾸나."

김산이 말하자 부박이 물었다.

"나리, 짐은 몇 필에 싣습니까?"

부박의 시선을 받은 김산이 쓴웃음을 지었다.

"열다섯 필에만 싣도록."

"나리께서 가져오신 짐이 두 필이니 그럼 짐말이 17필 되겠습니다."

김산은 웃기만 했다. 부박은 벌써부터 강탈한 물자를 많이 싣고 갈 욕심부터 부린다.

저녁 생각이 없다는 말을 듣고 나서 백추는 하인에게 차와 과자를 올려보냈다. 물론 차에는 한 모금만 마셔도 전신이 굳어지는 독을 넣었는데 무색, 무미, 무취의 전갈독이다. 과자에는 한 입만 씹어도 식도가 오그라지면서 한 호흡 만에 즉사하는 산초의 독을 묻혔다. 사천성 육반산 골짜기에서만 서식하는 산초 뿌리를 말려서 가루로 만든 극독이다. 어느덧 해시(오후 10시)가 되었을 때 백추가 여관 뒤쪽의 다실에 모인 부하들에게 말했다.

"자, 놈이 죽었건 살았건 특실을 뒤집는다. 나가라."

모두 한족들로 갖가지 전력이 있는 부하들이다. 잠자코 일어선 부하들이 방을 나가자 보좌역 영기춘이 다가와 섰다. 영기춘은 30대 후반으로 작년까지만 해도 서역으로 가는 대상을 털던 강도단 두령이었다. 머리가 영민한데다 장검을 잘 써서 '천하무적검' 별칭을 얻었다.

"대장, 막무가내로 도륙을 내는 것이 왠지 찝찝합니다. 저놈들이 바투의 사신이라면 더욱 그렇습니다."

"모르는 소리."

목소리를 낮춘 백추가 눈을 치켜뜨며 웃었다.

"이건 주인 나리의 지시다. 더구나 우리 몫이 떨어지는 일이야. 일이 끝나면 너한테 금화 10냥을 주마."

밖으로 귀를 기울이는 시늉을 한 백추가 말을 이었다.

"재작년에는 쿠빌라이가 바투한테 보내는 사신 일행을 이곳에서 도륙 내고 재물까지 다 빼앗았어. 그래도 아무 탈이 없었다. 쿠빌라이가 보낸 수색대가 두 번 찾아왔을 뿐이다."

"더구나 현령이 우리 손바닥 안에 있어. 조서는 모두 우리가 써서 현령의 인장만 받을 뿐이야."

그때 백추가 머리를 기울이며 자리에서 일어섰다. 부하 18명이 2층 특실로 진입해간 것이다. 계획했던 대로 다섯은 복도에, 셋은 2층 계단에, 다섯이 방 안으로 진입하고 다섯은 마당으로 나가 혹시나 창에서 뛰어내릴 놈들을 막을 것이었다. 그런데 아직 어떤 소음도 들리지 않았기 때문이다. 그릇 떨어지는 소리 하나도 들리지 않았다.

다실을 나온 백추가 숨을 들이켰다. 냄새가 이상했기 때문에 무의식 중에 숨이 들이켜진 것이다. 다음 순간 백추의 눈이 치켜떠졌고 머리끝이 곤두섰다. 피비린내. 한 걸음에 여관 현관으로 다가간 백추는 피바다 위에 어지럽게 쓰러진 사내들을 보았다. 부하들이다. 그리고 여관 하인도 섞여졌다.

"아, 아니."

뒤를 따라 나온 영기춘이 말을 더듬었다. 둘의 시선이 옆쪽 계단으로 옮겨졌다. 그곳도 마찬가지다. 부하들이 쓰러져 있었는데 머리가 떨어진 시체가 셋, 둘은 몸뚱이가 갈라진 것이 마치 푸줏간의 고기가 토막난 것 같다.

"이, 이런……."

영기춘은 옆에 선 백추의 목소리가 떨리는 것을 들었다. 머리를 돌린 영기춘은 백추의 수염이 흔들리고 있는 것을 보았다. 눈동자의 초점도 멀다.

"대, 대장."

그때였다. 발자국 소리가 들리더니 계단으로 사내 하나가 내려왔다. 몽골인이다. 털모자를 썼고 가죽조끼를 입었다. 그리고 손에 피 묻은 장검을 들었다. 영기춘은 몸이 굳어져서 입이 떼어지지 않았다. 그때 옆에 선 백추가 안간힘을 쓰듯이 물었다.

"누, 누구냐? 네놈은?"

그때 영기춘은 허벅지가 뜨뜻해지는 것을 느꼈다. 그러나 그것이 무엇인지는 모른다. 다만 계단을 내려오던 사내가 입술 끝만을 올리며 웃는 것을 보았을 뿐이다.

깊은 밤, 20여 필의 말이 황야를 달리고 있다. 10여 필의 말에는 짐이 실렸기 때문에 속도는 느리다. 맨 뒤를 따르는 기마인은 부박이다. 부박이 눈을 크게 뜨고 앞을 보았지만 김산은 보이지 않았다. 그러고 보니 아직 주인 나리의 이름도 물론이고 나이도, 전력도 모른다. 그러나 무자비한 성품이고 엄청난 무공의 소유자라는 것은 안다. 그동안 온갖 악행을 저지른 데다 수없이 끔찍한 장면을 보아온 부박이다. 하지만 오늘 밤처럼 처참한 꼴을 처음 보았다. 주인은 옥보장은 물론 왕보의 저택 안에서 산 생명은 하나도 남겨두지 않은 것이다. 산 생명은 다 죽였다. 마당의 개 두 마리도 목이 떼어졌다. 하녀들도 예외가 아니었다. 2층 특실을 기습해온 10여 명의 무인들을 먼저 빠짐없이 죽인 후에 나리는 눈에 띄는 생명체는 다 죽였다.

손에 쥔 장검의 날이 무디어지자 죽은 자의 검을 빼앗아 베었는데 그것도 세 자루나 더 사용했다. 모두 머리를 떼거나 몸통을 두 조각, 세 조각으로 갈라 죽였는데 마치 무를 써는 것 같았다. 일부 무사가 검을 들고 대적했지만 단 한 번도 칼날이 부딪친 적이 없다. 그저 몸통을 자르고, 자르고, 또 잘랐을 뿐이다.

뒤를 따르기만 했던 부박은 마침내 몸을 꺾고 먹은 것을 다 토해내었는데 허리를 폈을 때는 이미 옥보장과 저택은 도살장의 시체만 쌓인 꼴이 되었다. 그러고는 아예 말떼를 끌고 저택으로 와서 금고 안에 있던 금덩이와 금화만을 추려 싣고 나온 것이다. 금고 안에는 그야말로 온갖 재화가 산더미처럼 쌓여 있었는데 주인은 자루에 금만 담았다.

그래서 금 자루가 모두 20여 개, 사천성의 거부라는 왕보가 금고 숨겨 놓았던 금은 다 가져왔다. 그러나 주인 왕보는 이미 머리가 떼어졌으니 재물이 무슨 소용이 있겠는가? 20여 필의 말떼는 꾸준한 속도로 동진하고 있다.

냉혈자 ❶

초판 1쇄 : 2014년 5월 20일

지은이 : 이원호
펴낸이 : 박연
펴낸곳 : 도서출판 한결미디어

등록일자 : 2006년 7월 24일
등록번호 : 제 313-2006-000152호
주소 : 서울시 마포구 성산동 173번지, 한올빌딩 6층
전화 : 02 · 704 · 3331
팩스 : 02 · 704 · 3360

ISBN 978 - 89 - 93151 - 56 - 5 04810
ISBN 978 - 89 - 93151 - 55 - 8 (세트)

ⓒ한결미디어 2014

잘못 만들어진 책은 구입처나 본사에서 교환해드립니다.